Kontaktadresse nach EU-Produktsicherheitsverordnung:
produktsicherheit@fischerverlage.de

In diesen sehr persönlichen Essays und Erinnerungen schreibt Herta Müller über ihr Leben und darüber, wie aus diesem Literatur wird. Sie weist mit Nachdruck auf vergessene Autoren hin, beschreibt beklemmend die Verfolgung durch den rumänischen Geheimdienst und gibt Auskunft über ihre Arbeit und ihr Verständnis von Politik, Geschichte und Moral. Eine notwendige Begleitlektüre zu den großen Romanen und Erzähltexten der Nobelpreisträgerin.

Herta Müller wurde 1953 in einem deutschsprachigen Dorf im Banat/Rumänien geboren. Nach einem Publikationsverbot und Repressionen durch den Geheimdienst Securitate konnte sie 1987 nach Berlin ausreisen, wo sie auch heute lebt. Zu ihren bekanntesten Werken gehören die Romane ›Atemschaukel‹ und ›Der Fuchs war damals schon der Jäger‹, die Prosabände ›Niederungen‹ und ›Der Mensch ist ein großer Fasan auf der Welt‹, der Essayband ›Der König verneigt sich und tötet‹. Für ihren Roman ›Herztier‹ wurde sie 1998 mit dem Impac Dublin Literary Award ausgezeichnet, dem weltweit höchstdotierten Literaturpreis für ein einzelnes Werk. Nach zahlreichen weiteren Ehrungen erhielt sie 2009 den Nobelpreis für Literatur.

Weitere Informationen finden Sie bei www.fischerverlage.de

Herta Müller

Immer derselbe Schnee und immer derselbe Onkel

FISCHER Taschenbuch

2. Auflage

Lizenzausgabe mit freundlicher Genehmigung
des Carl Hanser Verlags, München

Druck und Bindung: BoD – Books on Demand GmbH,
Norderstedt, Germany
ISBN 978-3-596-19392-9

Immer derselbe Schnee
und immer derselbe Onkel

Jedes Wort weiß etwas vom Teufelskreis

HAST DU EIN TASCHENTUCH, fragte die Mutter jeden Morgen am Haustor, bevor ich auf die Straße ging. Ich hatte keines. Und weil ich keines hatte, ging ich noch mal ins Zimmer zurück und nahm mir ein Taschentuch. Ich hatte jeden Morgen keines, weil ich jeden Morgen auf die Frage wartete. Das Taschentuch war der Beweis, dass die Mutter mich am Morgen behütet. In den späteren Stunden und Dingen des Tages war ich auf mich selbst gestellt. Die Frage HAST DU EIN TASCHENTUCH war eine indirekte Zärtlichkeit. Eine direkte wäre peinlich gewesen, so etwas gab es bei den Bauern nicht. Die Liebe hat sich als Frage verkleidet. Nur so ließ sie sich trocken sagen, im Befehlston wie die Handgriffe der Arbeit. Dass die Stimme schroff war, unterstrich sogar die Zärtlichkeit. Jeden Morgen war ich einmal ohne Taschentuch am Tor und ein zweites Mal mit einem Taschentuch. Erst dann ging ich auf die Straße, als wäre mit dem Taschentuch auch die Mutter dabei.

Und zwanzig Jahre später war ich längst für mich allein in der Stadt, Übersetzerin in einer Maschinenbaufabrik. Fünf Uhr morgens stand ich auf, halb sieben Uhr fing die Arbeit an. Morgens schallte aus dem Lautsprecher die Hymne über den Fabrikhof. In der Mittagspause die Arbeiterchöre. Aber die Arbeiter, die beim Essen saßen, hatten leere Augen wie

Weißblech, ölverschmierte Hände, ihr Essen war in Zeitungspapier gewickelt. Bevor sie ihr Stückchen Speck aßen, kratzten sie mit dem Messer die Druckerschwärze von ihrem Speck. Zwei Jahre vergingen im Trott der Alltäglichkeit, ein Tag glich dem anderen.

Im dritten Jahr war es mit der Gleichheit der Tage vorbei. Innerhalb einer Woche kam dreimal frühmorgens ein riesengroßer, dickknochiger Mann mit funkelnd blauen Augen, ein Koloss vom Geheimdienst, in mein Büro.

Das erste Mal beschimpfte er mich im Stehen und ging.

Das zweite Mal zog er seine Windjacke aus, hängte sie an den Schrankschlüssel und setzte sich. Ich hatte an diesem Morgen von zu Hause Tulpen mitgebracht und arrangierte sie in der Vase. Er schaute mir zu und lobte mich für meine ungewöhnliche Menschenkenntnis. Seine Stimme war glitschig. Es war mir nicht geheuer. Ich bestritt das Lob und versicherte, dass ich mich in Tulpen auskenne, aber nicht in Menschen. Da sagte er maliziös, dass er mich besser kenne als ich die Tulpen. Dann hängte er sich die Windjacke auf den Arm und ging.

Das dritte Mal setzte er sich, und ich blieb stehen, denn er hatte seine Aktentasche auf meinen Stuhl gelegt. Ich wagte es nicht, sie auf den Boden zu stellen. Er beschimpfte mich als stockdumm, arbeitsfaul, als Flittchen, so verdorben wie eine streunende Hündin. Die Tulpen schob er knapp an den Tischrand, auf die Tischmitte legte er ein leeres Blatt Papier und einen Stift. Er brüllte: Schreiben! Ich schrieb im Stehen, was er mir diktierte – meinen Namen mit Geburtsdatum und Adresse. Dann aber, dass ich unabhängig von Nähe oder Verwandtschaft niemandem sage, dass ich ... jetzt kam das schreckliche Wort: *colaborez*, dass ich kollaboriere. Dieses Wort schrieb ich nicht mehr. Ich legte den Stift hin und ging zum Fenster, sah auf die staubige Straße hinaus. Sie war nicht asphaltiert, Schlaglöcher und bucklige Häuser. Diese ruinierte Gasse hieß auch noch Strada Gloriei, Straße des Ruhms. Auf der Straße des Ruhms saß eine Katze im nackten Maulbeerbaum. Es war die Fabrikskatze mit dem zerrissenen Ohr. Über ihr eine frühe Sonne wie eine gelbe Trommel. Ich sagte: *N-am caracterul, ich hab nicht diesen Charakter.* Ich sagte es der Straße draußen. Das Wort CHARAKTER machte den Geheimdienstmann hysterisch. Er zerriss das Blatt und warf die Schnipsel auf den Boden. Wahrscheinlich fiel ihm ein, dass er seinem Chef den Anwerbungsversuch präsentieren muss, denn er bückte sich, sammelte alle Fetzen in die Hand und warf sie in seine Aktentasche. Dann seufzte er tief und warf in seiner Niederlage die Blumenvase mit den Tulpen an die Wand. Sie zerschellte, und es knirschte, als wären Zähne in der Luft. Mit der Aktentasche unterm Arm sagte er leis: *Dir wird es noch leid tun, wir ersäufen dich im Fluss.* Ich sagte wie zu mir selbst: *Wenn ich das unterschreibe, kann ich nicht mehr mit mir leben, dann muss ich es selber tun. Besser Sie machen es.* Da stand hier die Bürotür schon offen, und er war weg. Und draußen auf der Strada Gloriei war die Fabrikskatze vom Baum aufs Hausdach gesprungen. Ein Ast federte wie ein Trampolin.

Am nächsten Tag fing das Gezerre an. Ich sollte aus der Fabrik verschwinden. Jeden Morgen halb sieben musste ich mich beim Direktor präsentieren. Mit ihm saßen jeden Morgen der Chef der Gewerkschaft und der Parteisekretär. Wie seinerzeit die Mutter fragte: Hast du ein Taschentuch, fragte jetzt der Direktor jeden Morgen: *Hast du eine andere Arbeit gefunden.* Ich antwortete jedesmal dasselbe: *Ich su-*

che keine, mir gefällt es hier in der Fabrik, ich möchte bis zur Rente bleiben.

Eines Morgens kam ich zur Arbeit, und meine dicken Wörterbücher lagen im Gang auf dem Boden neben der Bürotür. Ich öffnete, an meinem Schreibtisch saß ein Ingenieur. Er sagte: *Hier klopft man an, wenn man hereinkommt. Hier sitze ich, du hast hier nichts zu suchen.* Nach Hause gehen konnte ich nicht, sonst hätte man einen Vorwand gehabt, mich wegen unentschuldigten Fehlens entlassen zu können. Ich hatte kein Büro, musste jetzt erst recht jeden Tag normal zur Arbeit kommen, durfte auf keinen Fall fehlen.

Meine Freundin, der ich jeden Tag auf dem Heimweg durch die elendige Strada Gloriei alles erzählte, machte mir die erste Zeit eine Ecke an ihrem Schreibtisch frei. Doch eines Morgens stand sie vor der Bürotür und sagte: *Ich darf dich nicht hereinlassen. Alle sagen, du bist ein Spitzel.* Die Schikanen wurden nach unten gereicht, das Gerücht unter den Kollegen in Umlauf gesetzt. Das war das Schlimmste. Gegen Angriffe kann man sich wehren, gegen Verleumdung ist man machtlos. Ich rechnete jeden Tag mit allem, auch mit dem Tod. Aber mit dieser Perfidie wurde ich nicht fertig. Keine Rechnung machte sie erträglich. Verleumdung stopft einen aus mit Dreck, man erstickt, weil man sich nicht wehren kann. In der Meinung der Kollegen war ich genau das, was ich verweigert hatte. Wenn ich sie bespitzelt hätte, hätten sie mir ahnungslos vertraut. Im Grunde bestraften sie mich, weil ich sie schonte.

Da ich jetzt erst recht nicht fehlen durfte, aber kein Büro hatte und meine Freundin mich in ihres nicht mehr lassen durfte, stand ich unschlüssig im Treppenhaus. Ich ging die Treppen ein paarmal auf und ab – plötzlich war ich wieder das Kind meiner Mutter, denn ICH HATTE EIN TASCHENTUCH. Ich legte es zwischen der ersten und zweiten Etage auf eine Treppenstufe, strich es glatt, dass es ordentlich liegt, und setzte mich drauf. Meine dicken Wörterbücher legte ich aufs Knie und übersetzte die Beschreibungen von hydraulischen Maschinen. Ich war ein Treppenwitz und mein Büro ein Taschentuch. Meine Freundin setzte sich in den Mittagspausen auf die Treppe zu mir. Wir aßen zusammen wie früher in ihrem und noch früher in meinem Büro. Aus dem Hoflautsprecher sangen wie immer die Arbeiterchöre vom Glück des Volkes. Sie aß und weinte um mich. Ich nicht. Ich musste hart bleiben. Noch lange. Ein paar ewige Wochen, bis ich entlassen wurde.

In der Zeit, als ich ein Treppenwitz war, habe ich im Lexikon nachgeblättert, was es mit dem Wort TREPPE auf sich hat: Die erste Stufe der Treppe heißt ANTRITT, die letzte Stufe AUSTRITT. Die waagerechten Stufen zum Drauftreten sind seitlich in die TREPPENWANGEN eingepasst. Und die Freiräume zwischen den einzelnen Stufen heißen sogar TREPPENAUGEN. Von den Bauteilen der hydraulischen, ölverschmierten Maschinen kannte ich die schönen Wörter: SCHWALBENSCHWANZ, SCHWANENHALS, der Halt der Schrauben hieß SCHRAUBENMUTTER. Und genauso verblüfften mich die poetischen Namen der Treppenteile, die Schönheit der technischen Sprache. TREPPENWANGEN, TREPPENAUGEN – also hat die Treppe ein Gesicht. Ob aus Holz oder Stein, Beton oder Eisen – wieso bauen die Menschen selbst in die sperrigsten Dinge der Welt ihr eigenes Antlitz hinein, geben totem Material die Namen vom eigenen Fleisch, personifizieren es zu Körperteilen? Wird den Spezialisten der Technik die schroffe Arbeit erst erträglich durch versteckte Zärtlichkeit? Läuft jede Arbeit, in jedem Beruf, nach demselben Prinzip wie die Frage meiner Mutter nach dem Taschentuch?

Es gab zu Hause in meiner Kindheit eine Taschentuchschublade. Darin lagen in zwei Reihen hintereinander je drei Stapel:

Links die Männertaschentücher für den Vater und Großvater.

Rechts die Frauentaschentücher für die Mutter und Großmutter.

In der Mitte die Kindertaschentücher für mich.

Die Schublade war unser Familienbild im Taschentuchformat. Die Männertaschentücher waren die größten, hatten dunkle Randstreifen in Braun, Grau oder Bordeaux. Die Frauentaschentücher waren kleiner, ihre Ränder hellblau, rot oder grün. Die Kindertaschentücher waren die kleinsten, ohne Rand, aber im weißen Viereck mit Blumen oder Tieren bemalt. Von allen drei Taschentuchsorten gab es Werktagstaschentücher, in der vorderen Reihe, und Sonntagstaschentücher, in der hinteren Reihe. Sonntags musste das Taschentuch, auch wenn man es nicht sah, zur Farbe der Kleider passen.

Kein anderer Gegenstand im Haus, nicht einmal wir selber, war uns jemals so wichtig wie das Taschentuch. Es war universell nutzbar für: Schnupfen, Nasebluten, verletzte Hand, Ellbogen oder Knie, Weinen oder Draufbeißen und das Weinen unterdrücken. Ein nasses, kaltes Taschentuch auf der Stirn war gegen Kopfweh. Mit vier Knoten an den Ecken war es eine Kopfbedeckung gegen Sonnenbrand oder Regen. Wenn man sich etwas merken wollte, machte man sich einen Knoten als Gedächtnisstütze ins Taschentuch. Zum Tragen schwerer Taschen wickelte man es um die Hand. Flatternd wurde es ein Abschiedswinken, wenn der Zug aus dem Bahnhof fuhr. Und weil der Zug auf Rumänisch TREN und die Träne im Banater Dialekt TRÄN heißen, glich das Quietschen der Züge auf den Schienen in meinem Kopf immer dem Weinen. Wenn im Dorf einer zu Hause starb, band man ihm sofort ums Kinn herum ein Taschentuch, damit der Mund geschlossen bleibt, wenn die Leichenstarre fertig ist. Wenn am Wegrand in der Stadt einer umfiel, fand sich immer ein Passant, der dem Toten das Gesicht zudeckte mit seinem Taschentuch – so war das Taschentuch seine erste Totenruhe.

An heißen Sommertagen schickten die Eltern ihre Kinder spätabends auf den Friedhof Blumen gießen. Zu zweit oder zu dritt, man blieb von einem Grab zum anderen beisammen, goss schnell. Dann setzten wir uns eng aneinander auf die Treppen der Kapelle und schauten, wie aus manchen Gräbern weiße Dunstfetzen stiegen. Sie flogen ein bisschen in der schwarzen Luft und verschwanden. Für uns waren es die Seelen der Toten: Tiergestalten, Brillen, Fläschchen und Tassen, Handschuhe und Strümpfe. Und dazwischen hie und da ein weißes Taschentuch mit dem schwarzen Rand der Nacht.

Später, als ich mit Oskar Pastior Gespräche führte, um über seine Deportation ins sowjetische Arbeitslager zu schreiben, erzählte er, dass er von einer alten russischen Mutter ein Taschentuch aus weißem Batist bekommen hat. Vielleicht habt ihr Glück, du und mein Sohn, und dürft bald nach Hause, sagte die Russin. Ihr Sohn war so alt wie Oskar Pastior und von zu Hause so weit weg wie er, in der anderen Richtung, sagte sie, in einem Strafbataillon. Als halbverhungerter Bettler hat Oskar Pastior an ihre Tür geklopft, wollte einen Brocken Kohle für ein bisschen Essen tauschen. Sie ließ ihn ins Haus, gab ihm heiße Suppe. Und als seine Nase in den Teller tropfte – das weiße Taschentuch aus Batist, das noch nie jemand benutzt hatte. Mit einem Ajourrand, akkurat genähten Stäbchen und Rosetten aus Seidenzwirn war das Taschentuch eine Schönheit, die den Bettler umarmte und verletzte. Eine Mixtur, einerseits Trost aus Batist, andererseits ein Messband mit Seidenstäbchen, den weißen Strichlein auf der Skala seiner Verwahrlosung. Oskar Pastior selbst war eine Mixtur für diese Frau: weltfremder Bettler im Haus und verlorenes Kind in der Welt. In diesen zwei Personen war er beglückt und überfordert von der Geste einer Frau, die für ihn auch zwei Personen war: fremde Russin und besorgte Mutter mit der Frage: HAST DU EIN TASCHENTUCH?

Ich habe, seitdem ich diese Geschichte kenne, auch eine Frage: Ist HAST DU EIN TASCHENTUCH? überall gültig und im Schneeglanz zwischen Frieren und Tauen über die halbe Welt gespannt? Geht sie zwischen Bergen und Steppen über alle Grenzen, bis hinein in ein riesiges, mit Straf- und Arbeitslagern übersätes Imperium? Ist die Frage HAST DU EIN TASCHENTUCH? nicht einmal mit Hammer und Sichel, nicht einmal im Stalinismus der Umerziehung durch die vielen Lager totzukriegen?

Obwohl ich seit Jahrzehnten Rumänisch spreche, fiel mir im Gespräch mit Oskar Pastior zum ersten Mal auf: Taschentuch heißt auf Rumänisch BATISTA. Wieder mal das sinnliche Rumänisch, das seine Wörter zwingend einfach ins Herz der Dinge jagt. Das Material macht keinen Umweg, bezeichnet sich als fertiges Taschentuch, als BATISTA. Als wäre jedes Taschentuch jederzeit und überall aus Batist.

Oskar Pastior hat das Taschentuch als Reliquie von einer Doppelmutter mit einem Doppelsohn im Koffer aufbewahrt. Und dann nach fünf Lagerjahren mit nach Hause genommen. Warum – sein weißes Taschentuch aus Batist war Hoffnung und Angst. Wenn man Hoffnung und Angst aus der Hand gibt, stirbt man.

Nach dem Gespräch über das weiße Taschentuch klebte ich Oskar Pastior die halbe Nacht eine Collage auf eine weiße Karte:

Hier tanzen Punkte sagt Bea
kommst in ein langstieliges Glas Milch
Wäsche in Weiß graugrüne Zinkwanne
bei Nachnahme entsprechen sich
fast alle Materialien
schau her
ich bin die Zugfahrt und
die Kirsche in der Seifenschale
sprich nie mit fremden Männern und
über die Zentrale

Als ich die Woche darauf zu ihm kam, ihm die Collage schenken wollte, sagte er: *Da musst du noch draufkleben FÜR OSKAR*. Ich sagte: *Was ich dir gebe, das gehört dir. Du weißt es doch*. Er sagte: *Du musst es draufkleben, die Karte weiß es vielleicht nicht.* Ich nahm sie wieder mit nach Hause und klebte drauf: Für Oskar. Und schenkte sie ihm die nächste Woche wieder, als wäre ich das erste Mal vom Tor ohne Taschentuch zurückgegangen und jetzt zum zweiten Mal am Tor mit einem Taschentuch.

Mit einem Taschentuch endet auch eine andere Geschichte:

Der Sohn meiner Großeltern hieß Matz. In den dreißiger Jahren wurde er zur Kaufmannslehre nach Temeswar geschickt, um den Getreidehandel und Kolonialwarenladen der Familie zu übernehmen. An der Schule unterrichteten Lehrer aus dem Deutschen Reich, richtige Nazis. Der Matz war nach der Lehre vielleicht nebenbei auch zum Kaufmann, aber hauptsächlich zum Nazi ausgebildet – Gehirnwäsche nach Plan. Der Matz war nach der Lehre ein glühender Nazi, ein Ausgewechselter. Er bellte antisemitische Parolen, war unerreichbar wie ein Debiler. Mein Großvater hat ihn mehrmals zurechtgewiesen: Er habe sein ganzes Vermögen nur durch Kredite von jüdischen Geschäftsfreunden. Und als das nichts half, hat er ihn mehrmals geohrfeigt. Doch sein Verstand war getilgt. Er spielte den Dorfideologen, drangsalierte Gleichaltrige, die sich vor der Front drückten. Er hatte bei der rumänischen Armee einen Schreibtischposten. Aber aus der Theorie drängte es ihn in die Praxis, er meldete sich freiwillig zur SS, wollte an die Front. Ein paar Monate später kam er nach Hause, um zu heiraten. Von den Verbrechen an der Front belehrt, nutzte er eine gültige Zauberformel, um dem Krieg für ein paar Tage zu entkommen. Diese Zauberformel hieß: Heiratsurlaub.

Meine Großmutter hatte zwei Fotos von ihrem Sohn Matz ganz hinten in einer Schublade, ein Hochzeitsfoto und ein Todesfoto. Auf dem Hochzeitsbild steht eine Braut in Weiß, eine Hand größer als er, dünn und ernst, eine Gipsmadonna. Auf ihrem Kopf ein Wachskranz wie eingeschneites Laub. Neben ihr der Matz in der Naziuniform. Statt ein Bräutigam zu sein, ist er ein Soldat. Ein Heiratssoldat und sein eigener letzter Heimatsoldat. Kaum zurück an der

Front, kam das Todesfoto. Darauf ist ein allerletzter, von einer Mine zerfetzter Soldat. Das Todesfoto ist handgroß, ein schwarzer Acker, mittendrauf ein weißes Tuch mit einem grauen Häuflein Mensch. Im Schwarzen liegt das weiße Tuch so klein wie ein Kindertaschentuch, dessen weißes Viereck in der Mitte mit einer bizarren Zeichnung bemalt ist. Für meine Großmutter hatte auch dieses Foto seine Mixtur: auf dem weißen Taschentuch war ein toter Nazi, in ihrem Gedächtnis ein lebender Sohn. Meine Großmutter hatte dieses Doppelbild alle Jahre in ihrem Gebetbuch liegen. Sie betete jeden Tag. Wahrscheinlich waren auch ihre Gebete doppelbödig. Wahrscheinlich folgten sie dem Riss vom geliebten Sohn zum besessenen Nazi und erbaten auch vom Herrgott den Spagat, diesen Sohn zu lieben und dem Nazi zu vergeben.

Mein Großvater war im Ersten Weltkrieg Soldat. Er wusste, wovon er spricht, wenn er in Bezug auf seinen Sohn Matz oft und verbittert sagte: *Ja, wenn die Fahnen flattern, rutscht der Verstand in die Trompete.* Diese Warnung passte auch auf die folgende Diktatur, in der ich selber lebte. Täglich sah man den Verstand der kleinen und großen Profiteure in die Trompete rutschen. Ich beschloss, die Trompete nicht zu blasen.

Aber als Kind musste ich gegen meinen Willen Akkordeon spielen lernen. Denn im Haus stand das rote Akkordeon des toten Soldaten Matz. Die Riemen des Akkordeons waren viel zu lang für mich. Damit sie nicht von der Schulter rutschten, band der Akkordeonlehrer sie mir auf dem Rücken mit einem Taschentuch zusammen.

Kann man sagen, dass gerade die kleinsten Gegenstände, und seien es Trompete, Akkordeon oder Taschentuch, das Disparateste im Leben zusammenbinden? Dass die Gegenstände kreisen und in ihren Abweichungen etwas haben, das den Wiederholungen gehorcht – dem Teufelskreis? Man kann es glauben, aber nicht sagen. Aber was man nicht sagen kann, kann man schreiben. Weil das Schreiben ein stummes Tun ist, eine Arbeit vom Kopf in die Hand. Der Mund wird übergangen. Ich habe in der Diktatur viel geredet, meistens weil ich mich entschlossen hatte, die Trompete nicht zu blasen. Meistens hat das Reden unerträgliche Folgen gehabt. Aber das Schreiben hat im Schweigen begonnen, dort auf der Fabriktreppe, wo ich mit mir selbst mehr ausmachen musste, als man sagen konnte. Das Geschehen war im Reden nicht mehr zu artikulieren. Höchstens die äußeren Hinzufügungen, aber nicht deren Ausmaß. Dieses konnte ich nur noch stumm im Kopf buchstabieren, im Teufelskreis der Wörter beim Schreiben. Ich reagierte auf die Todesangst mit Lebenshunger. Der war ein Worthunger. Nur der Wortwirbel konnte meinen Zustand fassen. Er buchstabierte, was sich mit dem Mund nicht sagen ließ. Ich lief dem Gelebten im Teufelskreis der Wörter hinterher, bis etwas so auftauchte, wie ich es vorher nicht kannte. Parallel zur Wirklichkeit trat die Pantomime der Wörter in Aktion. Sie respektiert keine realen Dimensionen, schrumpft die Hauptsachen und dehnt die Nebensachen. Der Teufelskreis der Wörter bringt dem Gelebten Hals über Kopf eine Art verwunschene Logik bei. Die Pantomime ist rabiat und bleibt ängstlich und genauso süchtig wie überdrüssig. Das Thema Diktatur ist von sich aus dabei, weil Selbstverständlichkeit nie mehr wiederkehrt, wenn sie einem fast komplett geraubt worden ist. Das Thema ist implizit da, aber in Besitz nehmen mich die Wörter. Sie locken das Thema hin, wo sie wollen. Nichts mehr stimmt, und alles ist wahr.

Als Treppenwitz war ich so einsam wie damals als Kind im Flusstal beim Kühehüten. Ich aß Blätter und Blüten, damit ich zu ihnen gehörte, denn sie wussten, wie man lebt, und ich nicht. Ich redete sie mit ihren Namen an. Der Name *Milchdistel* sollte wirklich die stachelige Pflanze mit der Milch in den Stielen sein. Aber auf den Namen *Milchdistel* hörte die Pflanze nicht. Ich versuchte es mit erfundenen Namen: STACHELRIPPE, NADELHALS, in denen weder *Milch* noch *Distel* vorkam. Im Betrug aller falschen Namen vor der richtigen Pflanze tat sich die Lücke ins Leere auf. Die Blamage, mit mir allein laut zu reden und nicht mit der Pflanze. Aber die Blamage tat mir gut. Ich hütete Kühe, und der Wortklang behütete mich. Ich spürte:

Jedes Wort im Gesicht
weiß etwas vom Teufelskreis
und sagt es nicht

Der Wortklang weiß, dass er betrügen muss, weil die Gegenstände mit ihrem Material betrügen, die Gefühle mit ihren Gesten. An der Schnittstelle, wo der Betrug der Materialien und der Gesten zusammenkommt, nistet sich der Wortklang mit seiner erfundenen Wahrheit ein. Beim Schreiben kann von Vertrauen keine Rede sein, eher von der Redlichkeit des Betrugs.

Damals in der Fabrik, als ich ein Treppenwitz und das Taschentuch mein Büro war, habe ich im Lexikon auch das schöne Wort TREPPENZINS gefunden. Es bedeutet in Stufen ansteigende Zinssätze einer Anleihe. Die ansteigenden

Zinssätze sind für den einen Kosten, für den anderen Einnahmen. Beim Schreiben werden sie beides, je mehr ich mich im Text vertiefe. Je mehr das Geschriebene mich ausraubt, desto mehr zeigt es dem Gelebten, was es im Erleben nicht gab. Nur die Wörter entdecken es, weil sie es vorher nicht wussten. Wo sie das Gelebte überraschen, spiegeln sie es am besten. Sie werden so zwingend, dass sich das Gelebte an sie klammern muss, damit es nicht zerfällt.

Mir scheint, die Gegenstände kennen ihr Material nicht, die Gesten kennen nicht ihre Gefühle und die Wörter nicht den Mund, der spricht. Aber um uns der eigenen Existenz zu versichern, brauchen wir die Gegenstände, die Gesten und die Wörter. Je mehr Wörter wir uns nehmen dürfen, desto freier sind wir doch. Wenn uns der Mund verboten wird, suchen wir uns durch Gesten, sogar durch Gegenstände zu behaupten. Sie sind schwerer zu deuten, bleiben eine Zeitlang unverdächtig. So können sie uns helfen, die Erniedrigung in eine Würde umzukrempeln, die eine Zeitlang unverdächtig bleibt.

Kurz vor meiner Emigration aus Rumänien wurde meine Mutter frühmorgens vom Dorfpolizisten abgeholt. Sie war schon am Tor, als ihr einfiel, HAST DU EIN TASCHENTUCH. Sie hatte keines. Obwohl der Polizist ungeduldig war, ging sie noch mal ins Haus zurück und nahm sich ein Taschentuch. Auf der Wache tobte der Polizist. Das Rumänisch meiner Mutter reichte nicht, um sein Geschrei zu verstehen. Dann verließ er das Büro und schloss die Tür von außen ab. Den ganzen Tag saß meine Mutter eingesperrt da. Die ersten Stunden saß sie an seinem Tisch und weinte. Dann ging sie auf und ab und begann mit dem tränennassen Taschentuch den Staub von den Möbeln zu wischen. Dann nahm sie den Wassereimer aus der Ecke und das Handtuch vom Nagel an der Wand und wischte den Boden. Ich war entsetzt, als sie mir das erzählte. *Wie kannst du dem das Büro putzen,* fragte ich. Sie sagte, ohne sich zu genieren, *ich habe mir Arbeit gesucht, dass die Zeit vergeht. Und das Büro war so dreckig. Gut, dass ich mir eins von den großen Männertaschentüchern mitgenommen hatte.*

Erst jetzt verstand ich, durch zusätzliche, aber freiwillige Erniedrigung verschaffte sie sich Würde in diesem Arrest. In einer Collage habe ich Wörter dafür gesucht:

> Ich dachte an die stramme Rose im Herzen
> an die nutzlose Seele wie ein Sieb
> der Inhaber fragte aber:
> wer gewinnt die Oberhand
> ich sagte: die Rettung der Haut
> er schrie: die Haut ist
> nur ein Fleck beleidigter Batist
> ohne Verstand

Ich wünsche mir, ich könnte einen Satz sagen für alle, denen man in Diktaturen alle Tage, bis heute, die Würde nimmt – und sei es ein Satz mit dem Wort Taschentuch. Und sei es die Frage: HABT IHR EIN TASCHENTUCH?

Kann es sein, dass die Frage nach dem Taschentuch seit jeher gar nicht das Taschentuch meint, sondern die akute Einsamkeit des Menschen?

Tischrede

Eure Majestäten
Eure Königlichen Hoheiten
Meine Damen und Herren
Liebe Freunde

Der Bogen von einem Kind, das Kühe hütet im Tal, bis hierher ins Stadthaus von Stockholm ist bizarr. Ich stehe (wie so oft) auch hier neben mir selbst.

In die Stadt aufs Gymnasium kam ich nur gegen den Willen meiner Mutter. Sie wollte, dass ich im Dorf Schneiderin werde. Sie wusste, dass ich in der Stadt verdorben werde. Und ich wurde verdorben. Ich fing an, Bücher zu lesen. Das Dorf kam mir immer mehr vor wie eine Kiste, in der man geboren wird, heiratet, stirbt. Alle Dorfleute lebten in einer alten Zeit, wurden schon alt geboren. Man muss das Dorf irgendwann verlassen, wenn man jung werden will, dachte ich. Im Dorf waren alle vor dem Staat geduckt, aber untereinander und gegen sich selbst kontrollwütig bis zur Selbstzerstörung. Feigheit und Kontrolle – beides war später auch in der Stadt allgegenwärtig. Privat Feigheit bis zur Selbstzerstörung, staatlich Kontrolle bis zur Zerrüttung des Individuums. Es ist vielleicht die kürzeste Form, die Tage in der Diktatur zu beschreiben.

Zum Glück traf ich in der Stadt Freunde, eine Handvoll junge Dichter der »Aktionsgruppe Banat«. Ohne sie hätte ich keine Bücher gelesen und keine geschrieben. Noch wichtiger ist: Diese Freunde waren lebensnotwendig. Ohne sie hätte ich die Repressalien nicht ausgehalten. Ich denke heute an diese Freunde. Auch an die, die auf dem Friedhof liegen, die der rumänische Geheimdienst auf dem Gewissen hat.

Ich habe viele Menschen zerbrechen sehen. Und ich war selbst am Zerbrechen. Kurz davor konnte ich Rumänien verlassen. Ich hatte schon damals viel Glück – unverdientes Glück, denn Glück kann man sich nicht verdienen. GLÜCKLICHSEIN ist vielleicht teilbar. GLÜCKHABEN leider nicht. Und indem ich hier in Stockholm neben mir stehe, habe ich wieder mal großes Glück. Denn dieser Preis hilft, die geplante Zerstörung von Menschen durch Repression im Gedächtnis derer zu behalten, die sie erlebt haben – und sie denen ins Gedächtnis zu rufen, die sie Gott sei Dank nicht erleben mussten. Denn es gibt bis heute Diktaturen aller Couleur. Manche dauern schon ewig und erschrecken uns gerade wieder aufs neue, wie der Iran. Andere, wie Russland und China, ziehen sich zivile Mäntelchen an, liberalisieren ihre Wirtschaft – die Menschenrechte sind jedoch noch längst nicht vom Stalinismus oder Maoismus losgelöst. Und es gibt die Halbdemokratien Osteuropas, die das zivile Mäntelchen seit 1989 ständig an- und ausziehen, so dass es schon fast zerrissen ist.

Literatur kann das alles nicht ändern. Aber sie kann – und sei es im Nachhinein – durch Sprache eine Wahrheit erfinden, die zeigt, was in und um uns herum passiert, wenn die Werte entgleisen.

Literatur spricht mit jedem Menschen einzeln – sie ist Privateigentum, das im Kopf bleibt. Nichts sonst spricht so eindringlich mit uns selbst wie ein Buch. Und erwartet nichts dafür, außer dass wir denken und fühlen.

Ich danke der Schwedischen Akademie und der Nobelstiftung – vielen Dank.

Denk nicht dorthin, wo du nicht sollst

Dankrede zur Verleihung des Hoffmann-von-Fallersleben-Preises für zeitkritische Literatur

»Wie heißen die Zugvögel«, fragte die Lehrerin. Nein, sie fragte: »Wie heißen UNSERE Zugvögel«– sie sollten unserem kleinen Dorf gehören, sogar denen, die hier wohnten, in diesem abgelegenen Dorf ohne Asphaltstraße. Sie brauchten ja nur den Luftweg und konnten – anders als wir alle – auch wieder weg von hier, wenn es später wurde im Jahr. Auf die Frage, wie UNSERE Zugvögel heißen, antworteten alle im Chor singend: »Amsel, Drossel, Fink und Star«. Im Lied *Alle Vögel sind schon da* war die Antwort fertig. Und jeder konnte sich dieses Lied, also auch die Namen der Zugvögel merken. Und jedes Jahr wieder konstatierte derselbe Schüler gleich nach dem Singen, dass die Schwalbe in der Aufzählung fehle. Und die Lehrerin sagte jedes Jahr wieder, die Schwalbe sei auch da, es heiße doch: »Und die ganze Vogelschar. Das hab ich dir letztes Jahr schon gesagt.«

Das kleine Lied von August Heinrich Hoffmann von Fallersleben gehörte zum Dorf. Keines der Kinder wäre auf den Gedanken gekommen, dass ein Erwachsener es weit von hier und vor langer Zeit gedichtet hat. Die Großmütter kannten es, die Mütter und Tanten. In der Verbreitung war es alt, in der Begeisterung neu. Es war einem beim Singen, als hätte die Umgebung selbst im Verlauf aller Kindheiten aller Bewohner dies Lied hervorgebracht, so wie sie jedes

Jahr das Frühjahr hervorbrachte. Warum nicht, der Wind konnte singen. Er sang immer anders: leer als fliegende Luft oder in den Baumkronen. Anders im Maisfeld als im Tabak- oder Getreidefeld. Und der Regen sang ganz anders, denn er war nicht aus Luft, sondern aus Glasschnüren. Das Lied war also noch mehr als Volksdichtung des kleinen Dorfes. So wie Wind und Regen sich ihr Lied machten, war auch *Alle Vögel sind schon da*. Von der Umgebung selbst gemacht und von uns nachgesungen.

Wie viele Kinder mögen es wohl sein, die Namen von Zugvögeln durch dieses Lied kennenlernten. Fallersleben hat für unzählige Generationen von Kindern die ersten Gefühle formuliert, ihnen Worte gegeben, die sich in der Umgebung umsehen: die zartgeschnittene, für Kinder zumutbare, Neugierde weckende, allererste Sozialisation.

Ein anderes Liedchen sang man genauso oft. Aber nicht so leicht, denn es machte nachdenklich:

> Ein Männlein steht im Walde ganz still und stumm
> Es hat von lauter Purpur ein Mäntlein um
> Sagt, wer mag das Männlein sein
> Das da steht im Wald allein
> Mit dem purpurroten Mäntelein

Im Chor machte es bloß ein bisschen nachdenklich. Die Tristesse kam nicht auf, weil niemand einsam war, wenn alle zusammen sangen. Dieses leise, getragene Lied wurde viel schöner, wenn man es für sich allein sang. Das Lied ist fragend, also unsicher. Und es gibt keine Antwort. Es hält mit sich selbst auch den Mund, der es singt, in der Schwebe. Es steigt einem ein dunkler Geschmack in den Gaumen. Wenn man es zu Ende gesungen hat, wirkt es nach und macht Platz für die eigene Einsamkeit aller Art – und sei diese auch nur die Angst vor der viel zu großen Landschaft eines Flusstals. Ich habe das *Männlein im Walde* für mich allein im Tal gesungen. Es gibt der sogenannten grundlosen Angst recht, dieser Unsicherheit vor unserem schieren, immer unerklärlichen Vorhandensein auf der Welt. Es sozialisiert die Schattenseite in uns, gibt der Einsamkeit eine Selbstverständlichkeit an die Hand – und zwar die gleiche, die man von der Sorglosigkeit oder Freude kennt. Es legitimiert Trauer. Gerade als Kind muss man Trauer ertragen und einordnen lernen. Gerade als Kind, weil nichts, aber auch gar nichts um einen herum fertig ist und man selbst am allerwenigsten. Kindheit ist wahrscheinlich der verworrenste Teil des Lebens. Es wird in daumenkleinen Details, die wir später mit einem glatten zweisilbigen Wort KINDHEIT nennen, so viel gleichzeitig aufgebaut und abgerissen wie später nie wieder.

Unter einem *Männlein im Walde* habe ich mir nie einen Pilz – oder gar eine Hagebutte – vorstellen können. Es war immer ein Mensch, ein Feld- oder Waldhüter, ein Nachtwächter. Auch was PURPUR bedeutet, wusste ich nicht. Kirsch- oder Apfelrot, Fleischrot, Blutrot – das gab es –, Rosenrot. Und am Himmel Abendrot. Damit war alles Rote beschrieben. Und es gab PUR als reines Getränk im Wirtshaus – Wein PUR, wenn die Männer keinen »Gespritzten« haben wollten. Und Schnaps war sowieso PUR, wenn er nicht mit Zucker oder chemischen Farben gepanscht war. Deshalb hatte das Männlein im Walde einen PURroten Mantel, an dem außer Rot keine andere Farbe war. Wahrscheinlich waren auch die Knöpfe und das Futter rot. Außerdem hatte das Männlein den Mantel nicht AN, sondern UM – was für mich die Umgebung war, Mohn im Getreide oder das Abendrot am Himmel.

Aus dem wörtlichen Nichtverstehen oder Falschverstehen kam wie so oft bei Kindern der schöne poetische Schrecken ins Lied: ein Wächter allein mit der Unheimlichkeit der heranrückenden Nacht. Beim Kühehüten im Tal sah ich ja jeden Abend, wie sich der Himmel rötet und herunterkommt und das Gras frisst, wenn es dunkel wird, bis er den Tag geschluckt hat. Dann war alles leergefressen und schwarz. Ich wusste, dass ich auch gefressen werde, wenn ich nicht kurz davor ins Dorf komme, zu den gelben Glühbirnen auf der Hauptstraße, die um sich herum einen Tageskreis fressen konnten.

Das Eigenartige am Singen ist, dass man, ohne zu sprechen und ohne zu weinen, ins Fertige klagen kann. Deshalb war das *Männlein im Walde* gut fürs Singen im Tal. Und mir war, als würde gar nicht ich singen, sondern das Tal den Zustand des Männleins, der auch meiner war. Und warum? Damit ich weiß, dass nicht nur ich allein in diesem Tal bin. Vielleicht kann man die Einbildung, dass man mit jemandem in gleicher Aussichtslosigkeit zusammen ist, TROST nennen. Dieses Wort kannte ich, brauchte es aber nicht, weil ich getröstet war und mir den Trost womöglich verdorben hätte, wenn das Wort aufgetaucht wäre.

Viele Jahre später habe ich in Jorge Semprúns Buch *Schreiben oder Leben* ein Kapitel gelesen, in dem Semprún sich einem im Sterben Liegenden im Krankenbau des KZ Buchenwald zuwendet. Der Sterbende summt, wie ihm scheint, ein Lied. Und Semprúns Gedanken gehen zu einem anderen Singenden zurück, zu *La Paloma*. Ihm fällt der Anfang des Liedes ein, und er fällt ihm auf Deutsch ein.

Kommt eine weiße Taube zu dir geflogen …

Er murmelt diesen Anfang, und er erinnert sich an eine Geschichte.

»Der Deutsche war jung, er war groß, er war blond. Er entsprach voll und ganz der Idee des Deutschen (…). Es war vor anderthalb Jahren, 1943. Im Herbst, in der Gegend von Semur-en-Auxois. An einer Biegung des Flusses gab es eine Art Wehr, das Wasser staute. An dieser Stelle war die Wasseroberfläche nahezu regungslos: flüssiger Spiegel unter der Herbstsonne. Der Schatten der Bäume bebte über diesem durchscheinenden Zinnspiegel.

Der Deutsche war auf der Uferböschung aufgetaucht, auf einem Motorrad. Der Motor seiner Maschine schnurrte leise. Er hatte den Pfad eingeschlagen, der zum Wasser hinunterführte. Wir warteten auf ihn, Julien und ich.

Das heißt, wir warteten nicht unbedingt auf diesen Deutschen. Auf diesen blonden, blauäugigen Knaben. (Achtung: ich phantasiere. Ich habe in diesem Augenblick die Farbe seiner Augen nicht sehen können. Erst später, als er tot war …) Wir warteten auf einen Deutschen, auf Deutsche. Irgendwelche. Wir wussten, dass die Soldaten der Wehrmacht es sich zur Gewohnheit gemacht hatten, gruppenweise an diesen Ort zu kommen, spätnachmittags, um sich zu erfrischen. Wir, Julien und ich, waren gekommen, um das Gelände zu erkunden, herauszufinden, ob es möglich wäre, einen Hinterhalt zu legen.

Aber dieser Deutsche schien allein zu sein. Kein weiteres Motorrad, kein weiteres Fahrzeug war nach ihm auf dem Pfad aufgetaucht. Allerdings war es auch nicht die gewohnte Uhrzeit. Es war gegen Mitte des Vormittags.

Er ist bis zum Ufer gefahren, ist von seiner Maschine gestiegen, hat sie aufgebockt. Stehend die Süße Frankreichs einatmend, hat er den Kragen seiner Jacke geöffnet. Er war sichtlich entspannt. Aber er war auf der Hut: seine Maschinenpistole hing ihm quer über der Brust, an dem Riemen, den er um seinen Hals gelegt hatte.

Julien und ich haben uns angesehen. Wir waren auf denselben Gedanken gekommen.

Der Deutsche war allein, wir hatten unsere beiden Smith-and-Wesson. Die Entfernung zwischen uns und dem Deutschen war gut, er befand sich in Reichweite unserer Waffen. Ein Motorrad ließ sich erbeuten, eine Maschinenpistole.

Wir waren gedeckt auf der Lauer: er war eine perfekte Zielscheibe. Wir waren also auf denselben Gedanken gekommen, Julien und ich.

Aber plötzlich hat der junge deutsche Soldat die Augen zum Himmel gehoben und hat zu singen angefangen.

Kommt eine weiße Taube zu dir geflogen …

Da bin ich zusammengezuckt, fast hätte ich ein Geräusch gemacht. Wäre mit dem Lauf der Smith-and-Wesson an den Felsen gestoßen, der uns Deckung gab. Julien hat mir einen vernichtenden Blick zugeworfen. (…)

Die Kindheit, die Dienstmädchen, die bei der Arbeit singen, die Melodien der Konzertpavillons in den schattigen Anlagen der Sommerfrischen, *La Paloma*! Wie hätte ich nicht zusammenzucken sollen, als ich dieses Lied hörte? (…)

Meine Hand hatte zu zittern begonnen. Es war mir unmöglich geworden, auf diesen jungen Soldaten zu schießen, der *La Paloma* sang. Als ob die Tatsache, dass er diese Melodie aus meiner Kindheit, diesen nostalgischen Schlager sang, ihn mit einem Mal unschuldig machte. Nicht persönlich unschuldig, vielleicht war er es ohnehin, auch wenn er nie *La Paloma* gesungen hätte. Vielleicht hatte er sich nichts vorzuwerfen, dieser junge Soldat, nichts anderes, als dass er zur Zeit Adolf Hitlers als Deutscher geboren worden war. Unschuldig nicht nur, als Deutscher geboren zu sein, unter Hitler zu einer Besatzungsarmee zu gehören, unfreiwillig die brutale Stärke des Faschismus zu verkörpern. Dem Wesen nach unschuldig geworden also, in der Fülle seines Daseins, weil er *La Paloma* sang. Es war absurd, ich wusste es genau. Aber ich war außerstande, auf diesen jungen Deutschen zu schießen, der mit unverhülltem Gesicht *La Paloma* sang, in der Reinheit eines Herbstmorgens, im Herzen der tiefen Sanftmut einer Landschaft Frankreichs.

Ich habe den langen, mennigrot angestrichenen Lauf der Smith-and-Wesson gesenkt.

Julien hat es gesehen, auch er hat den Arm wieder gebeugt.

Er beobachtet mich mit besorgter Miene, wahrscheinlich fragt er sich, was in mich gefahren ist.

In mich gefahren ist *La Paloma*, die spanische Kindheit, mitten ins Gesicht.

Aber der junge Soldat hat sich umgedreht, er geht mit kleinen Schritten zu seinem Motorrad zurück, das auf seinem Ständer steht.

Da packe ich meine Waffe mit beiden Händen. Ich ziele auf den Rücken des Deutschen, ich drücke auf den Abzug der Smith-and-Wesson. Ich höre neben mir die Schüsse aus dem Revolver von Julien, der ebenfalls mehrmals abgedrückt hat.

Der deutsche Soldat macht einen Satz nach vorn, als wäre er heftig in den Rücken gestoßen worden. Weil er tatsächlich in den Rücken gestoßen worden ist, von dem brutalen Aufprall der Geschosse.

Er fällt der Länge nach hin.«

Bis hierher geht es um den Deutschen. Dann schreibt Semprún über sich selbst.

»Ich sinke zu Boden, das Gesicht im frischen Gras, wütend hämmere ich mit der Faust auf den flachen Felsen, der uns schützte.

Scheiße, Scheiße, Scheiße!

Ich schreie immer lauter, Julien bekommt es mit der Angst.

Er schüttelt mich, brüllt, dass jetzt nicht der Moment sei, einen Nervenanfall zu kriegen: wir müssen verduften. Das Motorrad, das Maschinengewehr des Deutschen an uns nehmen und verduften.

Er hat recht, es gibt nichts anderes zu tun. (...)

Julien nimmt die Maschinenpistole des Toten, nachdem er ihn umgedreht hat. Und es stimmt, er hat blaue Augen, weit aufgerissen vor Verwunderung.«[1]

So weit Semprún.

Vielleicht haben Lieder ein größeres Erinnerungsvolumen als der Kopf. Sie nehmen sich beim Singen schleichend der ganzen einzelnen Person an. Lieder machen sich zur persönlichen Parabel. Das fertig Formulierte wächst zur eigenen Gegenwart. Diese Wirkung ist konkret, nistet sich präzis in einen deutlich erkennbaren Augenblick des Lebens. Wie, weiß man nicht. Der Vorgang ist Überrumpelung, aber schleichend, also abstrakt. Plötzlich ist man in die Erinnerung katapultiert. Musik bewahrt wie nichts sonst Gefühle auf. Überall auf der Welt, zu allen Zeiten, hängen Emigranten ein Leben lang der Musik und dem Essen von zu Hause nach. Denn beides, Singen und Kochen, geht übers Gemüt, nicht übern Verstand.

Das wissen auch Diktatoren. Musik wurde immer von ihnen genutzt, um den einzelnen in Besitz zu nehmen. Wir Deutsche kennen die vom Nationalsozialismus hinterlassene Ödnis. Lieder, die man bis heute nicht mehr singen kann, weil sie kontaminiert sind. Sie wurden planmäßig eingebaut in Hitlers Raub und Mord, mitgenommen ins Verbrechen der Soldaten. Auch zarte Lieder haben im Krieg gedient, sind in ihrer Zartheit so ins Verbrechen verstrickt wie die Soldaten selbst. Und für die mittlerweile gealterten Kriegskameraden der Wehrmacht und der SS waren sie vierzig Jahre später, und im tiefsten Sozialismus und im abgelegensten Kaff, immer noch Balsam für die Erinnerung. Manches hatten die Kriegskameraden eingesehen, hie und da sogar ein bisschen was korrigiert, vieles hatten sie sich abgewöhnt, aber nie ihre Lieder von damals. Kein Dorffest ging ohne diese Kriegslieder zu Ende. Und die Erinnerung machte keinen Unterschied zwischen dem zarten *Am Brunnen vor dem Tore* und dem eroberungsberauschten *Wir fahren gegen Engeland*. Beide Lieder hatten dieselbe Funktion: Beschwörung des Kriegs als Jugendzeit. Entkleidet von allen politischen Inhalten werden Lieder bemüht und dienen. Auch wenn im Verstand die Distanzierung eingetreten ist, verklären sie das Gefühl und machen Menschen weiterhin zutraulich.

Nostalgien berufen sich oft auf die Lieder, die die Geschichte begleitet haben. Nicht nur bei den Tätern, den Opfern geht es nicht anders – auch sie behalten die Lieder des Elends von damals fürs ganze Leben. Ich weiß von Oskar Pastior, auch Lagerleute bleiben im Singen der Lagerlieder dem »Nullpunkt der Existenz« zutraulich verbunden. Aus seiner lebenslangen Beschädigung musste ich schließen, dass Grundverletzungen all die Jahre später nur ausgehalten werden können, weil sich der Schrecken des Erlebten mit der Sehnsucht danach verbandelt. Diese Paarung von präzis und abstrakt. Der Gebrauch dieser Verschmelzung ist instinktiv, unfreiwillig gegen jedes bessere Wissen. Er passiert einem. Und man geniert sich vor sich selbst. Weil man den Gebrauch zulassen muss, hat man ihn verursacht – wenn auch ohne Wahl. Und weil man weiß, dass man dadurch die Kategorien der eigenen Werteskala durcheinanderbringt. Was der Kopf denkt, wird im Singen ignoriert.

Das Singen im Extremfall hab ich auch erlebt:

Ich war vielleicht sieben Jahre alt und fuhr mit den Großeltern mit dem Fiaker in ein anderes Dorf zum Bruder meines Großvaters. Es waren die ersten wärmeren Tage, der Schnee war weg. Aber auf dem Weg fing es wild an zu schneien. Wir wickelten uns in Decken, und Großmutter spannte den Regenschirm auf. Wir kamen durch den Akazienwald, der Fiaker blieb in der weichen Erde stecken. Wir stiegen ab, zerrten und schoben, halfen dem Pferd. Da heulte es nah im Wald, und wir sahen das Rudel, acht Wölfe. Und sie kamen auf uns zu, immer näher, ganz nah verlangsamten sie den Schritt. Sie brachten sich in Stellung für den Angriff. Mein Großvater hob mich auf den Fiakersitz, und meine Großmutter nahm den schwarzen Regenschirm. Sie spannte ihn auf, fing an zu singen:

Heißa, Kathreinerle, schnür dir die Schuh!
Schürz dir dein Röckele, gönn dir kein Ruh!
Didl, dudl, dadl, schrumm, schrumm, schrumm,
Geht schon der Hopser um:
Heißa, Kathreinerle, frisch immerzu!

Sie sang das Lied rauh, mit abgehackten Silben, hielt den Schirm vor sich, zuckte damit bei jeder Silbe, ging im Takt kleiner präziser Schritte auf die Wölfe zu. Ich sah den eisigen Atem über ihren Wachsnasen und ihr Maul innen blasslila wie dampfende Magnolien. Die Präzision ihrer Augen und ihrer Pfoten im Halbkreis. Und im Abendwerden das nackte Baumgerippe. Alles zusammen kam es mir vor wie das Ende des Lebens. Ich zog mir die Decke über den Kopf und dachte an die Großmutter vom Rotkäppchen, die von einem Wolf gefressen wurde. Und hier waren acht Wölfe. Ich hatte gelernt, dass sich die Erde immer dreht. Ich hoffte, dass sie jetzt die Wölfe von uns wegdreht. Meine Großmutter sang ihr Kathreinerle-Lied noch mal und noch mal. Dann spürte ich sie neben mir auf dem Sitz. Die Erde hatte die Wölfe wirklich von uns weggedreht, sie zogen ab. Waren sie musikalisch, ziemlich lange haben sie zugehört. Wollten sie keine singende Beute fressen?

Später ging ich in Temeswar aufs Gymnasium. Die ersten anderthalb Jahre in der Stadt war ich ein hilfloses fünfzehnjähriges Dorfgewächs. Heimweh trieb mich an den Bahnhof. Wenn ich an den Wochenenden nach Hause kam und im Dorf die Blasmusik hörte, die ich so hasste, schwelte im klaren Überdruss ein Verlangen, das mich beschämte. Eine verkorkste Rückkehr wider besseres Wissen und gegen den Verstand. Und sobald ich das Dorf montags in aller Früh wieder Richtung Stadt verließ, in den Zug einstieg, stieg das Verlangen nach Blechmusik aus mir aus und gruselte mich.

Bei politischen Haltungen gab es nie ein Gezerre in mir, die Entscheidung war sofort unverrückbar da. Doch bei privaten Angelegenheiten, also Gefühlssachen, drehte das

Gemüt mir oft alles um, was im Kopf längst geklärt war. Da kam nie der Schnitt zustande, immer nur der langsame Riss. Im Erinnern ist ja nichts Reales außen, sondern im Kopf. Die Gefühle rekonstruieren Vergangenes. Selbst der politische Alltag von damals, die Verfolgung, auch Namen, Daten und Zahlen werden zur Gefühlsangelegenheit. Und zwar je mehr, desto mehr jemand beschädigt ist. Es sind ja die Nerven, es wirkt sich psychisch aus. Um mich zu schützen, muss ich mich, so wie seinerzeit von der Blasmusik, von der Erinnerung drangsalieren lassen.

Beschädigungen, das muss man sich eingestehen, sind und bleiben Bindungen – notwendig, ungestüm und gnadenlos. Ich glaube, das gilt allgemein. Ob man aus der Bindung zu den Eltern abgesprungen oder der Verfolgung eines Landes entkommen ist, es bleibt in beidem eine irrationale Sehnsucht, obwohl man zu diesen Eltern oder in dieses Land nie mehr zurückkehren will. Dieser Phantomschmerz im Erinnern hat das betörende Zeug, das keine Ruhe gibt. Das manchen Beschädigten, wie wir wissen, tödlich ins Vergangene zerrt, in den Suizid.

Wahrscheinlich hat Hoffmann von Fallersleben in diesem Zwiespalt gelebt, seinen politisch aufrüttelnden Texten – der Staatseite des Lebens – mit der Privatseite der Kinderlieder Halt gegeben.

Auch der Sozialismus hat unendlich viel auf der Seele seiner Untertanen herumgegeigt. Mehr als alle anderen Kunstgattungen wurde die Musik als Herrschaftsinstrument in Dienst genommen: Kinderlieder für das Diktatorenehepaar und die Partei, Schlager übers neue Wasserkraftwerk oder die Stahlindustrie, Volkslieder über die glückliche Landwirtschaft. Dümmlich bis zur Peinlichkeit, brachial in der

Heuchelei. Abstieg in Text und Melodie bis zur Verwahrlosung aller künstlerischen Kriterien. Was man nur purpurrot vor Scham hätte sagen können, konnte man patriotisch singen und wie Treibholz mit den Füßen in die Wellen der Melodik marschieren. Das singende Proletariat und die abwesend winkenden, streichholzkleinen Parteibonzen auf der hohen Tribüne. Am 1. Mai war es meist noch kühl, und sie hatten das eigene Mäntlein an, das graue, vor Steifheit viereckige Mäntlein der sozialistischen Konfektionsfabrik. Und das gemeinsame sozialistische purpurrote Mäntlein, die Fahnentuchverpackung der Tribüne, hatten sie um. Auch die Vorbeiziehenden mit ihren Fahnen waren ihr Mäntlein. Die scheppernde oder jaulende Auftragsmusik war obszön. Die Schlagersänger von damals, egal ob jung oder alt, dick oder dünn, alle kamen einem vor, als wären sie von den Fußspitzen bis zum Scheitel mit Speichel abgeleckt. Im Speichel der Macht war nicht nur, was sie sangen, sondern auch ihre ganze Person widerlich. Es gab aber nur sie. Ceauşescu hatte »Preis dir Rumänien« als einzige Inspirationsquelle verordnet. Gleichzeitig die authentische Volksmusik, die wahrhaft gute Lyrik ist, verboten.

Maria Tănase, die große Sängerin, die alle verehrten, durfte nicht einmal auf Hochzeiten gespielt werden. Denn sie sang:

> Welt, Welt, Schwester Welt
> Wann hab ich dich satt
> Wenn mein Brot mir trocken ist
> Mich die Hand am Glas vergisst
> Wenn das Sargbrett schlägt um mich
> Vielleicht dann hab ich dich satt

Oder:

> Wer liebt und verlässt
> Den soll Gott strafen
> Gott soll ihn strafen
> Mit dem Kriechen der Schlange
> Mit dem Schritt der Käfers
> Mit dem Surren des Windes
> Mit dem Staub der Erde

Oder:

> Älter werden schwere Kleider
> Ich möcht nicht, dass sie mir zerreißen …

Kann man ein Land, das hundert Jahre solche Lieder hat, mit dummgestrickter sozialistischer Tölpelmusik abspeisen? Ja, man kann. Wenn auf jedem Quadratmeter des sogenannten Vaterlands ein Denunziant steht, kann man.

Die jungen Leute wollten Rockmusik. Hie und da gab es Konzerte, alle mussten sich hinsetzen und sitzen bleiben. Die Saalwände waren rundherum mannshoch dunkelblau, eine Wandtäfelung von den Uniformen der Polizisten: purpurblaue Mäntelein.

Rockmusiker hatten mit den Liedtexten dieselben Scherereien wie die Schriftsteller. In jeder Poesie witterte die Zensur Anspielungen auf den Diktator, auf die Not im Land oder den Wunsch, aus dem Land zu fliehen. Die Texte wurden so lange zensiert, bis ein Konzert nur noch aus kräftigem Gehopse und inhaltsleerem Gesang bestand. Für die Musiker war jedes Konzert ein halber Sieg und eine ganze Niederlage. Wie die Literaten Bücher, schmuggelten sie Schallplatten ins Land. Sie kannten die Rockmusik, die damals in der freien Welt kursierte. Literaten arbeiten still, Schreiben macht kein Geräusch, es konnte geschrieben werden, wenn auch nicht veröffentlicht. Sogar versteckt werden konnte das Geschriebene. Musiker wurden schon bei jeder Probe für ein Konzert mit dem Zensor konfrontiert.

Chip făr' de chip
Frunte de nisip
Glas făr'de glas
Ce-a mai ramas
Timp a rămas
Timp făr'de timp
Ce-aş putea să schimb
Unu dintre fraţi
Pentru un Carpaţi

Am un singur gînd
Ce-aş putea să vînd
Boaba de strugure
Sau un nasture
Şapca făr'de cap
Aş putea să tac
Mai pentru nimic
Noaptea coase-un sac
De întuneric.

Iarbă vitregă amară
Fluieră un tren în gară
Sau un copil făr'de adulţi
Pe-asfalt stă un pantof descułţ

Auf Deutsch:

Gesicht ohne Gesicht
Stirnrand aus Sand
Stimme ohne Ton
Was bleibt da schon
Zeit bleibt fürs Sterben
Was lässt sich verscherbeln
Einer meiner Brüder
Auf dem kalten Platz
Für eine Carpatz

Etwas macht mir Sorgen
Was verkauf ich morgen
Die süße schwarze Traube
Den grauen Hosenknopf
Die Kappe ohne Kopf
Für nichts und wieder nichts
Das Schweigen nimmt sich Zeit
Die Nacht näht einen Sack aus Dunkelheit

Bitterstures böses Gras
Durch den Bahnhof pfeift ein Zug
Ein elternloses Kind ist alt
Ein leerer Schuh auf dem Asphalt

Auf ihre Bitte hin habe ich damals Liedtexte auf Rumänisch für befreundete Rockmusiker geschrieben, auf ihre fertige Musik, eine herrlich komplizierte Rock-Barock-Oper. Aber ich war schon ein Staatsfeind. Wie abgesprochen, sagten sie dem Zensor, die Texte seien von ihnen. Es half nichts, sie kamen nicht in Frage. Aber ich weiß heute auch aus meiner Akte, dass damals alle Zimmer meiner Wohnung verwanzt waren. Wahrscheinlich wurden wir abgehört. Ein Lyriker, dessen Namen man nicht verstecken musste, schrieb den Freunden dann ein Textgewäsch, das man öffentlich singen durfte.

Es waren ein Dutzend Liedtexte und das einzige, was ich je auf Rumänisch geschrieben hab, als Freundschaftsdienst. Diesen ersten, hier zitierten sang mir der Trommler oft vor. Darum weiß ich ihn noch. Alle anderen hab ich längst vergessen.

Was ich nicht vergessen hab:

Damals, als das Wolfsrudel uns als Beute verschmäht hatte, als mein Großvater den Fiaker wieder flottgekriegt hatte, als wir im Sackdunklen bei seinem Bruder ankamen, musste ich gleich zu Bett. Bevor meine Großmutter das Licht ausknipste, fragte ich: Warum hat die Großmutter vom Rotkäppchen dem Wolf nicht gesungen?

Und meine Großmutter sagte: Denk nicht dorthin, wo du nicht sollst.

Cristina und ihre Attrappe

oder
Was (nicht) in den Securitate-Akten steht

Jede Reise nach Rumänien ist für mich auch eine Reise in eine andere Zeit, in der ich von meinem eigenen Leben nie wusste, was ist Zufall und was ist inszeniert. Deshalb habe ich jedesmal in allen öffentlichen Äußerungen die Einsicht in meine Securitate-Akte gefordert, die mir mit wechselnden Gründen stets verweigert wurde. Stattdessen gab es aber jedesmal Indizien, dass ich schon wieder, also immer noch beobachtet werde.

Im vergangenen Frühjahr war ich auf Einladung des NEC (New European College) in Bukarest. Am ersten Tag saß ich mit einer Journalistin und einem Fotografen in der Hotelhalle, als ein muskulöser Wachmann nach einer Genehmigung fragte und dem Fotografen den Fotoapparat entreißen wollte. »Hier sind keine Fotos erlaubt, auch nicht von Personen«, tobte er. An der Rezeption stand das blaue Europafähnchen – es waren nur wenige Tage seit der NATO-Konferenz in Bukarest vergangen. Die Journalistin war unterwürfig: »Verzeihen Sie, wir machen das nicht mehr.« Der Fotograf versuchte, seinen Apparat zu retten. Ich fragte den Wachmann, ob die Hotelhalle ein Geheimobjekt sei und was das Europafähnchen an der Rezeption zu suchen habe. Er solle es in die Schublade stecken, denn EU und NATO sind Organisationen einer freien Welt. Und was er hier tue, erinnere mich an die Ceauşescu-Zeit. Erst jetzt ließ er vom Fotoapparat ab. Aber die Überraschungen gingen weiter. Am zweiten Tag war ich zum Abendessen verabredet. Wie telefonisch vereinbart, kam ein Freund mich um 18 Uhr vom Hotel abholen. Als er in die Straße des Hotels einbog, bemerkte er, dass ihm jemand folgte, dass der Mann hinter ihm in die Hotelhalle kam, dass er in den dort liegenden Zeitungen blätterte, während er an der Rezeption bat, mich im Zimmer oben anzurufen, dass er unten wartet. Die Rezeptionsdame sagte, zuerst müsse er ein Besucherformular ausfüllen. Er erschrak, weil es so was nie gegeben hat, nicht einmal unter Ceauşescu.

Der Freund und ich gingen zum Restaurant. Immer wieder schlug er mir vor, die Straße zu wechseln. Ich dachte mir nichts dabei. Erst am nächsten Tag, als ich Andrei Pleşu, dem Direktor des NEC, die Geschichte mit dem Wachmann schilderte, erzählte der Freund ihm, dass er ein Besucherformular ausfüllen sollte, dass ein Mann ihm auf dem Weg zum Hotel und dann uns beiden bis zum Restaurant folgte. Andrei Pleşu war empört, hatte er doch immer seine NEC-Gäste dort untergebracht. Er schickte am nächsten Morgen seine Sekretärin ins Hotel, um alle Buchungen zu stornieren. Der Hotelmanager tischte das Märchen auf, die Rezeptionsdame hätte ihren allerersten Arbeitstag gehabt und sich falsch verhalten. Aber die Sekretärin kannte die Dame, seit Jahr und Tag stand sie an der Rezeption. Darauf sagte der Manager, der »Patron«, der Hotelbesitzer, sei ein ehemaliger Securitate-Mann, den man leider nicht mehr ändern könne. Dann lächelte er und meinte, das NEC könne zwar hier die Buchungen stornieren, doch in den anderen Hotels dieser Kategorie sei es genauso, man weiß es nur nicht.

Ich zog aus, wohnte die verbliebenen zwei Tage in einem Büro des NEC. Von Nachstellungen habe ich nach meinem Umzug nichts mehr gemerkt. Entweder hat sich der Geheimdienst zurückgezogen, weil es zu brenzlig wurde, oder professionell gearbeitet, also unsichtbar.

Um zu wissen, dass man für 18 Uhr einen Beschatter braucht, musste man mein Zimmertelefon abgehört haben. Im Hotelfernseher die Programme von CNN, BBC, RAI UNO und im Telefon die Wanze. An der Rezeption das Europafähnchen und die Schnüffler, die einem hinterherlaufen. Das ist Demokratie auf Rumänisch. Es ist bekannt, dass sich der Geheimdienst Ceauşescus, die Securitate, nicht aufgelöst, sondern nur umbenannt hat in SRI (Rumänischer Informationsdienst), der nach eigenen Angaben vierzig Prozent, also das jüngere, agile Personal, der Securitate übernommen hat. Der wirkliche Prozentsatz ist wahrscheinlich noch größer. Und die restlichen sechzig Prozent des Personals sind heute Rentner mit dreimal höheren Renten als alle anderen oder die neuen Macher der Marktwirtschaft. Im Chaos der ersten Wendezeit haben sie sich ihre »Schnäppchen« besorgt – Banken, Fabriken, Hotels, Reisebüros, Tankstellen etc. Und die Schnäppchen von damals mausern sich täglich weiter zu satten Vermögen eines sorglosen Lebens. Die Schnäppchen-Millionäre kennen und helfen einander auf allen Ebenen. Ihr Netz überzieht das Land vom Parlament über die Wirtschaft, Justiz, Universitäten bis in die Krankenhäuser. Dieses Netz sorgt für die allgegenwärtige Korruption und wird sich in nächster oder ferner Zukunft durch nichts stören lassen. Außerdem sind die Störungsversuche äußerst rar. Woher sollen sie kommen, wenn man als Hauptamtlicher gut versorgt und als

Spitzel fast überall unbehelligt weiter in Amt und Würden bleiben kann? Außer Diplomat kann ein Exspitzel in Rumänien heute beinah alles sein, was er früher war.

Akteneinsicht auf Rumänisch

Eine der bekanntesten rumänischen Autorinnen, die Grande Dame der rumänischen Lyrik, sagt in einem Interview in der Schweiz, sie wolle ihre Akten nicht einsehen, sondern sich weiterhin vorstellen, sie sei von allen Menschen geliebt worden. Fast achtzigjährig hat sie die grausigen Stalinjahre, danach die düstere Ceauşescu-Zeit erlebt. Mit solch trivialen Aussagen täuscht sie Naivität vor. In Wahrheit aber weiß sie, dass der Verrat überall herumlief, Beziehungen unterwanderte, vor keinem Gefühl haltmachte. Ja, die Liebe war für ihn ein besonderer Fraß – da sie die größte Nähe zulässt, ermöglicht sie den größten Verrat: sie vergiftet das Intimste. Die Autorin sagt auch, sie hätte durch das Tragen großer Sommerhüte die bürgerliche Dame gegen die sozialistische Genossin verteidigt. Ich habe sie in der Zeit der großen Sommerhüte gekannt – und es waren damals nur Hüte, sonst nichts. Ihre politische Opposition in Hutform ist neu. Weniger neu ist, woran ich mich gut erinnern kann: Als Redakteurin der Zeitschrift »Volk und Kultur« hat die Hutträgerin für eine sozialistische Feiertagsnummer der Zeitschrift Gedichte von Autoren missbraucht. Weil deren Gedichte rein gar nichts mit dem Feiertag zu tun hatten und ihre Autoren Feiertagsgedichte nie und nimmer geliefert hätten, hat die Redakteurin, ohne das Wissen der Autoren, vorhandene Gedichte genommen, die wirklichen Titel entfernt und fabrizierte Feiertagstitel darübergesetzt. So konnte sie ihrer Aufgabe als Redakteurin gerecht werden. Dass sie dafür Gedichte missbraucht und Autoren kompromittiert, hat sie an der Pflichterfüllung nicht hindern können. Das schlechte Gewissen hat sie kleingehalten, so klein, dass die Angst, den Redakteursposten zu verlieren, größer war als die Scham vor Autoren, deren Haltung sie kannte. Diese standen entsetzt vor fertigen Tatsachen, und es gab in jener Zeit im ganzen Land und in keinem anderen Blatt eine Möglichkeit, diesem gefälschten Parteijubel öffentlich entgegenzutreten. So was erzählt die Hutträgerin nicht. Gespräche über die Diktatur machen sie nervös. Im Interview sagt sie auch, es habe in der Diktatur auch glückliche Momente gegeben. Wer wollte das bestreiten. Bei jedem Menschen hat es sie gegeben, aber nicht dank der Diktatur, sondern trotz der Diktatur. In den privaten Nischen, wo die Schikanen noch nicht eingesickert waren – oder sogar gegen die Schikanen hat es sprunghaftes, eiliges und deshalb überspanntes, ja entfesseltes Glück gegeben. Ganz persönliches, schnelles Glück hat es gegeben in den Lücken der staatlichen Kontrolle. Dieses Glück brauchte so leichte Füße wie der Verrat, weil es ihm davonlaufen oder sogar vorauslaufen musste. Diese Art Glück war oft ein diebisches, ein hinkendes Glück. Man lachte sich müde, und es schallte wie Absturz. Über die Geheimdienstfiguren hat man Witze gerissen, über die Schikanen, drastische, vulgäre Witze. Es war ein Lachen um jeden Preis, angewachsen an die Angst. Eine Art eingeübte Pantomime, die man so bitter nötig hatte, um die Tatsachen auszuhalten. Relativiert so ein Glück die tägliche Menschenverachtung jener Zeit? Wenn man, wie mir die Akteneinsicht heute zeigt, in jedem Zimmer eine Abhörwanze hatte, war auch jede private Nische staatlich registriert. Das Atemholen im Lachen bei sich zu Hause im Zimmer wurde jedesmal, ohne dass man es ahnte, in der Verfolgungsakte als staatsfeindliche Aktion abgeheftet. Die Hutträgerin hat das Reden über die Diktatur immer schon gestört. Seit zwanzig Jahren höre ich von ihr den Satz: Können wir mit dem Thema nicht aufhören. Und sie hat großen Rückhalt bei viel zu vielen rumänischen Intellektuellen. Neuerdings sagte sie zu mir: Was du über Rumänien sagst, würde ich mir nie erlauben, über Deutschland zu sagen. Meine Antwort war: Dazu hättest du auch keinen Grund.

Man ist schon froh, wenn bekannte rumänische Schriftsteller die Diskussion über die Diktatur nur ignorieren, sie nicht blockieren oder gar hintertreiben, indem sie die Täter in Schutz nehmen. In Rumänien hat die Öffnung der Geheimdienstakten die Mehrzahl der Intellektuellen so wenig gekümmert wie all die zertrampelten Lebensläufe um sie herum, so wenig wie die Neuarrangements der Parteibonzen und Geheimdienstler. Wenn man, wie ich, bei jeder Gelegenheit all die Jahre öffentlich die Akteneinsicht forderte, ging man selbst den Freunden auf die Nerven. Auch aus diesem Grund lagen die Akten jahrelang, statt bei der auf Drängen der EU im Jahr 1999 nur widerwillig gegründeten Aktenbehörde (mit dem zungenbrechenden Namen CNSAS), beim neuen-alten Geheimdienst. Der dirigierte die Akteneinsicht, wie er wollte. Die Behörde musste Bittgesuche an ihn richten, die manchmal erhört, meist aber verweigert wurden, sogar mit der Begründung: An der beantragten Akte wird noch gearbeitet. Die rumänische Gauck-Behörde war von Anfang an ein Feigenblatt und ist bis heute undurchschaubar.

Im Jahr 2004 war ich in Bukarest und wurde dort vorstellig, um meinem wiederholten Gesuch nach Akteneinsicht Nachdruck zu verleihen. Ich wunderte mich, am Eingang standen drei junge Damen in Neonglanzstrümpfen, Minikleidern mit tiefem Dekolleté, als käme man in ein Erotic-Center. Und zwischen den Damen stand ein Soldat mit dem Maschinengewehr auf der Schulter, als käme man in eine höchst geheime Militärkaserne. Der Behördenchef ließ sich verleugnen, obwohl ich mit ihm verabredet war.

Meine Akte sei unauffindbar, hieß es. Doch in diesem Frühjahr stieß eine Forschergruppe nach und nach auf die Akten der rumäniendeutschen Autoren der »Aktionsgruppe Banat«. Die Securitate hatte für jede Minderheit eine spezialisierte Abteilung. Für die Deutschen hieß sie »Deutsche Nationalisten und Faschisten«, die ungarische Sektion hieß »Ungarische Irredentisten«, die jüdische »Jüdische Nationalisten«. Allein rumänische Schriftsteller hatten die Ehre, von der Abteilung »Kunst und Kultur« beobachtet zu werden.

Plötzlich fand sich auch meine Akte unter dem Namen CRISTINA. Drei Bände, 914 Seiten. Am 8. März 1983 soll sie angelegt worden sein – sie enthält jedoch Dokumente auch aus Jahren davor. Grund für die Eröffnung der Akte: »Tendenziöse Verzerrungen der Realitäten im Land, insbesondere im dörflichen Milieu« in meinem Buch *Niederungen*. »Textanalysen« von Spitzeln untermauern das. Und ich gehöre zu einem »Zirkel deutschsprachiger Dichter, der bekannt ist für seine feindseligen Arbeiten«.

Die Akte ist ein Machwerk der alten Securitate im Namen des SRI. Zehn Jahre hatte dieser alle Zeit, um daran zu »arbeiten«. Frisieren kann man es nicht nennen, die Akte ist regelrecht entkernt. Die zentralen Dinge sind getilgt und alles, wodurch die hauptamtlichen Securisten sich selbst belasten würden.

Diese Säuberung ist kein Einzelfall. Andrei Pleşu, der bei der Gründung der CNSAS Mitglied im Kuratorium der Behörde war, hat dieses Gremium aus Verbitterung und Protest längst verlassen. Er hatte seine Aktenbände einmal im Archiv gesehen, wusste, dass sie etwa zweitausend Seiten dick waren. Als man sie ihm dann endlich aushändigte, bestanden sie nur noch aus siebzig Seiten.

Per Gesetz wurde die CNSAS außer zur Akteneinsicht auch verpflichtet, die Klarnamen der Spitzel zu eruieren. Von allen, die bisher Einsicht in ihre Akte bekamen, hört man jedoch dasselbe: aus der langen Liste der Spitzel hat die Behörde sich einen einzigen herausgesucht, seinen Klarnamen mitgeteilt. Und dieser einzige ist in der Akte entweder marginal, oder er ist schon tot. Den entscheidenden Spitzeln, dem permanenten, dicken Verrat scheint die Behörde nicht auf die Spur kommen zu wollen. Ein Boykott? Arbeitet die Behörde etwa gegen sich selbst? Aber in wessen Auftrag?

Nach dem Studium arbeitete ich drei Jahre in der Traktorenfabrik TEHNOMETAL, in der ich Übersetzerin war. Die drei Jahre kommen mit keinem Wort in meiner Akte vor. Für die Montage und Wartung der aus der DDR, Österreich, der Schweiz importierten Maschinen übersetzte ich dazugehörende Beschreibungen. Zwei Jahre saß ich mit vier Buchhaltern im Büro. Sie berechneten die Gehälter der Arbeiter, ich wälzte meine dicken technischen Wörterbücher. Da ich Philologie studiert hatte, verstand ich nichts von hydraulischen oder nichthydraulischen Pressen, Hebeln oder Gewinden. Wenn im Wörterbuch drei, vier oder gar sieben Begriffe zur Wahl standen, ging ich in die Halle und fragte die Arbeiter. Sie sagten mir das richtige rumänische Wort ohne Deutschkenntnisse – sie kannten die Maschinen. Im dritten Jahr wurde ein »Protokollbüro« eingerichtet. Der Direktor versetzte mich dorthin zu zwei neu eingestellten Übersetzerinnen, eine für Französisch, eine für Englisch. Die Französisch-Dame war die Frau eines Universitätsprofessors, von dem es schon zu meiner Studienzeit hieß, er sei ein Geheimdienstmann. Die Englisch-Dame war die Schwiegertochter des zweithöchsten Geheimdienstlers der Stadt. Den Schlüssel zur Mitteltür des Aktenschranks hatten nur die beiden. Wenn ausländische Fachleute kamen, musste ich das Büro verlassen. Dann sollte ich offenbar für dieses Büro tauglich gemacht werden durch zwei Anwerbeversuche des Geheimdienstlers Stana. Nach der zweiten Verweigerung schleuderte er die Blumenvase mit den Tulpen an die Wand. Durch die Wasserlache und Glasscherben ging er zur Tür. Der Abschiedsgruß: »Es wird dir noch leid tun, wir ersäufen dich im Fluss.« Ich bat den Fabrikdirektor, mich umziehen zu lassen, zurück in mein altes Büro. Ich solle bleiben, wo ich bin, sagte er, mir keine Sorgen, sondern weiter meine Übersetzungen machen, dafür sei ich da. Eines Morgens kam ich zur Arbeit, meine Wörterbücher lagen neben der Bürotür auf dem Boden im Gang. Mein Schreibtisch gehörte einem Ingenieur, ich durfte das Büro nicht mehr betreten. Nach Hause gehen konnte ich nicht, sonst hätte man mich wegen unerlaubter Abwesenheit fristlos entlassen können. Nun hatte ich keinen Tisch, keinen Stuhl. Danach saß ich trotzig die acht Stunden mit den Wörterbüchern auf einer Betontreppe zwischen dem Parterre und der ersten Etage, versuchte zu übersetzen, damit niemand sagen kann, ich arbeite nicht. Ständig gingen Büroleute an mir vorbei, stumm. Meine Freundin Jenny, eine Ingenieurin, wusste, wie es so weit gekommen war. Jeden Tag auf dem Heimweg hatte ich ihr alle Vorkommnisse erzählt. Sie kam in der Mittagspause zu mir, setzte sich auf die Treppe. Wir aßen zusammen wie früher in meinem Büro. Im Hoflautsprecher sangen wie immer die Arbeiterchöre vom Glück und Fortschritt des Volkes. Sie aß und weinte um mich, ich nicht. Ich musste ja durchhalten. Am dritten Tag installierte ich mich an Jennys Schreibtisch, sie machte mir eine Ecke frei. Auch am vierten. Es war ein großes Büro für technische Zeichner, Reißbretter und an die zwanzig Schreibtische. Am fünften Morgen wartete sie vor der Tür auf mich: »Ich darf dich nicht mehr ins Büro lassen. Stell dir vor, meine Kollegen sagen, du bist ein Spitzel.« »Wie ist das möglich«, fragte ich. »Du weißt doch, wo wir leben«, meinte sie. Ich nahm meine Wörterbücher und setzte mich wieder auf die Treppe. Diesmal weinte auch ich. Als ich in die Halle kam, um nach einem Wort zu fragen, pfiffen Arbeiter hinter mir her und riefen: »Securistin!« Es war ein Hexenkessel. Wie viele Spitzel es wohl in Jennys Büro und in der Halle gegeben haben mag? Sie agierten, die Attacken waren per Anweisung nach unten gereicht worden, die Verleumdungen sollten mich zwingen zu kündigen. Am Anfang dieser turbulenten Zeit starb mein Vater. Ich hatte mich nicht mehr im Griff, musste mich meines Vorhandenseins auf der Welt vergewissern. Ich fing an, mein bisheriges Leben aufzuschreiben – woher ich komme, dieses dreihundertjährige starre Dorf, diese Bauern mit ihrem Schweigen, dieser Vater mit seinem LKW auf den holprigen Straßen, sein Suff und seine Nazilieder mit den »Kameraden«. Diese Mutter, hart und verstört, wie vom Leben beleidigt, immer in den randlosen Maisfeldern. Und ich in dieser Fabrik, Maschinen, groß wie ein Zimmer, Öllachen überall, wie ein Spiegel, der einen senkrecht in die Erde rutschen lässt. Dieser Stücklohn am Fließband, die mechanischen Griffe der Hände, die fahlen Augen, Blicke wie altes Zinkblech. Daraus entstanden die Kurzgeschichten der *Niederungen.*

Über die Anwerbung stehen in meiner Akte zwei Worte, handschriftlich als Randnotiz auf einem Abhörprotokoll. Ich erzähle Jahre später zu Hause von dem Anwerbungsversuch in der Fabrik. An den Rand notiert der Oberstleutnant Padurariu: »Das stimmt.«

Dass ich nun als Spitzel galt, weil ich mich geweigert hatte, ein Spitzel zu werden, war schlimmer als die Anwerbung und Todesdrohung. Dass ich eigens von denen verleumdet wurde, die ich schonte, indem ich mich weigerte, sie zu bespitzeln. Jenny und eine Handvoll Kollegen wussten, welches Spiel mit mir getrieben wurde. Alle anderen, die mich nur vom Sehen kannten, aber nicht. Wie hätte ich ihnen allen erklären sollen, was ablief, wie das Gegenteil beweisen. Das war menschenunmöglich, und die Securitate wusste das, und genau darum hat sie es eingefädelt. Und sie wusste auch, dass mich diese Perfidie mehr kaputtmacht als ihre Erpressung. Selbst an Todesdrohungen gewöhnt man sich. Sie gehören zu dieser einen Lebensweise, die man hat, weil man keine andere mehr haben kann. Man trotzt der Angst bis tief in die Seele. Aber durch die Verleumdung wird einem die Seele geraubt. Man ist nur noch monströs umzingelt. An dieser Ohnmacht erstickt man fast.

Wie lange diese Treppe mein Arbeitsplatz war, weiß ich

nicht mehr. Es schien mir endlos. Wahrscheinlich waren es nur Wochen. Schließlich wurde ich entlassen.

Vom selben Geheimdienst, der meine Entlassung bewerkstelligt hatte, wurde ich jetzt bei den Verhören als »parasitäres Element« bezeichnet. Man wies mich darauf hin, dass es für Parasitentum Gefängnis gebe oder Zwangsarbeit auf Baustellen. Man drohte mit dem »Kanal« – Ceauşescu ließ damals einen Kanal bauen, der das Schwarze Meer mit Bukarest verbindet. Ein abstruses Bauen, viele Soldaten und Häftlinge verloren dort ihr Leben. Als der Kanal fertig war, stellte sich heraus, dass er für den Schiffsverkehr nicht taugte, er war nicht tief genug.

Ich hatte überhaupt kein Geld. Jenny vermittelte mir Privatstunden. Ich unterrichtete Kinder in Deutsch oder half bei den Schulaufgaben. Aber in jedes Haus ging ich höchstens zwei-, dreimal. Dann tauchte der Geheimdienst bei den Eltern auf und drohte ihnen. Manche sagten mir, weshalb ich nicht mehr kommen sollte: »Sie schaden unserer Familie. Wissen Sie, wir machen keine Politik.« Andere servierten mir eine Lüge, dass sie nach einer Gehaltskürzung für Privatstunden kein Geld mehr hätten.

Bald erfuhr ich bei den Verhören auch, dass ich angeblich von Schwarzhandel und Prostitution lebe und dass ich wohl wisse, dass es wie für Parasitentum auch dafür Gefängnis gibt. Man nannte Namen von Kunden und Freiern, von denen ich nie im Leben gehört hatte. Und dann kam auch noch Spionage für den BND ins Spiel, weil ich mit einer Bibliothekarin des Goethe-Instituts und einer Dolmetscherin der Deutschen Botschaft in Bukarest befreundet war. Stundenlang erfundene Vorwürfe. Aber nicht nur das.

Man brauchte keine Vorladung, fischte mich einfach von der Straße ab. Ich war auf dem Weg zur Friseuse und wurde von einem Polizisten durch eine schmale Blechtür ins Souterrain eines Studentenwohnheims gebracht. Drei Männer in Zivil saßen an einem Tisch. Ein kleiner knochiger war der Chef. Er verlangte meinen Ausweis, sagte: »Na, du Hure, sehen wir uns schon wieder.« Ich hatte ihn noch nie gesehen. Mit acht arabischen Studenten sollte ich Sex haben und mich mit Strumpfhosen und Kosmetika bezahlen lassen. Ich kannte keinen einzigen arabischen Studenten. Aber er meinte, als ich das sagte: »Wenn wir wollen, finden wir auch zwanzig Araber als Zeugen. Wirst sehen, es wird ein exzellenter Prozess.« Ständig warf er meinen Ausweis zu Boden, ich musste mich bücken und ihn aufheben. An die dreißig- bis vierzigmal, wenn ich langsamer wurde, trat er mir ins Kreuz. Und hinter der Tür am Tischende schrie eine Frauenstimme. Folter oder Vergewaltigung, hoffentlich nur ein Tonband, dachte ich. Dann musste ich acht hartgekochte Eier und grüne Zwiebeln mit grobem Salz essen. Ich würgte das Zeug hinunter. Danach öffnete der Knochige die Blechtür, warf meinen Ausweis hinaus und trat mir in den Hintern. Ich fiel mit dem Gesicht ins Gras neben ein Gestrüpp. Ich kotzte, ohne den Kopf zu heben. Ohne mich zu beeilen, nahm ich den Ausweis und ging wieder nach Hause. Das Abfischen von der Straße weg machte mehr Angst als eine Vorladung. Niemand wusste, wo man ist. Man hätte verschwinden, nie wieder auftauchen oder, wie damals angedroht, als Wasserleiche aus dem Fluss gezogen werden können. Es hätte geheißen: Suizid.

Kein Verhör steht in den Akten, keine Vorladung und kein Abfischen.

Was in der Akte steht am 30. November 1986: »Jede Reise, die CRISTINA nach Bukarest und in andere Orte des Landes unternimmt, ist der Direktion I/A (d.h. Inlandsopposition) und III/A (d.h. Spionageabwehr) rechtzeitig mitzuteilen«, so dass die »permanente Kontrolle gewährleistet ist«. Dass ich also nirgends im Lande ohne Beschattung unterwegs sein darf, um »die nötigen Kontrollmaßnahmen in ihren Beziehungen mit westdeutschen Diplomaten und westdeutschen Bürgern durchzuführen«.

Die Beschattung war, je nach Absicht, unterschiedlich. Mal hat man sie nicht gemerkt, mal fiel sie auf, wurde rabiat und schlug um in Aggression. Als die *Niederungen* im Westberliner Rotbuch Verlag erscheinen sollten, hatten die Lektorin und ich, um nicht aufzufallen, uns in Poiana Braşov verabredet, in den Karpaten. Wir fuhren separat hin, als Wintersportler. Mein Mann Richard Wagner war mit dem Manuskript nach Bukarest gefahren. Ich sollte am nächsten Tag ohne Manuskript mit dem Nachtzug nachkommen. In der Bahnhofshalle von Temeswar empfingen mich zwei Männer, wollten meine Reisetasche kontrollieren. Ich weigerte mich. Sie wollten mich mitnehmen. Ich sagte stur: »Ohne Haftbefehl gehe ich nicht mit.« Vielleicht war es ihnen zu riskant, in der vollen Bahnhofshalle Aufsehen zu erregen, denn sie nahmen mich nicht mit.

Sie konfiszierten nur meine Fahrkarte und meinen Ausweis und befahlen mir, bevor sie verschwanden, mich nicht von der Stelle zu rühren, bis sie wiederkämen. Und ich rührte mich nicht von der Stelle. Aber dann fuhr der Zug ein, und sie kamen nicht wieder. Ich ging zum Bahnsteig. Es war die Zeit des großen Stromsparens, der Schlafwagen stand im Dunkeln am Ende des Bahnsteigs. Einsteigen durfte man erst ganz kurz vor der Abfahrt, die Tür war noch zu. Die zwei Männer waren wieder da, gingen auf und ab, ein paarmal knapp an mir vorbei, dann aber rempelten sie mich dreimal an, stießen mich zu Boden. Jedesmal stand ich dreckig und verwirrt schnell wieder auf, dass ich wieder auf den Beinen stehe, als wäre nichts. Die Wartenden schauten zu, als wäre nichts. Als die Schlafwagentür endlich aufging, drängte ich mich mitten in die Schlange. Die beiden Männer stiegen auch ein. Ich ging ins Abteil, zog mich halb aus, streifte den Pyjama über, damit es auffällt, wenn man mich herauszerrt. Als der Zug anfuhr, ging ich zur Toilette und versteckte einen Brief für Amnesty International hinter einem Rohr. Die zwei Männer standen auf dem Gang und sprachen mit dem Schlafwagenschaffner. Ich hatte das untere Bett im Abteil. Vielleicht, weil ich dort besser greifbar bin, dachte ich. Als der Schaffner an mein Abteil kam, gab er mir die Fahrkarte und den Ausweis. Woher er das habe und was die zwei Männer von ihm wollten, fragte ich. »Welche Männer«, sagte er, »hier sind Dutzende.«

Ich machte die ganze Nacht kein Auge zu. Es war Leichtsinn einzusteigen, dachte ich, die werfen mich während der Nachtfahrt irgendwo auf dem leeren Schneefeld unter den Zug. Als es draußen grau wurde, legte sich die Angst. Für einen inszenierten Suizid hätten sie bestimmt die Dunkelheit genutzt, dachte ich. Bevor die ersten Passagiere wach wurden, ging ich zur Toilette und holte den versteckten Brief. Dann zog ich mich an, setzte mich auf den Bettrand und wartete, bis der Zug in Bukarest einfuhr. Ich stieg aus, als wäre nichts gewesen. Auch davon steht nichts in der Akte.

Die Beschattungen hatten Folgen auch für andere. Ein Freund fiel dem Geheimdienst zum ersten Mal bei meiner

Lesung aus den *Niederungen* im Bukarester Goethe-Institut auf. Danach wurden seine Personalien festgestellt, eine Akte über ihn angelegt und er fortan beobachtet. Das steht in seiner Akte, in meiner findet sich kein Wort.

Der Geheimdienst kam und ging, wie er wollte, wenn wir nicht zu Hause waren. Oft wurden absichtlich Zeichen hinterlassen, Zigarettenkippen, Bilder von der Wand aufs Bett gelegt, Stühle umgestellt. Das Unheimlichste zog sich über Wochen hin. An einem Fuchsfell, das auf dem Fußboden lag, wurden nach und nach der Schwanz, die Füße und zuletzt der Kopf abgeschnitten und an den Fuchsbauch drangelegt. Es war Psychoterror, man sah die Schnitte nicht. Beim Putzen bemerkte ich zum ersten Mal, dass der Schwanz abgeschnitten dalag. Da dachte ich noch an Zufall. Als dann Wochen später der hintere Fuß abgeschnitten war, begann ich mich zu gruseln. Bis auch der Kopf abgeschnitten war, war die Kontrolle des Fuchsfells das erste, was ich tat, wenn ich nach Hause kam. Alles konnte geschehen, die Wohnung hatte ihre Privatheit verloren. Wenn man aß, dachte man jedesmal, das Essen könnte vergiftet sein. Von diesen Wohnungsbesuchen steht kein Wort in den Akten.

Im Sommer 1986 besuchte uns die Schriftstellerin Anna Jonas in Temeswar. Sie und andere Autoren hatten am 4. November 1985 in einem Brief an den rumänischen Schriftstellerverband – der sich in meiner Akte wiederfindet – dagegen protestiert, dass ich nicht zur Buchmesse, zum Evangelischen Kirchentag und zu meinem Verlag reisen durfte. Der Besuch ist in meiner Akte genau dokumentiert, und es gibt ein »TELEX« vom 18. August 86 an die Grenzbehörde, ihr Gepäck bei der Ausreise »aufs gründlichste« zu durchsuchen und das Ergebnis zu melden. Dieser Besuch ist in meiner Akte, im Gegensatz zum Besuch des ZEIT-Journalisten Rolf Michaelis. Er wollte, nachdem *Niederungen* erschienen war, ein Gespräch mit mir machen. Seinen Besuch hatte er mit einem Telegramm angekündigt und darauf vertraut, dass er mich zu Hause antrifft. Aber das Telegramm wurde vom Geheimdienst abgefangen, Richard Wagner und ich waren ahnungslos für ein paar Tage zu seinen Eltern aufs Land gefahren. Zwei Tage hintereinander läutete er vergeblich an der Wohnungstür. Am zweiten Tag lauerten ihm drei Männer im Raum des Müllschluckers auf und schlugen ihn brutal zusammen. Seine Zehen waren an beiden Füßen gebrochen. Wir wohnten auf der fünften Etage, der Lift ging nicht, weil kein Strom war. Rolf Michaelis musste auf allen vieren durchs sackdunkle Treppenhaus bis auf die Straße hinunterkriechen. Das Telegramm von Michaelis fehlt in der Akte, obwohl es darin eine ganze Sammlung abgefangener Briefe aus dem Westen gibt. Der Akte nach hat es diesen Besuch nie gegeben. Auch diese Lücke zeigt wieder einmal, dass der Geheimdienst seine Taten systematisch aus der Akte getilgt und dafür gesorgt hat, dass sein hauptamtliches Personal durch die Akteneinsicht niemals zur Verantwortung gezogen werden kann. Dafür gesorgt, dass die Securitate nach Ceauşescu zu einem abstrakten Monster ohne Täter wird.

So erkläre ich mir auch, dass sich in meiner Akte für andere bizarre Vorfälle keine Hinweise finden:

Bei meinem ersten Besuch in Deutschland wohnte ich bei Ernest Wichner in Berlin. Er fuhr für ein paar Tage zu seinen Schwiegereltern. Am nächsten Tag läutete es an der Tür.

Vor mir stand ein Monteur und sagte, er habe den Auftrag, das Telefon zu reparieren. Etwas war mir nicht geheuer, ich reagierte instinktiv richtig und schickte ihn weg. Aber sicher war ich mir nicht, ob das nun richtig war. Ich ging zum Telefon und rief Ernest Wichner an. Er hatte keinen Handwerker bestellt. Etwa zwei Stunden später ging ich aus dem Haus. Der »Monteur« saß immer noch im Auto vor dem Haus.

Bei diesem ersten Besuch erzählte man mir im Verlag von zwei Einbrüchen. Einer bei der Lektorin zu Hause und einer im Verlag. Bei der Lektorin fehlte nichts. Nur alle Manuskripte in ihrem Zimmer waren durcheinander, aber die Verlagsleute machte das nicht skeptisch. Obwohl auch im Verlag eingebrochen wurde, blieben sie naiv und meinten, der Einbrecher wollte eigentlich im Dentallabor darunter Zahngold stehlen, habe sich aber in der Etage geirrt. Vielleicht waren sie auch gar nicht so naiv, wollten mich, wissend, was mir in Rumänien nach meiner Rückkehr täglich passieren kann, nur schonen. In meiner Akte ist ein Gruppenfoto mit allen Verlagsmitarbeitern. Vielleicht ist das ein Souvenir von diesem Einbruch.

Ich lebte bereits in Berlin, als ich zum Verfassungsschutz bestellt wurde. Man zeigte mir das Foto eines mir unbekannten Rumänen, der als Securitate-Agent in Königswinter verhaftet worden war. In seinem Notizbuch stand auch mein Name mit der Adresse. Der Agent wurde verdächtigt, mit Mordaufträgen in Deutschland unterwegs zu sein.

Rolf Michaelis wollte uns »schützen« und schrieb über die Attacke gegen ihn erst nach unserer Ausreise. Aus den Akten weiß ich, es war ein Fehler. Nicht das Schweigen, sondern nur Öffentlichkeit im Westen konnte schützen. Aus meiner Akte geht nämlich auch hervor, dass ein surrealer Strafprozess wegen »Spionage für den BND« gegen mich vorbereitet war. Der Resonanz meiner Bücher und den Literaturpreisen in Deutschland habe ich zu verdanken, dass der Plan nicht umgesetzt und ich nicht verhaftet wurde.

Rolf Michaelis konnte uns vor dem Besuch nicht anrufen, da wir kein Telefon hatten. In Rumänien musste man jahrelang auf einen Telefonanschluss warten. Uns aber wurde ohne Antrag einer angeboten. Wir lehnten ihn ab, weil man wusste, dass ein Telefon die praktischste Abhörstation in unserer kleinen Wohnung wäre. Bei Freunden, die ein Telefon hatten, wurde es nämlich immer, wenn man zu Besuch kam, sofort in den Kühlschrank gestellt und eine Schallplatte aufgelegt. Die Verweigerung des Telefons hat nichts genützt, denn die Hälfte des Aktenmaterials, das mir ausgehändigt wurde, sind Abhörprotokolle unserer Wohnung.

In der Akte von Richard Wagner findet sich die »Nota de analiza« vom 20. Februar 1985, aus der hervorgeht, wann niemand von uns beiden zu Hause ist und: »Gleichfalls wurde der Einbau spezieller Mittel in der Wohnung durchgeführt, durch den wir Daten von operativem Interesse erhalten.« Auch der Plan zum Einbau der Abhöranlage findet sich in seiner Akte. In der Wohnung unter uns wurde die Decke und bei uns der Fußboden durchgebohrt. Die Wanzen waren in beiden Zimmern hinter den Schränken.

Die Abhörprotokolle sind oft voller Auslassungszeichen, weil die Musik der Schallplatten das Abhören störte. Die Musik lief aber, weil wir dachten, der Geheimdienst arbeite mit Richtmikrophonen. Dass alles, was wir reden, dass sogar das Schlafzimmer abgehört wird, dachten wir nie. Sicher wurde man bei Verhören immer wieder mit Dingen konfrontiert, die der Vernehmer gar nicht wissen konnte. Doch angesichts der furchtbaren Armut und Rückständigkeit Rumäniens glaubten wir, moderne Abhörtechnik könne sich die Securitate gar nicht leisten. Genaugenommen dachten wir auch, dass wir zwar ihre Staatsfeinde, aber diesen Aufwand nicht wert sind. In all der Angst blieben wir dennoch naiv, über den Grad der Überwachung haben wir uns gründlich getäuscht.

Als meine Akte 1983 eröffnet wurde, hat die Securitate den Beruf, Arbeitsplatz und die politische Zuverlässigkeit sämtlicher Bewohner unseres zehnstöckigen Wohnblocks überprüft und Personalbögen angelegt – wahrscheinlich, um in unserer Nachbarschaft Spitzel zu rekrutieren. Für diejenigen, die bis dahin noch nie ins Visier des Geheimdienstes geraten waren, gab es den Stempel »NECUNOSCUT« (unbekannt).

Die Abhörprotokolle sind Tagesberichte. Die abgehörten Gespräche werden zusammengefasst, die »staatsfeindlich« relevanten Stellen werden wörtlich wiedergegeben. Bei unbekannten Besuchern stehen Fragezeichen am Rand und die Anweisung, zu ermitteln, wer sie sind. Auch die Abhörprotokolle sind unvollständig.

Einer unserer engsten Freunde war Roland Kirsch. Er wohnte um die Ecke und besuchte uns fast täglich. Er war Ingenieur in einem Schlachthaus, fotografierte die Tristesse des Alltags und schrieb Prosaminiaturen. 1996 erschien in Deutschland sein Buch *Der Traum der Mondkatze.* Es erschien aus dem Nachlass, denn im Mai 1989 wurde er erhängt in seiner Wohnung gefunden. Die Nachbarn sagen heute, in seiner Wohnung muss es zu einem Handgemenge gekommen sein, es seien mehrere laute Stimmen zu hören gewesen in der Nacht seines Todes. Auch ich glaube nicht an Suizid. In Rumänien dauerten die Laufereien für alle Formalitäten vor einer Beerdigung tagelang. Bei Suizid war eine Obduktion selbstverständlich. Aber Roland Kirschs Eltern wurden alle nötigen Papiere innerhalb eines Tages ausgehändigt. Er kam ungewöhnlich schnell und ohne Obduktion unter die Erde. Und es gibt im dicken Konvolut der Abhörprotokolle kein einziges Mal einen Besuch von Roland Kirsch. Der Name ist getilgt, diese Person soll es nie gegeben haben.

Das Knäuel aus Liebe und Verrat

Eine quälende Frage hat meine Akte immerhin beantwortet. Ein Jahr nach meiner Ausreise kam Jenny nach Berlin zu Besuch. Seit den Schikanen in der Fabrik war sie meine engste Freundin. Auch nachdem ich entlassen war, sahen wir uns beinah täglich – ich hatte Vertrauen zu ihr. Als ich dann aber in unserer Berliner Küche ihren Reisepass anschaute und die zusätzlichen Visa für Frankreich und Griechenland sah, sagte ich ihr auf den Kopf zu: »So einen Pass gibt es nicht umsonst, was hast du dafür getan?« Ihre Antwort: »Der Geheimdienst hat mich geschickt, und ich wollte dich unbedingt noch einmal sehen.« Jenny hatte Krebs – sie ist lange schon tot. Sie erzählte, dass sie den Auftrag hat, unsere Wohnung und alltäglichen Gewohnheiten auszuforschen. Wann wir aufstehen und schlafen gehen, wo und was wir einkaufen. Sie berichte bei ihrer Rückkehr aber nur das, was wir verabreden, versprach sie. Sie wohnte bei uns, wollte einen Monat bleiben. Mit jedem Tag wuchs mein

Misstrauen. Schon nach einigen Tagen kramte ich in ihrem Koffer und fand die Telefonnummer vom rumänischen Konsulat und eine Kopie unseres Hausschlüssels. Seither lebte ich mit dem Verdacht, sie war wohl von Anfang an auf mich angesetzt, es war eine Freundschaft im Auftrag. Den Wohnungsplan und unsere Lebensgewohnheiten hat sie, wie ich aus der Akte sehe, als SURSA (Quelle) SANDA nach ihrer Rückkehr detailliert geliefert.

Aber in einem Abhörprotokoll vom 21. Dezember 1984 steht als Randnotiz neben dem Namen Jenny: »Wir müssen JENI identifizieren, offenbar gibt es ein großes Vertrauen zwischen ihnen.« Diese Freundschaft, die mir so viel bedeutet hat, wurde durch den Berlin-Besuch zerstört, eine schwer Krebskranke nach der Chemotherapie in den Verrat gelockt. Durch den Nachschlüssel wurde klar, dass Jenny hinterrücks ihren Auftrag erfüllt. Ich musste sie auffordern, unsere Berliner Wohnung sofort zu verlassen. Ich musste meine engste Freundin wegjagen, um mich und Richard Wagner vor ihrem Auftrag zu schützen. Diesem Knäuel aus Liebe und Verrat war nicht beizukommen. Dieses Knäuel quälte bestimmt auch Jenny. Tausendmal habe ich ihren Besuch im Kopf gewälzt, um diese Freundschaft getrauert, ungläubig erfahren, dass Jenny nach meiner Ausreise sogar mit einem Securitate-Offizier liiert war. Heute bin ich froh, weil die Akten zeigen, dass die Nähe zueinander aus uns selbst gewachsen war, nicht vom Geheimdienst eingefädelt, dass Jenny mich erst nach meiner Ausreise bespitzelte. Man wird bescheiden, sucht in dem Vergifteten einen Anteil, der nicht kontaminiert ist, sei dieser auch noch so klein. Dass meine Akte die wirklichen Gefühle zwischen uns beweist, macht mich jetzt fast glücklich.

Die Erweiterung des Brauchtums durch Verleumdung

Nach dem Erscheinen der *Niederungen* in Deutschland, als die ersten Einladungen kamen, durfte ich nicht reisen. Als jedoch Einladungen zur Verleihung von Literaturpreisen dazukamen, änderte die Securitate ihre Strategie.

Bis dahin arbeitslos, bekam ich im Spätsommer 1984 wider Erwarten eine Stelle als Lehrerin angeboten und schon am ersten Schultag die zur Reise nötige Empfehlung des Schuldirektors. Und im Oktober 1984 durfte ich wirklich reisen und Literaturpreise entgegennehmen. Doch die Absicht dieser Reisen war, wie aus meiner Akte hervorgeht, hinterhältig: ich sollte, statt wie bisher als Dissidentin, bei den Lehrerkollegen in der Schule als Profiteurin des Regimes gelten und im Westen als Agentin verdächtigt werden.

An beidem, aber besonders an der »Agentin«, hat der Geheimdienst massiv gearbeitet. Das Spitzelpersonal wurde mit Verleumdungsaufträgen Richtung Deutschland losgeschickt. Im Maßnahmeplan vom 1. Juli 1985 wird zufrieden festgestellt: »Als Folge mehrerer Reisen ins Ausland wurde bei einigen Schauspielern des Deutschen Staatstheaters Temeswar die Idee lanciert, dass Cristina Agentin der rumänischen Securitate sei. Der westdeutsche Regisseur Alexander Montleart, zeitweise beim Deutschen Theater in Temeswar, hat gegenüber Martina Olczyk vom Goethe-Institut und gegenüber Beamten der Deutschen Botschaft Bukarest diesen Verdacht bereits geäußert.«

Nach meiner Ausreise 1987 wurden die Maßnahmen »zur Kompromittierung und Isolierung« verschärft. In einer »Nota de analiza« vom März 1989 steht: »In der Kompromittierungsaktion werden wir mit dem Dienst D (Desinformation) zusammenarbeiten, indem wir einige Artikel im Ausland publizieren oder einige Memoranden – so als ob sie von der deutschen Emigration kämen – an mehrere Kreise und Autoritäten schicken, die Einfluss in Deutschland haben.« Einer der dafür vorgesehenen Spitzel ist SORIN, »denn er habe literarische und journalistische Neigungen und Interessen, die nötig sind für die eingeleiteten Aktivitäten«. Am 3. Juli 1989 schickt die Abteilung I/A einen »Raport« an die Zentrale der Securitate in Bukarest. Der rumänische Schriftsteller Damian Ureche hat auf ihre Anweisung einen Brief verfasst, der Richard Wagner und mich als Spitzel verunglimpft. Man bittet die Zentrale, den Brief zu genehmigen. Er sollte von der Tänzerin eines Folklore-Ensembles, die nach Deutschland fuhr, zu RADIO FREE EUROPE und zur ARD gelangen.

Der wichtigste »Partner« in Deutschland für Verleumdungsmaßnahmen war die Landsmannschaft der Banater Schwaben. Schon 1985 konstatiert die Securitate mit Genugtuung:

»Die Führung der Banater Landsmannschaft in Deutschland hat negative Kommentare zu diesem Buch *(Niederungen)* gemacht, einschließlich mit Vertretern der Rumänischen Botschaft aus Deutschland.« Das ist ein starkes Stück. Seit dem Erscheinen der *Niederungen* führte die Landsmannschaft in ihrem Blatt »Banater Post« eine Rufmordkampagne gegen mich. »Fäkaliensprache, Urinprosa, Nestbeschmutzerin, Parteihure« waren die gängigen Urteile ihrer hauseigenen »Literaturkritik«. Ich sei ein Spitzel, behauptete man, habe die *Niederungen* gar im Auftrag der Securitate geschrieben.

Auch im »Donauschwaben«, einer anderen Postille der Landsmannschaft, werden die Diffamierungen in der Weihnachtsausgabe 1984 fortgesetzt. Meine Ausdrucksweise in den *Niederungen* sei »unübertroffen vulgär« und ich selbst »krankhaft«. Dazu auch die »wertvollste Mitarbeiterin der Bukarester ZK-Propagandaabteilung und anderer Departements«. Der Artikel endet in schamloser Rachephantasie: »Jedem das Seine!« – dem Schriftzug im Eingangstor zum Konzentrationslager Buchenwald.

Während ich auf der Betontreppe der Fabrik saß, war die Landsmannschaft offenbar im vertrauten Beisammensein mit dem Botschaftspersonal der Ceaușescu-Diktatur. Ich hingegen hätte mich nie getraut, einen Fuß in diese Botschaft zu setzen, weil ich nicht wusste, ob ich von dort wieder herauskomme. Angesichts dieser Beziehungen zu Ceaușescus Diplomaten wundert es nicht, dass die Landsmannschaft in all den Jahren über die Diktatur keine einzige kritische Silbe geäußert hat. Im Bunde mit dem Regime hat sie den Ausverkauf der Rumäniendeutschen betrieben, das Kopf-Geld bis zu 12 000 DM, das die Bundesrepublik für jede auswandernde Person bezahlte, hat die Landsmannschaft nicht gestört. Genauso wenig, dass dieser Menschenhandel eine beträchtliche Devisenquelle für die Diktatur war. In der gleichen Einvernehmlichkeit mit dem Regime teilte man sich den Hass auf mich und die Verleumdungsarbeit. Ich wurde zum Hauptfeind hochstilisiert, als permanentes Angriffsziel zum Bestandteil der Landsmannschafts-Identität. Wer mich verleumdete, bewies seine Heimatliebe. Die Landsmannschaft hat ihre Brauchtumspflege erweitert durch meine Verleumdung. Der Ausdruck »Spitzel« kam der Landsmannschaft anscheinend nur in den Sinn, wenn es galt, mich zu verunglimpfen. In meiner Akte steht: »Ihrer Schriften wegen, die die Banater Schwaben in ein schlechtes Licht rücken«, hätten mich Personen aus diesem Kreis außerhalb Rumäniens »isoliert und blamiert«. Und: »An dieser Aktion haben auch unsere Organe mitgewirkt durch die Möglichkeiten, über die wir im Ausland verfügen.«

Zu diesen »Möglichkeiten im Ausland« zählen wahrscheinlich die bestellten Störer bei Lesungen in Süddeutschland. Im Saal saß dann eine Truppe »Landsleute«, die die Veranstalter noch bei keiner anderen Lesung gesehen hatten. Sie trampelte mit den Füßen und rief, ich solle die Schweinereien von Seite soundso lesen. Die Aufforderung, den Saal zu verlassen, ignorierten sie. Ihr Ziel haben sie erreicht, die Lesungen mussten abgebrochen werden.

In meiner Akte steht: »Kompromittierendes Material soll auch an Horst Fassel, an seine Institutsadresse geschickt werden, mit der Bitte, es zu verbreiten.«

Gemeint ist das Donauschwäbische Institut in Tübingen, dessen Geschäftsführer Fassel damals war. Und davor, in den achtziger Jahren, war er Redakteur der »Banater Post«.

Ernest Wichner hat in der rumänischen Aktenbehörde Fassels Akte eingesehen, das »Dosar SIE 47310«, daraus geht hervor, der Informant FILIP sei seit 1977 für die Securitate tätig gewesen. 1982 wurde er von der Auslandsabteilung auf eine »externe Mission« in der Bundesrepublik Deutschland vorbereitet. 1983 kommt er nach Deutschland, um »die Verhältnisse innerhalb der Landsmannschaft im Sinne der rumänischen Interessen zu beeinflussen«. In dieser Akte wird statt des Decknamens FILIP auch einmal der Klarname des Agenten genannt: Horst Fassel. In der »Banater Post« schreibt er 1986, die »Trostlosigkeit, die aus allen Texten von Herta Müller ausstrahlt, hat in der Asphaltliteratur der zwanziger Jahre Vorläufer«. »Asphaltliteratur«, einer der Vorwürfe nationalsozialistischer Studenten an die Bücher, die sie 1933 verbrannten. Bis heute bestreitet Fassel, jener FILIP zu sein, obwohl Geburtsdatum, die Namen der Eltern und der Ehefrau übereinstimmen.

In ihren Berichten haben die Spitzel dem rumänischen Geheimdienst eine Bedeutung der Landsmannschaft in Deutschland vorgegaukelt, die sie nie hatte. Trotz der räumlichen Distanz gab es offenbar dasselbe Abhängigkeitsverhältnis, wie man es vom Stasi-IM zum Führungsoffizier kennt, denselben Druck, fleißig zu arbeiten, dieselbe Angst, fallengelassen und hier im Westen enttarnt zu werden.

Einer der Fleißigsten war SORIN, der schon 1983 die Temeswarer Autorengruppe auskundschaftete. Ein Bekannter, der die Akte seines mittlerweile verstorbenen Vaters eingesehen hat, entnimmt dem kodifizierten Kennzeichen, das dem Spitzelnamen auf jedem Bericht beigefügt ist, dass SORIN 1982 bereits achtunddreißig Berichte geliefert hatte. Auch in meiner Akte mit den über dreißig Spitzelnamen ist SORIN eine der Hauptpersonen. In einem Maßnahmeplan vom 30. November 1986 steht ausdrücklich, dass SORIN beauftragt wird, auszukundschaften, was ich demnächst vorhabe und welche Beziehungen ich in Rumänien und im Ausland pflege. Einmal besuchte uns in Temeswar der Feuilleton-Chef der Bukarester Zeitung »Neuer Weg« in Begleitung von Walther Konschitzky. Im Abhörprotokoll dieses Tages notiert Oberstleutnant Padurariu, der mich immer verhörte, am Rand als Identifikation dieses Besuchers: SORIN.

Wie so viele andere Spitzel ist auch Walther Konschitzky während der Diktatur regelmäßig zwischen Rumänien und

Deutschland gependelt, noch vor dem Sturz Ceauşescus ausgewandert und war dann Kulturreferent der Banater Landsmannschaft von 1992 bis 1998. Seither übt er – da diese Stelle in der Münchner Zentrale gestrichen wurde – seine Funktion ehrenamtlich aus.

Um die Spitzel in den eigenen Reihen hat sich die Landsmannschaft nie geschert. Seit ihrer Gründung 1950 hat sie sich eine Kopfheimat aus Blasmusik, Trachtenfesten, schmucken Bauernhäusern und geschnitzten Holztoren geschaffen. Die Diktaturen Hitlers und Ceauşescus wurden immer ausgeblendet. Führungspersonen der nationalsozialistischen Volksgruppe im Banat gehörten zu den Gründungsmitgliedern der Landsmannschaft.

Diese Kopfheimat suggeriert der deutschen Öffentlichkeit eine auf gleiche Weise ohnmächtige, verfolgte deutsche Minderheit in Rumänien. Die Wahrheit sieht anders aus. Prozentual profitierten genauso viele Deutsche wie Rumänen vom System. Es gab auch deutsche Funktionäre, Bonzen und Direktoren. Erich Pfaff war vor meiner Zeit, zu meiner Zeit und nach meiner Zeit bis zu seiner Ausreise nach Deutschland der Direktor des deutschen Lenau-Lyzeums in Temeswar. Er wird bis heute als großer Garant der Minderheitenkultur gelobt. Sieben Jahre nach meinem Abitur bestellte er seinen damaligen Schüler Helmuth Frauendorfer zu sich ins Büro. Es war kurz vor dem Abitur – und der Direktor war nicht allein. Bei ihm saß ein Securitate-Offizier. Der neunzehnjährige Schüler wurde erpresst: Er werde die Prüfung nicht bestehen, wenn er nicht tut, was man ihm sagt. Ein leeres Blatt Papier wurde ihm vorgelegt. Der Verängstigte schrieb, was der Geheimdienstler diktierte– es war eine IM-Erklärung. Er war als Schüler ins Büro des Direktors gekommen und verließ es als Spitzel. Der nächste Treff beim Geheimdienst wurde ihm gleich mitgeteilt. Sein Auftrag: die Schriftsteller der »Aktionsgruppe Banat« auszuhorchen. Statt nach Hause ging er aber zu uns und erzählte, was geschehen war. Wir rieten ihm, zum nächsten Treff nicht zu erscheinen. Damit begannen auch für ihn die Verhöre. Jetzt gehörte er zu uns. Frauendorfer wird in all den Jahren nicht der einzige Schüler gewesen sein, dem der honorige Direktor diese Lektion verpasste.

Bis heute weigert sich die Landsmannschaft, den Einfluss der Securitate in ihren Reihen zu untersuchen, mit der Ausrede, das sei verjährt. Wie die Securitate hofft auch sie, die Zeit möge die Spuren löschen. Das ist nicht hinnehmbar angesichts ihres politischen Gewichts in Deutschland. Weniger als zehn Prozent der ausgewanderten Banater Schwaben sind in ihr organisiert, dennoch hatte die Landsmannschaft all die Jahre ihre Vertreter in Rundfunkräten und Kulturinstitutionen. Nach meiner Ankunft in Deutschland erzählten mir Journalisten, dass ihre Sendung mit mir über die deutsche Minderheit und die Diktatur Schwierigkeiten zur Folge hatte, weil die Landsmannschaft intervenierte. Außerdem war sie all die Jahre eine der Schaltstellen für die Bewilligung der Ausreiseanträge aus Rumänien. Den Ausreiseantrag des Literaturkritikers Emmerich Reichrath, dessen Rezensionen über den Banater Tellerrand hinauswiesen, versuchte sie zu verhindern. Auch ich erhielt vor der Ausreise Briefe von »Landsleuten« aus Deutschland, in denen stand: »Sie sind in Deutschland nicht willkommen.« Im Übergangsheim in Nürnberg war das Büro der Landsmannschaft Tür an Tür mit den Büros des BND. Man musste mit seinem Laufzettel den ganzen Tag von einem Büro zum nächsten, von einem Stempel zum nächsten. Hie und da hing an einer Bürowand die Karte des Deutschen Reichs in den Grenzen vor 1945. Und an der Tür hing hie und da ein Zettel: »Ich nix verstehen Deutsch.«

Ein Stempel der Landsmannschaft war für die Abwicklung der Einreiseformalitäten unumgänglich. Mich empfing man mit dem eisigen Satz: »Die deutsche Luft bekommt Ihnen nicht gut.« Ich war schwer erkältet nach einer Nachtfahrt auf dem offenen Anhänger eines Traktors zur Grenze. Es war Februar. Hinter der nächsten Tür, beim BND, war der Empfang noch schroffer. Heute weiß ich, warum. Der Verleumdungsplan der Securitate ging auf: »Hatten Sie mit dem dortigen Geheimdienst zu tun?« Meine Antwort »Er mit mir, das ist ein Unterschied« beeindruckte den Beamten nicht. »Lassen Sie das meine Unterscheidung sein, dafür werde ich schließlich bezahlt«, sagte er. Und: »Wenn Sie einen Auftrag haben, können Sie es jetzt noch sagen.« Während alle anderen dieses Büro nach ein paar Minuten mit einem Unbedenklichkeitsstempel verlassen konnten, wurden Richard Wagner und ich mehrere Tage gemeinsam und einzeln verhört. Während meine Mutter ihre Einbürgerungsurkunde automatisch bekam, sagte man Richard Wagner und mir monatelang, es seien »eindringliche Recherchen nötig«. Ich war in einer grotesken Lage. Einerseits warnte mich der Verfassungsschutz vor Bedrohungen der Securitate, gab mir Anweisungen: nicht im Parterre wohnen, auf Reisen keine Geschenke annehmen, Zigarettenpackung nicht auf dem Tisch liegenlassen, mit Unbekannten nie in eine Wohnung gehen, mir eine Schreckschusspistole kaufen usw. Andererseits blockierte der Agentenverdacht meine Einbürgerung.

Einige Wochen vor meiner Ausreise wurde meine Mutter am frühen Morgen zum Dorfpolizisten bestellt. Aus der Wut seiner Stimme und weil mein Name in den Sätzen fiel, verstand sie, dass es Drohungen sind. Ihr Rumänisch reichte nicht, um die Inhalte zu verstehen. Dann verließ er das Büro und schloss die Tür von außen ab. Den ganzen Tag bis spätabends saß sie eingesperrt da. Um sich die Zeit zu vertreiben, nahm sie nach einigen Stunden den Eimer mit Wasser, der in der Ecke stand, und ein Handtuch als Lappen. Erst putzte sie den Staub, dann wischte sie das Büro. »Was hat er gesagt, als er dich wieder rausgelassen hat«, fragte ich. Sie sagte: »Gar nichts, der hat gar nicht bemerkt, dass sein Büro jetzt sauber ist.«

Es war bestimmt nicht der Einfall des Dorfpolizisten, meine Mutter einen Tag lang ins Büro zu sperren, sondern ein Geheimdienstbefehl aus der Stadt. Der Zweck: Meine Mutter sollte spüren, was ihr blüht, wenn sie nicht mit mir ausreist. Dass sie durch Sippenhaft für meine »Umtriebe« büßen wird. Sie war 62 Jahre alt, hatte Angst vor der Ausreise, wollte vorläufig noch bleiben, später vielleicht nachkommen. Der Geheimdienst aber wollte, dass alles aus dem Land verschwindet, was mit mir zu tun hat. Er beschloss, sie in meine Ausreise mitzupacken. Und was der wollte, das wollte sie jetzt auch: schnell ausreisen. Sie verschleuderte in zwei Wochen alles, was in Haus und Hof war, übergab das Haus dem Staat »besenrein« und für einen symbolischen Preis, durch den, wie sie sagte, »nicht mal die Hälfte des Zauns bezahlt ist«. Sie stürzte sich Hals über Kopf ins Auswandern aus Angst vor Sippenhaft.

Der Sippenhaft bediente sich auch die Banater Landsmannschaft. 1989 war meine Mutter dann seit zwei Jahren in Berlin – und mit ihr das ständige übergroße Heimweh. Da erfuhr sie von einer ehemaligen Nachbarin aus Nürnberg, dass sich in Augsburg die ausgewanderten Nitzkydorfer beim »Heimattag« treffen. Sie fuhr hin. Ehrengast war Klaus Lanz, damals Sprecher der Landsmannschaft. Er trat auf die Bühne, aber statt von Heimat oder Wiedersehen zu sprechen, fiel er über meine Mutter her, über die Schande, so eine Tochter zu haben. Meine Mutter verließ weinend den Saal, noch bevor es ihr möglich war, mit ehemaligen Freunden und Nachbarn auch nur ein Wort zu sprechen.

Ich frage mich, warum der BND mich verdächtigte, sonst aber wohl keinem der vielen Spitzel in der Landsmannschaft und der Emigration auf die Spur gekommen ist. Wahrscheinlich hat man sich auch im BND auf die Einflüsterungen der Landsmannschaft verlassen. Deshalb ist Deutschland heute ein gemütliches Reservat für Securitate-Spitzel. Wenn man die Akten der »Banater Autorengruppe« miteinander vergleicht, lassen sich zahlreiche Spitzel identifizieren, wie SORIN, VOICU, GRUIA, MARIN, WALTER, MATEI und viele mehr. Sie sind Lehrer, Professoren, Beamte, Journalisten, Schauspieler, Schriftsteller und mittlerweile stille Rentner.

Nie hat sie jemand behelligt. Die seit dem Fall der Mauer anhaltende Stasi-Debatte kann ihnen den Buckel runterrutschen. Sie sind zwar alle deutsche Staatsbürger, aber für die deutschen Behörden undurchschaubar. Ihre Spitzeltätigkeit ist hierzulande exterritorial. Und anders als den Stasi-Spitzeln nach der Wiedervereinigung sind den Securitate-Spitzeln ihre Führungsoffiziere nicht abhandengekommen. Sie sitzen nämlich heute im neuen rumänischen Geheimdienst.

Der Schauspieler Alexander Ternovits, der mit Klamauk

und Vorstadtwitzchen das Publikum belustigte und daher »Josefstädter Franzl« und »Buju« genannt wurde, hatte, wie die Akten heute zeigen, auch eine ernstere Beschäftigung: als MATEI jahrelange Spitzeldienste für die Securitate. Nach dem Sturz Ceauşescus wurde er zum Ehrenbürger der Stadt Temeswar gekürt. Überhaupt ist die rumänische Ehre eine seltsame Sache, mit düsterem Glanz poliert. Denn auch der Spitzel SORIN und Horst Fassel wurden 2004 in der neuen rumänischen Demokratie vom damaligen Präsidenten Ion Iliescu durch den »Ordinul Meritul Cultural« mit dem Grad »Offizier« dekoriert. Man geniert sich nicht im freien Rumänien, die Ordensverleihung der Franzosen »Ritter der Ehrenlegion« abzukupfern, um Securitate-Spitzel zu belohnen.

Und in Deutschland: Der Deutsche Bundestag finanzierte die Arbeit der Landsmannschaft während der Diktatur, und er finanziert sie nach der Diktatur. Mir ist nicht bekannt, dass er jemals eine Untersuchung der Verstrickung ihres Personals mit der rumänischen Diktatur gefordert hätte.

1989, nach dem Sturz Ceauşescus, dachte ich, die Verleumdungskampagnen gegen mich seien nun endlich obsolet. Aber sie gingen weiter. 1991 erhielt ich sogar in Rom als Stipendiatin der Villa Massimo anonyme Drohanrufe. Und die Briefkampagne der Securitate hat offenbar ein Eigenleben angenommen. Als mir 2004 der Literaturpreis der Konrad-Adenauer-Stiftung zugesprochen wurde, erhielt nicht nur die Stiftung stapelweise Briefe mit den üblichen Verleumdungen. Die Aktion steigerte sich diesmal ins Maßlose, auch das Präsidium des Deutschen Bundestages, der damalige Ministerpräsident Erwin Teufel, die Vorsitzende der Jury, Birgit Lermen, und Joachim Gauck als Laudator erhielten Briefe, die mich als Agentin, Mitglied der Kommunistischen

Partei Rumäniens und Nestbeschmutzerin verunglimpften. Viertel vor zwölf klingelte bei Birgit Lermen das Telefon, Punkt Mitternacht bei Bernhard Vogel – dem Vorsitzenden der Stiftung – und Viertel nach zwölf bei Joachim Gauck. Schmähungen und Drohungen, unterlegt mit dem Horst-Wessel-Lied. Diese Anrufe kamen nächtelang, bis die Polizei den Anrufer durch eine Fangschaltung ermittelte.

Die Attrappe und ihre eigenen Wege

In meiner Akte bin ich zwei verschiedene Personen. Die eine heißt CRISTINA, ist Staatsfeind und wird bekämpft. Um diese CRISTINA zu kompromittieren, wird in der Fälscherwerkstatt der Abteilung »D« (Desinformation) eine Attrappe fabriziert, mit allen Zutaten, die mir am meisten schaden – systemtreue Kommunistin, skrupellose Agentin, Parteimitglied, das ich im Unterschied zu vielen Funktionären der Landsmannschaft nie war.

Überall, wo ich hinkam, hatte ich mit dieser Attrappe zu leben. Sie wurde mir nicht nur hinterhergeschickt, sie eilte mir auch voraus. Obwohl ich von Anfang an und immer nur gegen die Diktatur geschrieben habe, geht die Attrappe bis heute ihre eigenen Wege. Sie hat sich verselbständigt. Obwohl die Diktatur seit zwanzig Jahren passé ist, irrlichtert diese Attrappe umher. Wie lange noch?

Lalele, Lalele, Lalele

oder
Das Leben könnte so schön sein wie nichts

Nachdem ich mich geweigert hatte, für den Geheimdienst als Spitzel zu arbeiten, wurden die Schikanen unerträglich – man hoffte, dass ich von selbst aus der Fabrik verschwinde, weil ich es nicht mehr aushalte. Es war eine Traktorenfabrik, sie hieß *Tehnometal*. Jeden Morgen um halb acht musste ich mich im Büro des Fabrikdirektors präsentieren – von montags bis samstags. Seine erste Frage, die dann alle paar Sätze – ein dutzendmal – wiederkehrte, war jeden Morgen von montags bis samstags dieselbe:

Hast du eine andere Arbeitsstelle gefunden?

Und ich antwortete ein dutzendmal von montags bis samstags dasselbe:

Mir gefällt es in der Fabrik, ich möchte bis zur Rente bleiben.

Es war sture Provokation – die Stirn bieten, sagt man. Aber das hört sich so kühn an, wie man nicht sein kann, wenn man ausgeliefert ist. Ich gab mich in der Fabrik den ganzen Tag unbeeindruckt. Aber den Heimweg ging ich mit einer Freundin zu Fuß, weil man in der Straßenbahn nicht unbeobachtet weinen kann. Die Inhalte der Morgengespräche mit dem Direktor waren, außer dieser immer gleichen Frage, noch Beleidigungen. Und die änderten sich – zornig waren sie anders formuliert als verächtlich und drohend anders als mitleidig. Das alles war quälend, aber uninteressant.

Interessant war etwas anderes, die Farbe der Hemden, die der Direktor trug. Die Farbe wiederholte sich wie die Tage der Wochen: Montags trug er ein hellgrünes Hemd, dienstags ein hellblaues, mittwochs war es beige, donnerstags orange, freitags rosa, samstags – wir arbeiteten auch samstags – blasslila. Oft, aber nicht immer, arbeiteten wir auch sonntags – dann war das Hemd weiß. Alle Hemden hatten auf der Brusttasche eine schwarze, mit Seidenzwirn gestickte Tulpe, klein wie ein Fingernagel. Ich begann mir die Hemdfarben zu notieren. Mehrere Wochen blieb die Reihenfolge der Farben genauso unverändert wie die Gespräche. Über die Gespräche hatte es keinen Sinn, sich Gedanken zu machen, sie enthielten nichts außer Selbstherrlichkeit seinerseits und Trotz gegen die Erniedrigung meinerseits. Ein Geheimnis in diesem Potpourri der Tulpenhemden war aber die Farbenfolge. Sie warf Fragen auf:

Wie sind die Hemden bei ihm zu Hause sortiert.

Wer tut das und nach welchen Kriterien.

Garnieren die Farben den jeweiligen Tag oder umgekehrt der Tag die Farbe.

Seit wann praktiziert er die Farbenfolge. Seit er Direktor ist oder schon früher.

Wurde die Farbenfolge irgendwann nach psychologischen Kriterien geplant, oder hat sie sich aus purem Zufall ergeben, ein Zufall, der sich als übersichtlich oder sogar günstig erwiesen hat.

Gab es außer der irdischen Tendenz des Parteiprogramms in seinem Hirn auch noch eine Transzendenz, einen Aberglauben zum Glückhaben durch die Hemdfarbe.

Alles Fragen, die mir niemand beantworten konnte. Die Tulpenhemden waren gelebter Irrsinn, also praktizierte Literatur. Daher konnte auch nur die Literatur auf diese Fragen antworten. Bestimmt nicht explizit, aber – und das spürte ich beim Lesen – implizit. Dass Bücher die Tulpenhemden gar nicht kannten und dass ich nicht wusste, warum gerade sie die Fragen beantworteten, machte die Antworten, von denen ich auch nicht wusste, wie sie lauten, nicht ungültig.

Was ich las, waren Texte, die in keinem Schulbuch vorkamen, nicht im Studium der Germanistik, in keiner Bibliothek. Sie waren nicht einmal verboten, weil sie überhaupt nicht existierten. Sie waren teils aus dem Goethe-Institut aus Bukarest, teils auf versteckten Wegen beschafft von den Freunden, den jungen Literaten der »Aktionsgruppe Banat«. Die waren alle bereits Staatsfeinde, als ich sie kennenlernte. Immer wieder dachte ich: Der Staat verfolgt sie genau für das, was mir an ihnen lieb ist. Sie gaben mir Bücher: Gedichte, Prosa, Theater und Essays. Brecht, Celan, Jandl, Pastior, Fühmann, Solschenizyn, Mandelstam, Achmatowa, Brodsky, Daniil Charms, Marieluise Fleißer, Theodor Kramer, Thomas Bernhard, Handke, Jonke und Uwe Johnson – wie es kam. Und Standardwerke über die Mechanismen von Diktatur: das *LTI* von Klemperer, *Der SS-Staat* von Kogon, von Canetti *Masse und Macht*.

Bei *Masse und Macht* passierte etwas Sonderbares. Mit der Beobachtung der Macht hatte Canetti die Macht beschrieben. Aber mit der Beobachtung der Masse nicht die Masse, sondern auch die Macht. Er hatte kein Auge für die im Zwang zusammengetriebene Huldigungsmasse – und eine andere gab es nicht im sozialistischen System. In der Situation, in der ich das Buch las, war seine Masse eine imaginierte. Es war eine sich selbst konstituierende Masse als Protestversammlung. Aber um uns herum gab es in ganz Osteuropa nur die staatlich befohlene Jubelmasse. Canetti hatte sich keinen einzigen Gedanken darüber gemacht, aber sein Buch bewies ohne Absicht, dass ein totalitäres System die Masse pervertiert, ihren einstigen Zweck enteignet und sie zum johlenden Monstrum dressiert hat. Vor jeder Tribüne führte die erzwungene Masse den Diktatoren und Politschranzen jahrzehntelang ihre eigene Verleugnung vor. Die Größe der Masse gab eins zu eins den Größenwahn der Macht wieder. Die Masse war zum Zierat der Macht degeneriert.

Ich habe im Laufe der Zeit dreierlei gelesen: das vom Schulbuch und Studium Erzwungene, das mir persönlich nichts bedeuten konnte. Schon weil es erzwungen war, wehrte man sich dagegen. Zum Atemschöpfen beschaffte man sich das Nichtvorhandene und das Verbotene. Man hätte, von heute aus gesehen, einen Bogen spannen können von Goethes und Schillers Balladen oder Heinrich Heines Gedichten, einen Bogen zu sich selbst. Aber diese Spanne über die Distanz von hundert Jahren oder mehr braucht Verwandlung. Und für diese braucht es die eigene Disposition, den freien Raum im Kopf. Und den hatte ich nicht. Ich wollte es direkt, Bücher, die der Zeit, in der ich lebe, in die Augen schauen. Nicht explizit und eins zu eins, aber implizit. Ich las aus der Dringlichkeit der Ängste – ein Gemisch zwischen Lebensangst und Todesangst. Der Geheimdienst ging in der Wohnung ein und aus, wenn man nicht zu Hause war. Wenn man es merken sollte, waren Stühle umgestellt. Man aß und dachte dabei, das Essen könnte vergiftet sein. Wenn spätabends im Treppenhaus der Lift rauschte, horchte man, ob er nicht auf der fünften Etage hält, wo man wohnt. Ob man nicht Schritte vor der Tür hört. Ob sie dich nicht holen, sondern vielleicht doch erst morgen kommen, bei Tageslicht. Und dann ist es nicht so schlimm, dann bist du nur zum Verhör bestellt, kannst allein durch den Park zum Verhör gehen, kannst dir auf dem Weg dorthin sogar im Takt der Schritte Gedichte laut in die Angst sagen. Und wenn der Lift Gott sei Dank nicht stehenblieb, konntest du weiter in der Wohnung sein und ein Buch lesen. Und es war ein Lesen von der Hand in den Mund, ich las, als würde ich die Sätze essen – das war Angstfüttern. Wenn man so liest, kriegt man keine Bildung, denn diese baut auf. Bildung ist ein Reservoir, weil sich eines ans nächste knüpft. Mein Lesen war aufgescheucht, ein Durcheinander von Stocken und Fliehen. Wenn ich das nächste Buch las, war das vorherige im Kopf und im Gemüt schon spurlos aufgezehrt. Ich las aus außerliterarischen Gründen. Während des Lesens wusste ich ein bisschen besser, wie man leben könnte. Aber schon gleich danach nicht mehr. Bei jedem nächsten Buch war ich längst wieder bei null angekommen. Meine Bildung taugt nichts, ist eine Krücke von null zu null. Die Inhalte der Bücher habe ich meist vergessen. Was ich mir gemerkt habe, wenn überhaupt, ist eine Ungeschütztheit vor der Dichte eines Textes, die anders als in Worten mit mir spricht. Ich hab auch nicht gelernt, wie das Leben geht, noch, wie das Lesen geht, noch, wie das Schreiben geht. In meinem Fall könnte man statt LESEN immer LEBEN sagen, es ändert sich sowieso nur ein Buchstabe. So wie vom SCHREIEN zum SCHREIBEN nur einer dazukommt.

Im Schulbuch war die »Loreley« von Heinrich Heine. Der Rhein und seine Felsennixe waren sehr weit weg von mir. Und über das Vertrackte im Leben des Juden Heine kein

Wort, denn da hätte es ja um Antisemitismus und Exil gehen müssen. Und davon gab es in Rumänien mehr als genug. Außerdem hätte das unausweichlich den Bogen zu der Geschichtsfälschung Rumäniens geschlagen, zum ehemals faschistischen, mit Nazideutschland verbündeten Staat, mit seinen Ghettos, Pogromen und dem KZ Transnistrien, das unter rumänischer Leitung stand. Und Exil war sowieso ein für den Unterricht undenkbares Wort, waren doch Tausende Rumänen, auch immer mehr Schriftsteller im Exil. Und es hätte in der »Loreley« auch um Flucht gehen können. Aber es ging nur ums mechanische Abspulen und taktische Ausweichen.

Wenn ich das Gedicht heute lese, ist es die Klage über einen Fluchttoten. Der Rhein ist die Donau, das blitzende Geschmeide der Jungfer die Verlockung zur Flucht. Fliehen, nur Fliehen – egal, was passiert. Die meisten bezahlten den Fluchtversuch mit dem Leben. Der Schiffer ist ein Fliehender auf der Donau im »Abendsonnenschein«. Aber auf der Donau wurden die Fliehenden auch im Abendsonnenschein, auch in der Nacht mit Schiffen gejagt und im Scheinwerferlicht mit dem »goldenen Kamme« der Schiffsschrauben zerstückelt. Und an den grünen Grenzen wurden sie erschossen und von Hunden zerrissen. Die Loreley ist auf Rumänisch ein randloser anonymer Friedhof. Bis heute gibt es keine Statistik über die Zahl der Fluchttoten, nicht einmal eine Diskussion über dieses Thema.

> Ich weiß nicht was soll es bedeuten,
> Daß ich so traurig bin;
> Ein Märchen aus uralten Zeiten,
> Das kommt mir nicht aus dem Sinn.

Die Luft ist kühl und es dunkelt,
Und ruhig fließt der Rhein;
Der Gipfel des Berges funkelt
Im Abendsonnenschein.

Die schönste Jungfrau sitzet
Dort oben wunderbar;
Ihr goldnes Geschmeide blitzet,
Sie kämmt ihr goldenes Haar.

Sie kämmt es mit goldenem Kamme
Und singt ein Lied dabei;
Das hat eine wundersame,
Gewaltige Melodei.

Den Schiffer im kleinen Schiffe
Ergreift es mit wildem Weh;
Er schaut nicht die Felsenriffe,
Er schaut nur hinauf in die Höh.

Ich glaube, die Wellen verschlingen
Am Ende Schiffer und Kahn;
Und das hat mit ihrem Singen
Die Lore-Ley getan.

Und zur »Loreley« als Klagelied über die Fluchttoten passen dann wieder in der Drehung der Erinnerung die Tulpenhemden des Direktors. Man nimmt sich nur die Tulpen – die heißen auf Rumänisch LALELE, ein lallendes Wort. Mit dem Wort LALELE konnten wir im Freundeskreis wochenlang Schabernack treiben, die Fallhöhe des Wortes ausprobieren, die Angst in den Spott katapultieren. So ein Wort wie LALELE eignet sich, wenn man es nötig hat, eben für Gegensätzliches. Dreimal nacheinander gesagt, klingt es schon wie eine Totenklage. Es gab einen rumänischen Schlager:

Lalele, lalele, lalele
Frumoasele mele lalele.

Wenn man kein Rumänisch versteht, könnte es von Oskar Pastior sein. Aber es bedeutet schlicht und einfach: Tulpen, Tulpen, Tulpen/meine schönen Tulpen. Auf Deutsch ist der Klageton futsch. Tulpen klingt eher wie SCHULDEN. Und das hat dann schon wieder mit Geld zu tun, das man bräuchte und nicht hat. Und SCHULDEN ist nicht der Plural von SCHULD, es gibt gar keinen Plural.

An einem Nachmittag, als Roland Kirsch, der Freund, der zwei Jahre danach erhängt in seiner Wohnung gefunden wurde, an einem Nachmittag also kam Roland Kirsch, der Ingenieur in einem Schlachthaus war, der nur zwei Minuten weit von mir wohnte, an einem Nachmittag kurz vor meiner Ausreise kam also Roland Kirsch, wie so oft, bevor er in seine Wohnung ging, zu mir, um den Ekel vor dem vielen Schlachtblut ein bisschen wegzudrängen. Wir tranken Kaffee, und er rührte mit dem Löffelchen den Zucker um und sagte: »Lalele, lalele, lalele, das Leben könnte so schön sein wie nichts.« Ich fragte: »So schön wie nichts anderes?« Er wiederholte: »Wie nichts.«

So ein großer Körper und so ein kleiner Motor

»An den Wänden hingen so viele Bilder, dass man die Wand nicht sah. Auf einem Bild war Vater Bräutigam. Man sah nur seine halbe Brust. Die andere Hälfte war ein Strauß weißer, zerfledderter Blumen, die Mutter in der Hand hielt. Ihre Köpfe waren so nahe nebeneinander, dass sich ihre Ohrläppchen berührten. Auf einem anderen Bild stand Vater kerzengerade vor einem Zaun. Unter seinen hohen Schuhen lag Schnee. Der Schnee war so weiß, dass Vater im Leeren stand. Seine Hand war über den Kopf gehoben zum Gruß. Auf seinem Rockkragen waren Runen. Auf dem nächsten Bild saß Vater am Lenkrad eines Lastautos. Das Auto war mit Rindern beladen. Vater fuhr jede Woche die Rinder ins Schlachthaus in die Stadt.«[1]

Erlebtes verschwindet in der Zeit und taucht wieder auf in der Literatur. Aber nie hab ich eins zu eins über Erlebtes geschrieben, sondern nur auf Umwegen. Dabei hab ich immer prüfen müssen, ob das unwirklich Erfundene sich das wirklich Geschehene vorstellen kann.

Nach dem Tod meines Vaters habe ich mit dem Schreiben angefangen. Aber nicht nach dem fertigen Tod, sondern nach dem Begleiten einer zeitlich kurzen, aber im Erleben endlos langen, weil aussichtslosen, gnadenlosen Krankheit. Und als diese den Körper gefressen hatte, als der Kopf so klein war wie der von einem Vogel und die Nase groß wie ein Schnabel und der Hals dünn wie eine Kerze – da lag im Bett immer noch dieselbe Person, aber die war gleichzeitig nur noch ein Gegenstand, weil das Lebendige den Körper verlassen hatte. Es flog draußen im Februar in der Luft herum. Als ich den gerade Gestorbenen im Krankenhaus liegenließ, begann es auf der Straße mit zerzausten, taschentuchgroßen Fetzen, muss man sagen, denn Flocken waren das keine, zu schneien. Mich ekelte dieses Schneien, mir wurde von diesem Taschentuchschneetreiben schwindlig, ich schaute nur noch auf den Boden, sah meine Schuhe beim Gehen und ging doch ohne Füße, als hätten die Augen Schuhe an. Im Schneeflattern war mir klar, dieser Sterbetag schmeißt mit den Fetzen meiner Kindheit um sich. Es war zwar erschreckend, aber nichts Übernatürliches, sondern etwas Eindeutiges. Man konnte es ganz nüchtern sehen: Das Wetter leistete sich diese Übertreibung. Und es fing etwas ganz Neues an, als das Leben meines Vaters zu Ende war – ich fing ein paar Tage später an zu schreiben, obwohl ich mir das nicht vornahm und überhaupt nichts mit Literatur im Sinn hatte. Und weil sich das Schreiben so eingefädelt hatte, habe ich von Anfang an und dann immer wieder über meinen Vater geschrieben. Denn sein Leben hat, als er es noch lebte, ständig in meines hineingespiegelt.

Das hatte damit zu tun, dass ich wusste, ich müsste ihn lieben, obwohl ich es nicht konnte – und gleichzeitig wusste, dass ich ihn liebte, obwohl ich es nicht wollte. Dieses Unlösbare hatte zu tun mit dem Oberscharführer, mit der Waffen-SS. Die meisten aus der deutschen Minderheit im Banat und auch in Siebenbürgen waren hitlerbegeistert. Auch mein Vater, der damals noch nicht mein Vater war. Er ging 1943 mit seinen siebzehn Jahren freiwillig in die Waffen-SS. Wahrscheinlich war er ein »tüchtiger« Soldat, er wurde Oberscharführer. Das war schon alles, was er erzählte. Der Krieg selbst ging in keinen Satz hinein. Nach dem Einrücken kam bei ihm immer gleich das Kriegsende. Er hatte keine Blutgruppe auf dem Arm tätowiert, er konnte die SS-Uniform wegwerfen und sich als Wehrmachtssoldat ausgeben, er kam in englische Kriegsgefangenschaft. Das erzählte er noch zwanzig Jahre später mit einem Gaunerstolz in der Stimme. Und mehr hatte niemand zu wissen. Er sang zwar noch in den siebziger Jahren im Dorf mit seinen »Kriegskameraden« Nazilieder, aber es war riskant, nach dem Krieg zu fragen, er war Alkoholiker und kriegte leicht mal Wutanfälle.

Also LKW-Fahrer und Alkoholiker. Ja, das passte zusammen. Er war ein Getriebener, immer auf der Suche nach dem Risiko. Eine schneidige Suche, gepaart mit einer gereizten Sprache und derbem Witz. Er brauchte Gefahren und Exzesse. Als ich aus dem Krankenhaus in die Stadt hineinging, als ich nicht wusste, wohin mit dem Tod im Kopf und dem weißen, taschentuchfetzigen Schnee rundum, erinnerte ich mich an Folgendes: Der Vater sitzt vor mir auf dem Stuhl, und sein Rumpf schaukelt im Sitzen wie auf dem Wasser. Er ist betrunken, stockbesoffen, so dass er sich die Schuhe nicht anziehen kann. Aber er sagt: Wir müssen los von hier, bevor es Nacht wird. Und ich knie mich auf den Boden und stopfe ihm die Füße in die Schuhe hinein und binde die Schnürsenkel zu. Er steht auf und torkelt zum Auto, er steigt ein in die Kabine. Dann setze ich mich neben ihn, und es geht los. Aber wir sind im Gebirge, halb in den Wolken auf schmalen Serpentinen fahren wir, auf der hohen Wegseite Fels in den Himmel, auf der tiefen Wegseite Fels in den Abgrund. Mindestens fünf Stunden dauert diese Fahrt, bis der Weg aus dem Himmel auf die Erde hinunterläuft, bis die flache Landschaft beginnt und man wenigstens nicht mehr abstürzen kann.

Den Weg aus dem Gebirge fuhren wir oft, vier-, fünfmal jedes Jahr. Er brachte den ganzen Sommer alle paar Wochen für die LPG Gemüse ins Gebirge. Zwei, drei Tage später, wenn alles verkauft war, fuhren wir zurück. Ich hatte, wenn er besoffen Serpentinen fuhr, keine Angst. So musste es sein, weil er so war. Er war mein Vater, ich sein Kind, und ich hab ihm vertraut. Ich dachte, wenn etwas passiert, bestraft uns der dunkle Wald und das weiße Steingebirge. Wenn ein Unglück kommt, ist die Gegend daran schuld, nicht er. Es ist nie was passiert. Manchmal stand an einem verlassenen Weg jemand und winkte, ein Mann oder eine Frau mit einem schweren Rucksack oder Buckelkorb wollte ein Stück auf dem leeren Anhänger mitfahren bis zum nächsten oder übernächsten Berg oder Ort, der weit weg war. Aber wenn das Auto anhielt, mein Vater ausstieg, um den Preis fürs Mitfahren auszuhandeln und die Ladeklappe fürs Einsteigen zu öffnen, rochen die Fremden seinen Atem, hörten, wie er lallte, sahen, wie er torkelte. Sie schüttelten den Kopf und gingen lieber zu Fuß. Solche Dummköpfe, dachte ich, dabei würde gerade ihnen nichts passieren, gerade sie wird diese Gegend nicht bestrafen, schließlich sind sie hier in dieser abschüssigen Landschaft zu Hause.

»Der kann doch nur von sich wegfahren«, sagte mein Großvater und meinte damit auch das viele Trinken. Einmal stand sein Lastauto zu Hause bei uns im Hof, weil es kaputt war. Mein Vater reparierte daran. Der Nachbar ging um das Auto herum und sagte: »So ein großer Körper und so ein kleiner Motor.«

So ein Satz hat es in sich, der bleibt sofort im Kopf sitzen, weil er so unbedarft melancholisch klingt und gleichzeitig so ahnungslos lustig und weil er in dieser Duplizität zu so vielen Dingen passt. So ein Satz ist schon für sich allein eine Parabel. Man denkt sich ihn in vielen Situationen als wandernden Kommentar zu dem, was geschieht, dazu, und zwar ganz ohne Grund – wie eine Überraschung. Und dann spürt man nicht nur, dass er funktioniert, sondern das ganze Geschehen rafft. Der ganze Vorgang orientiert sich sofort an diesem Satz. Er präsentiert sich dem Geschehen plötzlich als Höhepunkt.

Als mein Vater tot war, sah ich ihn ständig im Lastauto sitzen, in andere Fahrer geschlüpft, auf den Straßen der Stadt und dachte: »So ein großer Körper und so ein kleiner Motor.« Ich meinte damit nicht mehr den LKW, sondern den Tod. Und ich sah den großen Körper und den kleinen Motor, wenn ich in der Brotschlange im Laden eine halbe oder ganze Stunde den Kakerlaken in den Regalen zusah, wie athletisch und elegant sie kriechen, und im Vergleich dazu die Leute – wie gelähmt und scheu sie alle schweigend der Verkäuferin ihren Ausweis zeigen, bevor sie ihr Brot bekommen. Und an den großen Körper und den kleinen Motor dachte ich genauso auf dem Markt, wenn der Melonenverkäufer sich hinter dem Melonenberg rasierte, weil er gerade keine Kunden hatte. Ich sah, wie er mit dem Klappmesser den weißen Schaum abschabte und dabei in eine halbierte Wassermelone hineinschaute, weil er den Spiegel, damit er nicht umfällt, tief in das rote Melonenfleisch gedrückt hatte. Und wenn es mir ungehörig vorkam, dass man auf Rumänisch jemandem etwas Gutes wünschte, wenn man sagte: Das Glück soll dich erschlagen. Und wenn ich mich wunderte, dass der Schuh eine Zunge hat, der Apfel ein Gehäuse, der Gaumen ein Segel, das Ohr eine Trommel, das Knie eine Scheibe, die Blüte einen Stempel – also wenn mich durch die Namen der Dinge die Inhalte der Wörter heimsuchten, also die Frechheit, mit der sich Lebendiges und tote Gegenstände einander helfen, weil die Dinge Eigenschaften und wir im Kopf Augen haben, die etwas beobachten. Oder im Waschraum der Fabrik, wenn ich ziemlich lange horchte und dann immer noch nicht wusste, ob die Kranführerin unter der Dusche neben mir singt oder weint, und ich sie dann zuletzt fragte und sie ganz selbstverständlich sagte: Na, ich tu beides. Und wenn ich mich schminkte, weil ich zum Geheimdienst bestellt war und nicht wusste, wann, wie oder ob ich je wieder herauskomme, oder wenn der Geheimdienst mich in der Fabrik ins Büro einschloss und wenn ich stundenlang achtgeben musste, was ich an welcher Stelle sage und wo ich besser schweige, wenn das Herz so schnell klopfte, dass es mir fast in den Mund flog, aber die Zunge so schwer wurde, dass sie durch den Mund fast hinunter aufs Herz fiel, wenn ich den Sinn des Lebens nicht mehr sah, gern tot gewesen wäre und an Suizid dachte und mich dann nicht umbringen konnte, weil der Vernehmer mit Mord drohte und wollte, dass ich sterb, und wenn ich in allem Überdruss und gegen jeden Sinn aus Trotz am Leben hing – um nicht die Drecksarbeit des Regimes selber an mir zu erledigen –, in jedem dieser Zustände kam mir immer wieder der Satz in den Sinn: »So ein großer Körper und so ein kleiner Motor.«

Der Satz beruhigte mich, weil er auf eine ganz lakonische Art alarmierte. Was er bedeutet, weiß ich nicht genau. Und ich will es gar nicht wissen. Und wenn ich es auch wollte, könnte ich es nicht. Was ich weiß: In diesem Satz sitzt nie ein fertiger Sinn und keine amtierende Gültigkeit, keine vorhandene Bedeutungshoheit, keinerlei Instanz. Manchmal glaubt sich dieser Satz selber nicht, was er sagt. Und meist sagt er mir nicht, was er glaubt: So ein großes Drumherum und so eine kleine Wahrheit. Mir scheint, dieses Gefälle gibt es ständig zwischen den Dingen.

Dass mein Vater mit siebzehn Jahren freiwillig in die Waffen-SS ging, das hat mich im Alter von siebzehn gewarnt. Ich glaube, mit siebzehn ist man bei vollem Verstand, man ist erwachsen. Viele hatten schon einen Beruf in diesem Alter, waren schon verheiratet, hatten sogar selber schon Kinder. Man wird öfter und immer wieder anders erwachsen im Lauf des Lebens, und mit siebzehn ist man mindestens zum ersten Mal erwachsen, wenn nicht gar zum zweiten oder fünften Mal. Man hat mit siebzehn schon Tausende Male geübt, wie sich Gut und Böse unterscheiden.

Jedes Kind wusste doch, öffentlich sagt man nie, was man denkt, und tut nie, was man will. Außerhalb der Haustür teilt sich das Leben in zwei: es gibt das, was man nicht darf, weil es verboten ist, und es gibt das, was man muss, weil man gezwungen wird. Jedes Kind spürte die Beklemmung als Grundstimmung im Alltag und begriff, ohne dass ihm jemals theoretisch erklärt werden musste, wir sind in einer Diktatur. Der Zustand war deutlich, niemand musste das Wort Diktatur gebrauchen. Man kannte es gar nicht. Die Wörter Partei und Polizei kannte man, und sie regierten unsere Angst. Und dass beide böse waren und nicht gut, das wusste man als Kind, man spürte es durch die Poren der Haut. Und dass es Nutzen gibt und Schaden aus politischen Gründen, auch das wusste man, es musste nicht theoretisch erklärt werden, was politische Gründe sind.

Einmal sollte ich ein Parteigedicht beim Schulfest auf der Bühne aufsagen. Ich hatte es wochenlang auswendig gelernt. Aber als ich auf die Bühne musste, hatte ich panische Angst, dass ich steckenbleibe, und das hieß dann, der Schule, der Partei, dem ganzen Dorf, womöglich dem Vaterland Schande bereiten. Aus Angst vor diesem Vorwurf war das Gedicht in meinem Kopf wie gelöscht. Ich zitterte, ging auf die Bühne, drehte mit der linken Hand am untersten Knopf meiner Jacke. Ich hielt mich fest, ließ den Knopf nicht mehr los, statt den Gedichttitel »Die Partei« sagte ich aus Verzweiflung »Die Schwalbe«. Ich war auf einmal wie in eine andere Person gestiegen, drehte und drehte an dem Jackenknopf, sagte das Schwalbengedicht mit allen Strophen ohne Fehler auf. Das Drehen des Knopfs schützte mich, an der Spitze der Angst brach die Angst ab, ich fühlte mich zu nichts mehr verpflichtet und wechselte das Gedicht. So ein gedrehter Jackenknopf funktionierte wie das Rad an einer Maschine. Über den Jackenknopf bediente ich mit den Fingern meinen Kopf. So ein großer Körper und so ein kleiner Motor im doppelten Sinn: in Bezug auf das Knopfdrehen und mich. Aber auch in Bezug auf den krassen Unterschied zwischen den zwei Gedichten: So ein großer erdrückender Körper war das Parteigedicht und so ein kleiner flinker Motor das Schwalbengedicht. Aber nach dem Gedicht war die ganze Angst wieder da, denn ich wusste, das hat Folgen. Hinzu kam noch, dass die Jahreszeit für Schwalben total unpassend war – 30. Dezember, Tag der Republik. Ich kriegte meine Strafe von der Schuldirektion, zwei Wochen Hausarrest, das heißt, die ganzen Winterferien durfte ich das Haus nicht verlassen. Und der Nachbar erfuhr das natürlich, derselbe Nachbar, der zum kaputten LKW meines Vaters gesagt hatte, *so ein großer Körper und so ein kleiner Motor.* Er amüsierte sich jetzt über meinen Hausarrest: »Wenn du so dumm bist mit deiner Schwalbe, hättest ja gleich sagen können, die Schwalbe fliegt aus der Partei.«

Dass die Schwalbe die Partei trifft – das war auf dem Dorf. Ein paar Jahre später wurde es ernster, ich zog in die Stadt, und in der Stadt war überall der Staat. Und wer im Dienst des Staates an der Angst der Leute arbeitete, der machte Karriere. Und jetzt war ich siebzehn – wie damals mein Vater, es fiel mir ständig ein, dass er in meinem Alter in die SS ging. Ich musste mich entscheiden, nichts anzustreben auf dem Gymnasium, weder zu klug auffallen noch zu blöd auffallen, in der Mitte schwimmen, aber genau hinschauen. Raushalten, Dummstellen, Sturbleiben – diese Taktik funktionierte drei bis vier Jahre lang. Dann aber nicht mehr. Ich war Studentin, und in dem Alter lebt man nicht mehr auf der Schaukel des Zufalls. Man sucht sich die Menschen aus, Freunde, zu denen man passt und die zu einem passen. Und da bleiben die Vorlieben nicht mehr geheim, da weiß auch der Staat bald Bescheid. Meine Freunde, die mir liebgewordenen Gleichaltrigen, waren als Studenten bereits Staatsfeinde und im Fadenkreuz des Regimes. Und schon indem ich mit ihnen verkehrte, wurde auch ich ein Feind. Und das war mir recht, und es war normal, weil alles, was ich an diesen Freunden am meisten mochte, von diesem Staat am meisten verboten war und am meisten bestraft wurde. Und es zeigte sich, was ich von den Freunden wusste: Wenn man ein Feind ist, wird der Staat einem gegenüber ekelhaft persönlich. Es kamen die Verhöre, der Vernehmer wollte mich zum Spitzel machen. Auf diese Direktheit musste auch ich sofort direkt antworten und ihm sagen: »Ich habe nicht diesen Charakter. Ich will nicht so werden wie Sie.«

Aber ausgegangen ist diese Verweigerung vom Mitmachen meines Vaters. Zuallererst wollte ich nicht so werden, wie er damals mit siebzehn war, weil man alle Jahre danach an ihm sah, wie das nie mehr aufhört, wenn man sich verstrickt. Wie man sich selber und andere immerzu schlecht behandelt, wie man grob sein muss, wenn man Fehler gemacht hat und von sich etwas weiß, von dem niemand wissen darf, was es ist. Ich sah an ihm, wie es ist, wenn man unbelehrbar stolz mit einem schlechten Gewissen umgeht. Ich hab ihn sehr geliebt als Kind. Ich habe die Distanz zu ihm später immer gegen die Liebe gebaut. Und sie wuchs immer wieder zu, und ich baute sie wieder. Ich wusste ja mittlerweile aus meinem eigenen Alltag ein bisschen was vom Zerbrechen, von Nerven wie zerrissenem Zwirn, von Todesängsten, die einem das Hirn so starr machen im Kopf drin wie einen weißen Stein.

Mein Vater ist seit dreißig Jahren tot, und ich mache mir immer noch Sorgen um sein Leben. Oder sagt man: über sein Leben? Und gerade weil ich durch meinen eigenen Kram die Todesangst aus politischen Gründen kenne, werfe ich ihm vor, dass er in der Waffen-SS war, dass er andere in Todesängste gejagt hat. Wieso sollte ich das nicht tun, dieser Vorwurf ist das mindeste. Er hat doch an Hitler geglaubt, hat doch gewollt, dass Hitler den Krieg gewinnt, obwohl er das Verbrechen gesehen hat. Er ist ein Teil von diesem Meister aus Deutschland, den Celan in der Todesfuge gezeichnet hat. Ich lese doch Bücher, ich muss ihn doch einordnen in seine Zeit und in die Lebenszeit der Autoren. Und dann ist er doch einer der Angstmacher für Jorge Semprún, Georges-

Arthur Goldschmidt, Jean Améry, Aharon Appelfeld, Imre Kertész, Ruth Klüger, Louis Begley. Für Primo Levi, Paul Celan und Walter Hasenclever. Er war an der Waffe, er trug die Uniform, die für die Obengenannten Tod bedeutete. Was kann ich anderes tun, als ihm das vorzuwerfen.

Ich war schon mit siebzehn sehr ängstlich und mit fünfundzwanzig immer noch und mit dreißig vielleicht noch mehr, weil schon ziemlich viel passiert war. Aber es blieb mir nichts anderes übrig, als ständig zu beschließen: Ich mach nicht, was die anderen von mir wollen. Ich hab mir in all der Angst nur gedacht: Ich will nicht, dass man bei mir das abgebrannte Zündholz braucht.

Die Großeltern bei uns im Haus waren die Eltern meiner Mutter. In ihrem Schlafzimmer über dem Bett hing das Hochzeitsfoto ihres Sohnes und meines Onkels Matz, den ich nur vom Hörensagen kannte. Eine Braut mit verstörtem Blick war auf dem Foto. Am Schleier stand die steile Wachsblumenkrone, kein geflochtener Kranz, sondern ein Reifen aus mageren weißen Blättchen, die aussahen wie gebogene Eiszapfen. Und der Bräutigam mit einem Steingesicht in seiner SS-Uniform. Es war ein Heiratsurlaub von der Front, er fuhr gleich zurück in den Krieg. Und gleich nach der Hochzeit war seine Frau Witwe. Es war das letzte Bild von ihm.

Er war »ein Glühender«, sagt meine Mutter. Er war der Sohn des reichen Mannes im Dorf, des Getreidehändlers. Und der hatte seinen Wohlstand der jüdischen Familie Hirsch zu verdanken, die ihm zur Gründung seiner Firma viel Geld als zinslosen Kredit vorgestreckt hatte. Mit den Hirschs war die Familie meiner Großeltern eng befreundet, jeden Sommer kamen die Hirschs mit den Kindern in die Ferien. Da war der Matz ein Kind. Und dann ging er, weil sein Vater zu Reichtum gelangt war, in die Stadt auf eine »höhere Schule«. An der Schule waren Nazilehrer aus dem Reich. Dort wurde er »ein Glühender«, ein Nazi und Antisemit. Im Dorf, in diesem Kaff am Rande der Welt, fühlte er sich als Vertreter des Führers, stieg aufs Weinfass und hielt Reden, trimmte und belehrte als Dorfideologe die jungen Leute, erpresste, denunzierte. Er war verbissen und besessen. Sein Vater sagte damals: »Er ist von Hitler verhext.« Er war nicht wiederzuerkennen, sagt meine Mutter heute.

Im Stalinismus der fünfziger Jahre konnte der Polizist wegen nichts und wieder nichts jeden Tag ins Haus kommen, und es war riskant, einen Bräutigam in SS-Uniform in den Bilderrahmen zu hängen. Vielleicht, weil er nach dem Tod doch noch etwas an seinem Sohn ändern wollte, vielleicht auch nur, weil er eventuellen Unannehmlichkeiten vorgreifen wollte – oder aus beiden Gründen –, übermalte mein Großvater die Runen auf dem Bild mit Spucke und abgebrannten Zündholzköpfen. Er trank zwei Gläschen Schnaps, bevor er das Bild aus dem Rahmen herausnahm. Er war nie in seinem Leben betrunken, wollte sich aber für die Korrektur an seinem Sohn ein bisschen Mut antrinken – oder ein bisschen Talent. Er malte öfter an dem Bild, alle paar Wochen, vielleicht auch nur, um sich mit seinem Sohn zu beschäftigen. Denn die Farbe des Uniformkragens traf er nie, sie war mit Zündholzruß auch nicht zu treffen, auch nicht, wenn der Schnaps seinen Geist in der Spucke dazutat. Dieser Bräutigam blieb immer in der Uniform, die kleinen fiesen Runen schielten immer aus den Kragenspitzen, schlossen nie die Augen. Auch dazu passt er schon wieder, dieser Satz, dieser melancholische Witz: »So ein großer Körper und so ein kleiner Motor.«

Immer derselbe Schnee und immer derselbe Onkel

Die Frisuren der Frauen waren, von hinten gesehen, sitzende Katzen. Warum muss ich sitzende Katzen sagen, um die Haare zu beschreiben?

Alles wurde immer etwas anderes. Zuerst unauffällig etwas anderes, wenn man es nur so für sich ansah. Dann aber nachweislich etwas anderes, wenn man Worte dafür finden musste, weil man darüber sprach. Wenn man im Beschreiben genau sein will, muss man im Satz etwas finden, das ganz anders ist, damit man genau sein kann.

Jede Frau im Dorf hatte einen langen dicken Zopf. Doppelt zusammengelegt wurde der Zopf am Hinterkopf senkrecht nach oben geführt und mit einem halbrunden Hornkamm oberhalb der Kopfmitte hochgesteckt. Die Zähne des Hornkamms verschwanden im Haar, von seinem gewölbten Rand schauten nur die Ecken wie kleine, spitze Ohren heraus. Mit den Ohren und dem dicken Zopf sah der Hinterkopf der Frauen wie eine kerzengerade sitzende Katze aus.

Diese vagabundierenden Eigenschaften, die einen Gegenstand in einen anderen verwandelten, waren unberechenbar. Sie verzerrten die Wahrnehmung blitzschnell, machten aus ihr, was sie wollten. Jeder dünne, im Wasser schwimmende Ast glich einer Wasserschlange. Wegen der ständigen Angst vor Schlangen habe ich Angst vor dem Wasser gehabt. Nicht aus Angst vor dem Ertrinken, sondern aus Angst vor dem Schlangenholz, vor dürren schwimmenden Ästen habe ich nie schwimmen gelernt. Die eingebildeten Schlangen wirkten stärker, als wirkliche es vermocht hätten, sie waren immer in den Gedanken, immer wenn ich den Fluss sah.

Und immer wenn die Begräbnisse sich dem Friedhof näherten, wurde das Ziehglöcklein geläutet. Ein langer Strick, daran die kleine, in kurzen Tönen dringlich bimmelnde Glocke – für mich war das die Friedhofschlange, die mit ihrer zuckersüßen Zunge die Leute ins Sterben und die Gestorbenen zum Streicheln ins Grab lockte. Und das Streicheln tat den Toten gut, das spürte man am Windhauch auf dem Friedhof. Was den Toten guttat, das ekelte mich. Je mehr es mich ekelte, um so mehr musste ich daran denken. Denn einen Luftzug, irgendeinen kühlen oder warmen dürren Wind gab es immer. Er verstörte mich. Aber statt mich zu beeilen, hetzte mir nur der Atem, und ich trug das Wasser langsam, goss die Blumen langsam, um länger zu bleiben. Das war vielleicht eine Sucht, diese im Kopf eingebildeten Gegenstände mit ihren vagabundierenden Eigenschaften. Ich suchte sie fortwährend, deshalb suchten sie mich. Sie liefen mir wie eine Meute nach, als würde ich sie mit meiner Angst füttern. Wahrscheinlich fütterten sie mich, gaben meiner Angst ein Bild. Und Bilder, vor allem bedrohliche, müssen nicht trösten, und darum müssen sie nicht enttäuschen, und darum zerbrechen sie nie. Man kann sich immer wieder dasselbe Bild einbilden im Kopf. Durch und durch bekannt, wird es immer zu einem Halt. Die Wiederholung machte es jedesmal wie neu, und sie schonte mich.

Als meine beste Freundin sich einen Tag vor der Auswanderung von mir verabschiedete, als wir uns umarmten und dachten, wir werden uns nie wiedersehen, weil ich nicht mehr ins Land hineindarf und sie nie aus dem Land hinaus – als sich die Freundin also verabschiedete, konnten wir uns nicht voneinander losreißen. Sie ging dreimal zur Tür hinaus und kam jedesmal wieder zurück. Erst nach dem dritten Mal ging sie von mir weg, ging so lang gleichmäßig im Takt, wie die Straße lang war. Die Straße lief gerade, so sah ich ihre helle Jacke klein und kleiner und seltsamerweise mit der Entfernung greller werden. Ich weiß nicht, glänzte die Wintersonne, es war damals Februar, glänzten meine Augen in sich selbst vom Weinen, oder glänzte der Stoff der Jacke – eines weiß ich jedenfalls: ich schaute der Freundin hinterher, und ihr Rücken glitzerte im Weggehen wie ein Silberlöffel. So konnte ich die ganze Trennung intuitiv in ein Wort fassen. Ich nannte sie Silberlöffel. Und das war es auch, was den ganzen Vorgang mühelos aufs genaueste beschrieb.

Ich traue der Sprache nicht. Am besten weiß ich von mir selbst, dass sie sich, um genau zu werden, immer etwas nehmen muss, was ihr nicht gehört. Ich weiß nicht, warum Sprachbilder so diebisch sind, weshalb raubt sich der gültigste Vergleich Eigenschaften, die ihm nicht zustehen. Erst durchs Erfinden entsteht die Überraschung, und es beweist sich immer wieder, dass erst mit der erfundenen Überraschung im Satz die Nähe zur Wirklichkeit beginnt. Erst wenn eine Wahrnehmung die andere ausraubt, ein Gegenstand das Material des anderen an sich reißt und benutzt – erst wenn das, was sich im Wirklichen ausschließt, im Satz plausibel geworden ist, kann sich der Satz vor der Realität behaupten als eigene, wie ins Wort geratene, aber wortgültige Realität.

Meine Mutter war der Ansicht, dass das Schicksal seit jeher immer im Winter in unsere Familie kommt. Als sie mit mir aus Rumänien auswanderte, war es ja Winter, es war Februar. Vor zwanzig Jahren.

Ein paar Tage bevor man selber abreiste, konnte man vom Zollposten nahe der Grenze siebzig Kilo Gepäck pro Person vorausschicken. Verpacken musste man das Gepäck in einer großen Holzkiste mit vorgeschriebenen Maßen. Der Dorftischler baute sie, sie war aus hellem Akazienholz.

Ich hatte diese Auswanderungskiste völlig vergessen. Seit 1987, seit ich in Berlin bin, hatte ich nie wieder an sie gedacht. Aber dann kam eine Zeit, in der ich ganze Tage am Stück an sie denken musste, denn sie spielte weltweit eine wichtige Rolle. Unsere Auswanderungskiste hat Geschichte gemacht, sie war der Mittelpunkt in einem weltbewegenden Geschehen, sie war berühmt geworden, tagelang war sie im Fernsehen. Denn wie das so ist, wenn Gegenstände selbständig werden, wenn sie im Kopf völlig unbegründet in andere Dinge schlüpfen, um so mehr in andere Dinge, je besser der Kopf weiß, dass sie rein gar nichts mit diesen anderen Dingen zu tun haben: Also, ich habe unsere Auswanderungskiste ständig im Fernsehen gesehen, weil der Papst gestorben war. Sein Sarg sah genauso aus wie die Auswanderungskiste. Da fiel mir die ganze Auswanderung wieder ein.

Mit einem Lastauto fuhren meine Mutter und ich um vier Uhr nachts mit der Auswanderungskiste los. Fünf, sechs Stunden Weg waren es bis zur Zollstelle. Wir saßen auf dem Anhänger, auf dem Boden im Windschatten der Kiste. Die

Nacht war glasig kalt, der Mond schaukelte senkrecht, die Augäpfel wurden einem von der Kälte sperrig wie gefrorenes Obst in der Stirn. Das Blinzeln tat weh, als hätte man Froststaub in den Augen sitzen. Erst schaukelte der Mond schmal und ein bisschen gebogen, später, als es noch kälter wurde, begann er zu stechen, er war spitz geschliffen. Die Nacht war nicht schwarz, sondern durchsichtig, weil sich der Schnee wie ein Abglanz von Taglicht verhielt. Es war auf dieser Fahrt zu kalt zum Reden. Man will den Mund nicht ständig öffnen, wenn der Gaumen friert. Ich wollte keinen Mucks sagen. Und dann musste doch geredet werden, weil meine Mutter vielleicht nur zu sich selbst, aber aus Versehen laut sagte:

»Es ist doch immer derselbe Schnee.«

Damit meinte sie den Januar 1945, ihre Deportation zur Zwangsarbeit in die Sowjetunion. Schon Sechzehnjährige standen auf den Listen der Russen. Viele haben sich versteckt. Meine Mutter saß schon vier Tage in einem Erdloch im Nachbargarten, hinter der Scheune. Doch dann kam der Schnee. Man konnte ihr nicht mehr heimlich das Essen bringen, jeder Schritt zwischen Haus, Scheune und Erdloch wurde sichtbar. Man konnte im ganzen Schnee, im ganzen Dorf zu jedem Versteck den Weg sehen. Man konnte in den Gärten die Fußstapfen lesen. Der Schnee denunzierte. Nicht nur meine Mutter, viele mussten freiwillig aus dem Versteck, freiwillig gezwungen vom Schnee. Und das bedeutete dann fünf Jahre Arbeitslager. Das hat meine Mutter dem Schnee nie verziehen.

Meine Großmutter sagte mir später: »Frisch gefallenen Schnee kann man nicht nachmachen, man kann Schnee nicht so arrangieren, dass er unberührt aussieht. Erde kann man arrangieren«, sagte sie, »Sand, sogar Gras, wenn man sich Mühe gibt, Wasser arrangiert sich von selbst, weil es alles und sich selber schluckt und sich gleich wieder schließt, wenn es geschluckt hat. Und die Luft«, sagte sie, »ist immer fertig arrangiert, weil man sie gar nicht sehen kann.«

Demnach hätte jedes Material geschwiegen, außer dem Schnee. Und dass der dicke Schnee die Hauptschuld an ihrer Verschleppung trägt, glaubt auch meine Mutter bis heute. Sie glaubt, dass der Schnee zwar ins Dorf fiel, als wisse er, wo er ist, als wäre er hier zu Haus. Dass er sich aber fremd verhielt und den Russen sofort zu Diensten war. Der Schnee ist ein weißer Verrat. Genau das meinte meine Mutter mit ihrem Satz: Es ist doch immer derselbe Schnee.

Das Wort VERRAT sagte meine Mutter nie, sie brauchte es nicht. Das Wort VERRAT war da, weil sie es nicht sagte. Und das Wort VERRAT wurde mit den Jahren sogar größer, je öfter sie ihre Geschichte ohne das Wort VERRAT erzählte, in Form von wiederholten Sätzen aus immer gleichen gestanzten Formulierungen, die das Wort VERRAT nicht brauchten. Sehr spät, erst als ich die Verschleppungsgeschichten schon jahrelang kannte, fiel mir auf, dass im Erzählten das Wort VERRAT durch konsequente Vermeidung monströs groß geworden war, so fundamental, dass man die ganze Geschichte in dem Wort SCHNEEVERRAT hätte zusammenfassen können, wenn man gewollt hätte. Das Erlebte war so stark, dass alle Jahre danach nur gewöhnliche Wörter fürs Erzählen taugten, keine Abstrakta, kein verstärktes Wort.

Der SCHNEEVERRAT ist mein Wort und ist genauso eines wie der SILBERLÖFFEL. Für komplizierte lange Geschichten ein direktes Wort, das so viel Unausgesprochenes enthält, weil es alle Einzelheiten meidet. Weil so ein Wort den Verlauf des Geschehens zu einem Punkt verkürzt, verlängern sich im Kopf die Vorstellungen über die zahllosen Möglichkeiten. So ein Wort wie SCHNEEVERRAT lässt viele Vergleiche zu, weil keine gemacht worden sind. So ein Wort springt dann aus dem Satz, als wäre es aus einem anderen Material. Dieses Material heißt für mich: der Trick mit der Sprache. Es ist der Trick mit der Sprache, vor dem ich immer so eine Angst habe und der mich süchtig macht. Eine Angst, weil ich beim Tricksen spüre, dass durch den Trick etwas jenseits des Wortes wahr wird, wenn mir der Trick gelingt. Weil ich mit dem Gelingen so lang zu tun habe, als ob ich es verhindern wollte. Und weil ich außerdem weiß, dass der Spagat zwischen Gelingen und Misslingen wie ein Sprungseil schaukelt, aber es springen die Schläfen, nicht die Füße. Durch den Trick erfunden, also total künstlich, schwingt so ein Wort wie SCHNEEVERRAT. Sein Material verwandelt sich und unterscheidet sich nicht mehr von einer natürlichen, körperlich starken Empfindung.

Den ersten Verrat, an den ich mich erinnere, habe ich selbst begangen. Es ist der Verrat mit dem Kalb. In meinem Kopf ging es damals jedoch um zwei Kälber, und ich habe das eine Kalb an dem anderen gemessen, sonst hätte ich nicht verraten. Das eine Kalb wurde ins Zimmer getragen, und dem anderen Kalb wurde der Fuß gebrochen. Das eine Kalb wurde kurz nach seiner Geburt ins Zimmer getragen und vor dem Bett meines Großvaters auf den Diwan gelegt. Mein Großvater lag seit Jahren gelähmt in diesem Bett. Und er sah das neugeborene Kalb mit stechend gierigen Augen an, eine ganze halbe Stunde ohne ein Wort. Und ich saß auf dem Diwan am Fußende des Bettes und am Fußende des

Kalbs. Und ich sah den Großvater an. Mir brach das Mitleid mit ihm fast das Herz und genauso der Ekel vor seinem Blick. Es war ein diebischer Blick, direkt zu dem Kalb gespannt, straff hing er wie eine Glasschnur in der Luft zwischen dem Bett und dem Kalb. Ein Blick, bei dem die Pupillen glänzten wie frisch angelötete Metallkügelchen. Eine unflätige verzweifelte Bewunderung, die das Kalb mit den Augen fraß. Der Großvater sah nur das neue Kalb, mich sah er nicht – Gott sei Dank. Denn ich spürte, wie gefräßig dieses Schauen ist, wie es sich vor nichts geniert. So ein Augenhunger, dachte ich. AUGENHUNGER war dann auch so ein Wort, das mir im Kopf immer wiederkehrte.

Ja, das war das eine Kalb. Und dem anderen Kalb wurde kurz nach der Geburt mit der Axt der Fuß gebrochen, damit man es schlachten darf. Es war verboten, Kälber zu schlachten, man musste sie dem Staat abliefern, nach ein paar Wochen, wenn sie das nötige Gewicht hatten. Nur wenn ein Unfall passierte, erlaubte der Tierarzt Notschlachtungen, und man durfte das Fleisch behalten und selber essen. Als der Vater dem Tierarzt den Unfall mit dem Kalb vortrug, ihm zeigte, wie die Kuh ihren schweren Fuß auf das Kalb gestellt hatte, schrie ich: »Du lügst, du hast es gemacht mit der Axt!«

Ich war sieben Jahre alt, wusste von meinen Eltern, dass man nie lügen soll. Wusste aber auch, dass der Staat schlecht ist und Leute, weil sie die Wahrheit sagten, ins Gefängnis sperrte. Dass der Tierarzt ein Fremder ist im Dorf und gegen uns und für den Staat ist, wusste ich auch. Ich hätte meinen Vater damals fast ins Gefängnis gebracht, weil er mir instinktiv zutraute, dass ich zwischen unerlaubter Lüge zu Hause und erlaubter Notlüge wegen all der Verbote unterscheiden kann. Als der Tierarzt damals nach einer dicken Bestechung gegangen war, verstand ich, ohne das Wort zu kennen, was ich getan hatte, was Verrat ist. Ich fühlte mich wie ausgedorrt, mir war schlecht vom Gaumen bis in die Zehen.

Jahrelang hatten wir brav jedes Kalb dem Staat abgeliefert. Jetzt wollten wir Kalbfleisch essen. Darum ging es. Aber es ging auch um mehrere Prinzipien, die durcheinanderkamen. Lüge, Wahrheit und Würde. Den Staat durfte man immer anlügen, wenn man konnte, weil man nur so sein Recht bekam – das wusste ich. Die Lüge meines Vaters funktionierte, sie war geschmeidig, und nötig war sie auch. Nur, was war es dann, das mich dazu brachte, vor dem fremden Tierarzt den Vater zu verraten? Ich dachte an das andere Kalb bei den Großeltern väterlicherseits, in dem anderen Haus, das derselbe Vater auf den Armen aus dem Stall ins Zimmer trug und auf den Samtdiwan legte. Das Kalb auf dem Diwan war nicht schön, weil ein Kalb nicht auf einen Diwan gehört. Es war sogar hässlich, wie es dort lag, auch wenn es nichts dafür konnte, dass es ein Kalb auf dem Samtdiwan war, dass man es so verwöhnte. Aber das Kalb, dem man mit der Axt den Fuß gebrochen hatte, war schön. Nicht aus Mitleid, weil man es schlachten wollte. Wenn man Fleisch essen will, muss man ja schlachten – nein, schön war das Kalb, weil man es eben nicht durchs Schlachten schlachten konnte, sondern quälen und vorführen musste. Dadurch wurde es auch für meine Bauernaugen ein beeindruckendes Geschöpf. Ich sah unzählige Male alle Tage ohne Probleme zu, wie Hühner, Hasen oder Ziegen geschlachtet wurden. Ich wusste, wie man junge Katzen ertränkt, Hunde erschlägt, Ratten vergiftet. Aber durch den gebrochenen Fuß packte mich ein unbekanntes Gefühl, mich erwischte die natürliche Schönheit des Kalbs, seine beinah notorisch kitschige Unschuld, eine Art Schmerz vor dem Missbrauch. Es hätte für den Vater im Gefängnis enden können. Gefängnis – dieses Wort traf mich so klar wie ein Messer, mir pochte in der Dürre meines Verrats das Herz bis in die Stirn.

Ja, das war ein anderer Verrat als SCHNEEVERRAT.

Vielleicht weil die Nachtfahrt auf diesem Lastauto über die Ebene durchs leere Feld so hell wie dünne Milch war, dachte ich an den Verrat mit dem Kalb, mit den zwei Kälbern. Denn die Mutter hatte ja im Windschatten der Auswanderungskiste nur vom SCHNEEVERRAT gesprochen.

Damals fuhr sie im plombierten Viehwaggon ins Lager und jetzt mit mir auf einem Lastauto zum Zoll. Damals wurde sie von Milizen mit Gewehren bewacht, jetzt aber schaute nur der Mond. Damals war sie eine Eingesperrte und jetzt eine, die auswandert. Damals war sie siebzehn und jetzt über sechzig.

Das war schlimm, mit sechzig Jahren und siebzig Kilo Gepäck, mit einer Auswanderungskiste im Februar auf dem Lastauto mit dem Mond durch den Schnee zu fahren, aber es gab nichts zu vergleichen mit 1945. Nach jahrelangen Schikanen wollte ich aus diesem Land weg. Auch wenn ich mit den Nerven fertig war, auch wenn es sein musste, um dem Ceauşescu-Regime und seinem Geheimdienst zu entkommen, auch wenn es sein musste, um nicht den Verstand zu verlieren, es war DOCH ein Wollen, es war kein Müssen. Ich wollte weg, und sie wollte, weil ich wollte. Das musste ich ihr auf diesem Lastauto sagen, auch wenn mir beim Reden der Gaumen fror. »Hör auf zu vergleichen, der Schnee kann nichts dafür«, musste ich meiner Mutter sagen, »der Schnee hat uns aus keinem Versteck getrieben.«

Ich war damals im Kopf nicht mehr weit davon weg, den Verstand zu verlieren. Ich war so kaputt, meine Nerven spielten sich auf gegen mich, mir lief die Angst, die ich hatte, aus der Haut in alle Gegenstände, mit denen ich hantierte. Und sie hantierten sofort mit mir. Wenn man so ein bisschen über den Rand schaut, so ein bisschen im Kopf in Millimetern laviert zwischen abstrus und normal, wenn man sich dabei zuschaut, dann ist man am äußersten Zipfel der Normalität angelangt. Da darf nicht mehr viel dazukommen. Da will man dann gut auf sich aufpassen, man versucht, Denken und Fühlen zu trennen. Man will sich zwar alles, wie man es gewohnt ist, in den Kopf packen, aber nicht mehr ins Herz stecken. Man stelzt in sich selber doppelt herum: einmal vergrößert, aber total fremd – und einmal sehr vertraut, aber unkenntlich klein verschwommen. Man spürt, wie das Unkenntliche zunimmt, wie diffus man wird. Dieser Zustand ist gefährlich, man kann noch so aufpassen, bei allem Aufpassen weiß man nicht, wann er kippt. Nur dass er kippt, wenn sich dieses Drecksleben nicht ändert.

Es gab nicht nur, was ich meiner Mutter sagte, kein Versteck im Schnee, es gab auch keins bei mir im Kopf: es war mir klar, dass ich wegmusste. Ich war fix und fertig, ich verwechselte seit ein paar Monaten das Weinen und das Lachen. Ich wusste schon noch, an welcher Stelle man nicht weint, an welcher nicht lacht, aber es nützte nichts. Ich wusste es richtig und machte es falsch. Ich war nicht mehr imstande, mich an das, was ich wusste, zu halten. Ich lachte und weinte durcheinander über mich hinweg.

In diesem Zustand kam ich in Nürnberg an, im Übergangsheim Langwasser. Es war ein hoher Turmblock gegenüber von Hitlers Parteitagsgelände. In dem Block die kleinen Schlafschachteln, die Gänge ohne Fenster, nur mit Neonlicht, die unzählig vielen Büros. Und am ersten Tag Verhör beim Bundesnachrichtendienst. Dann am zweiten Tag wieder und mehrmals mit Pausen und am dritten, am vierten Tag. Mir war schon klar: Die Securitate, die wohnt nicht mit mir in Nürnberg, hier sitzt nur der Bundesnachrichtendienst. Ich war jetzt, wo er war, aber wo, verdammt, wo war ich hier angekommen. Prüfer hießen diese Vernehmer, Prüfstelle A und Prüfstelle B stand auf der Tür. Der Prüfer A prüfte, ob ich nicht doch »einen Auftrag habe«. Das Wort »Spitzel« fiel nicht, aber es wurde geprüft: »Hatten Sie mit dem dortigen Geheimdienst zu tun?« »Er mit mir, das ist ein Unterschied«, sagte ich. »Lassen Sie das meine Unterscheidung sein, dafür werde ich schließlich bezahlt«, sagte er. Es war empörend. Der Prüfer B prüfte dann: »Wollten Sie die Regierung stürzen? Nun könnten Sie es doch zugeben, das ist doch jetzt Schnee von gestern.«

Dann passierte es. Ich ertrug nicht, wie hier ein Prüfer mein Leben mit einer Redensart abtat. Ich sprang vom Stuhl auf und sagte viel zu laut: »Es ist immer derselbe Schnee.«

Die Redensart mit »Schnee von gestern« mochte ich auch früher nicht, weil sie, was gestern war, nicht mehr kennen will. Ich spürte jetzt deutlich, was es ist, was ich an diesem Ausdruck mit dem Schnee von gestern nicht ertrage: Ich ertrage nicht, wie gemein sich hier eine Metapher Platz macht, wie sie Verachtung zeigt. Wie unsicher muss dieser Ausdruck sein, wenn er so auftrumpft, sich so arrogant macht. Man muss dem Ausdruck doch entnehmen, dass dieser Schnee gestern wohl wichtig war, sonst müsste man über ihn doch nicht reden, sich heute seiner nicht entledigen. Was mir dann durch den Kopf ging, sagte ich dem Prüfer nicht.

Im Rumänischen gibt es zwei Wörter für Schnee. Eines davon, das poetische Wort für Schnee, heißt NEA. Und NEA heißt im Rumänischen auch ein Herr, den man zum Siezen zu gut und zum Duzen zuwenig kennt. Auf Deutsch würde man vielleicht ONKEL sagen. Manchmal wenden die Wörter sich an, wie sie wollen. Ich musste mich gegen den Prüfer wehren und gegen die Suggestion des Rumänischen, das mir sagte: Es ist immer derselbe Schnee und immer derselbe Onkel.

Und noch etwas geschah: Während ich – aus der Diktatur angekommen im Nürnberger Übergangsheim – verhört wurde von einem deutschen Geheimdienstler, dachte ich: Nun bin ich ganz frisch gerettet und sitze hier im Westen wie das Kalb auf dem Diwan. Erst durch den AUGENHUNGER des Beamten begriff ich, dass nicht nur das gequälte Kalb mit dem gebrochenen Fuß missbraucht wurde, sondern genauso – nur noch hinterhältiger – das verwöhnte Kalb auf dem Diwan.

Jeden Winter kam zu uns nach Hause die Weißnäherin. Sie blieb dann zwei Wochen, aß und schlief bei uns. Sie hieß so, weil sie nur weiße Sachen nähte: Hemden und Unterhemden und Unterhosen und Nachthemden und Brusthalter und Strumpfhalter und Bettzeug. Ich hielt mich viel in der Nähe der Nähmaschine auf, ich schaute, wie die Stiche flossen und eine Naht wurden. Als sie den letzten Abend bei uns war, sagte ich nach dem Nachtessen: »Näh mir was zum Spielen.«

Sie sagte: »Was soll ich dir nähen?«

Ich sagte: »Näh mir ein Stück Brot.«

Sie sagte: »Dann musst du später alles, was du gespielt hast, essen.«

Alles, was man gespielt hat, essen. So könnte man auch das Schreiben definieren. Wer weiß: Was ich schreib, muss ich essen, was ich nicht schreib – frisst mich. Davon, dass ich es esse, verschwindet es nicht. Und davon, dass es mich frisst, verschwinde ich nicht. Es passiert immer dasselbe, wenn Worte beim Schreiben etwas anderes werden, um genau zu sein, wenn sich Gegenstände selbständig machen und Sprachbilder sich diebisch nehmen, was ihnen nicht gehört. Gerade beim Schreiben, wenn Worte etwas anderes werden, um genau zu sein, wirkt vielleicht immer derselbe Schnee und immer derselbe Onkel.

Die Anwendung der dünnen Straßen

Einmal im Jahr wurde das Kalb ins Zimmer getragen und auf den Diwan gelegt.

Alle anderthalb Stunden, täglich, sagte meine Großmutter: »Mir tickt die Wolke durch den Kopf.«

Das eine hat mit dem anderen zu tun:

Im Frühsommer fährt der Großvater mit dem Pferdewagen an den Fluss, Sand holen. Er steht viel zu lang im kalten Wasser. Schon am Tag darauf spürt er ein schneidiges Ziehen im ganzen Körper, als fließe ihm der Fluss auch zu Hause in kalten Wirbeln durchs Fleisch. Sein Körper wird steif. Wenn er sich rührt, ist ihm, als würde er in Stücke brechen. Der Stadtarzt sagt: Die Nerven im Nacken sind erfroren. Auf diese Nerven sind wir angewiesen, sie sind die Fäden, die uns vom kleinen Finger bis zum kleinen Zeh biegsam machen. Sie steuern jede Bewegung. Ohne sie würden wir umfallen wie ein Stück Holz.

Der Arzt operiert den Großvater am Nacken. Die Operation misslingt.

Der Großvater wurde steif wie ein Pflock aus dem Spital zum Sterben nach Hause ins Bett geschickt. Statt die Fäden im Nacken neu zu knüpfen, hat der Arzt sie alle durchgeschnitten, sagte man mir als Kind. KNÜPFEN ist seither für mich ein wichtiges Wort. Das Gehorchen der Gelenke hat mit KNÜPFEN zu tun. Wir können den Körper, den wir haben, morgens in den Tag schicken. Wir können über ihn verfügen, solange er richtig geknüpft ist. Danach verfügt er über uns.

Vor meiner Geburt wurde der Großvater zum Sterben nach Hause geschickt, aber in seinem Bett lag er, bis ich zwölf Jahre alt geworden war. Das Liegen tat ihm weh, war eine Quälerei. Seine Haut wurde eine einzige Wunde. Er lag auf drei aufgeblasenen Gummischläuchen. Einer zwischen den Schultern, einer im Kreuz, einer in den Kniekehlen. Sein Stöhnen kam mir als Kind so gewöhnlich vor wie bei anderen das Reden. Es gehörte zum Zimmer, in dem er lag. Als hätte nicht er, sondern die Luft diese Stimme, die Möbel, die Wand, der Plafond oder die Tür. Er musste alle anderthalb Stunden hochgehoben und ein bisschen anders auf die Gummischläuche hingelegt werden, ein bisschen mehr auf die rechte oder linke Seite. Er war leicht, aber zum Hochheben und Umlegen Dutzende Male Tag und Nacht war er schwer.

Egal, ob meine Großmutter im Hof, im Garten, im Laden, bei Nachbarn oder auf dem Feld war, sie trug zwölf Jahre lang überall eine Tasche mit einem Wecker bei sich. Eine Tasche, aus schwarzen und dunkelroten Lederstreifen geflochten, schlabbrig und speckig vom vielen Gebrauch. Dreimal musste der Schuster neue Griffe drannähen, weil die alten zerschlissen waren. Der Wecker läutete alle anderthalb Stunden in der Tasche, wenn es Zeit war, ihren Mann ein bisschen anders hinzulegen. Und wenn er läutete, ließ sie alles fallen und rannte los. Und wenn sie sich ein bisschen verspätete, schrie der Gepeinigte die Gehetzte an, dass er nicht schreien wolle, aber nicht anders könne. Und sie schrie zurück, dass sie sich nicht verspäten wollte, aber nicht anders konnte. Ihr gehetztes und sein gepeinigtes Leben wurden zwölf Jahre im Anderthalb-Stunden-Takt von einem Wecker dirigiert: erpresst und behütet.

Und einmal im Jahr trug dann mein Vater das neugeborene Kalb auf den Armen ins Zimmer des Großvaters, legte es, damit er es sieht, vis-à-vis von seinem Bett auf den grünen Samtdiwan mit dem dunkelroten Pfingstrosenmuster. Das Kalb lag auf den Pfingstrosen am Kopfende und ich setzte mich daneben auf die Pfingstrosen ans Fußende. Der Gepeinigte sah dieses Kalb immerfort an, als würde er seine Haare zählen. Mich bemerkte er dabei gar nicht. Und ich sah mehr als zu ihm auf das Kalb und die faustdicken roten Pfingstrosen. Manche waren ganz aufgeblüht, man sah innen drin ihr gelbgekräuseltes Herz. Hie und da traf sich mein Blick mit dem des Großvaters. Es war wie ein gegenseitiger Stich, es gehörte sich nicht, dass einer dem andern mit Blicken so in die Augen bohrt. Ich glaube, es war zuwenig Vertrautheit zwischen uns, um das auszuhalten, um sich durchschauen zu lassen. Der Gepeinigte schaute verzückt. Der Glanz in seinem Blick ging wie ein grässlicher Hunger auf das Kalb los. So ein rücksichtsloser Hunger, wie man ihn mit dem Mund gar nicht haben kann. Denn beim Mundhunger wird das Essen immer kleiner, das Gegessene verschwindet hinterm Gaumen. Aber beim Augenhunger bleibt das Gegessene groß vor den Augen stehen. Weil nichts, nicht einmal ein Millimeter daran verschwindet, wird es sogar größer, je länger mit dem Augenhunger gegessen wird. Größer, weil aufgebläht von der Betrachtung, monströs, weil sich die Wahrnehmung mit dem Material des Gegenstandes verbandelt, weil der Gegenstand dem

Augenhunger immer mehr ausgeliefert ist. Der Gepeinigte buhlte um Teilhabe an diesem neuen, grad geborenen Leben des Kalbs. Er war nicht glücklich, sondern das Glück hatte ihn. Das Glück schleifte ihn hinter sich her. Ja, er hatte ein vom Glück zerrissenes Gesicht.

BEHÜTET und ERPRESST, GLÜCK und ZERRISSEN, was treffen sich da für Worte. Was taugt ihr Gegensatz, wenn die Lage, aus der sie entstehen, sie zu ein und demselben macht.

Natürlich hat meine Großmutter nie im Leben den Satz gesagt: »Mir tickt die Wolke durch den Kopf.« Aber wenn ich über sie schreibe, muss sie den Satz sagen. Nicht meinetwegen, ihretwegen muss sie ihn sagen. Ich muss für sie diesen Satz erfinden, damit ihr Wecker im Satz das Ausmaß kriegt, das er in ihrer schwarz-rot geflochtenen Ledertasche, ich möchte fast sagen, LEBENSTASCHE hatte. Damit dieser Wecker BEHÜTET und ERPRESST, monströs behütet und zärtlich erpresst. Und damit die Sätze die Pointen des Lebens einholen, muss die Großmutter HERZTIER sagen und: »Dein Herztier ist eine Maus.« Sie muss die eine Großmutter werden, die sich zu Tode singt, weil ihr keine Krankheit beim Sterben helfen kann, und nicht die andere Großmutter, die sich genauso erfunden zu Tode betet.

Literatur ist ein fades Wort. Der Literatur bin ich keinen Satz schuldig, sondern dem Erlebten. Mir selber und mir allein, weil ich das, was mich umgibt, sagen können will.

Darum heißt es in einem Text: »Wo ist dieser Ort. Über den Morgen hinaus ist der Tag mir so wenig wie nie. (...) Ich hab noch ein Wort, noch ein kleines, ein zerrendes Sagen in mir. Ich hab noch zu reden fürs Wasser im Blick. Damit ich den Blick noch heben kann, hab ich zu sagen, wer uns die Lippen so schwer, wer uns das Wort so klein macht und wenig wie nie.«

Die sogenannten Landsleute aus dem Banat haben mich Nestbeschmutzerin, Hure und Hexe genannt, der Geheimdienst hat mich zum Staatsfeind erklärt. Beide Seiten haben gegen mich gehetzt, Hand in Hand gearbeitet, auch wenn sie es nicht wussten. Sie brauchten keine Absprachen, denn sie hatten die gleichen Gründe: sie hassten das Aufwühlen ihrer geregelten Welt.

In Bezug auf beiderlei Attacken hab ich mir gedacht: In der Art, wie sie sich wehren, geben sie zu, dass sie sich in den Sätzen wiederfinden. Sie toben, weil sie sich nicht so haben wollen, wie sie sind, aber wenn sie nicht so wären, hätten sie die Wut zum Toben nicht.

Den Wörtern im Satz geht es vielleicht wie dem Kalb auf dem Diwan, denn es ist Augenhunger im Spiel beim Schreiben. Der Augenhunger frisst die Wörter, bis sie sich vergrößern. Der Augenhunger und die Vergrößerung sind das Diktat des Satzes, sonst nichts. Außerhalb davon wehren dieselben Wörter die Vergrößerung ab, außerhalb wäre sie Angeberei, obszön. Jenseits des Augenhungers sind die Wörter wieder gewöhnlich, sie schrumpfen auf ihren Gebrauchswert zurück, in die Normalität der nichtschreibenden Leute. Zum Glück ist es so, jeder braucht, um durch den Tag zu kommen, ständig gewöhnliche Wörter, die bei sich selber stehenbleiben, sonst würde man die vergrößerten nicht aushalten.

Wenn Zerbrochenes funkelt, entsteht ein störrischer Glanz, aber nie ein Ganzes. Und wenn wir im einzelnen hängenbleiben und im Detail denken, besteht alles aus Zerbrochenem. Es bricht sich selbst, damit man es genau sehen kann. Und ich breche es noch einmal anders, damit ich darüber schreiben kann. Damit es im Wort annähernd das Ausmaß kriegt, das es den wirklichen Dingen, die ich kenne, schuldig ist. Zwischen der Haltung zu ihnen und der Haltung zum Wort entscheidet sich der Satz, bis er gänzlich erfunden das wirklich Gewesene einigermaßen streifen kann.

Wem gehört das Ticken der Wolke im Kopf, wem das Kalb auf dem Diwan, wem die Großmutter, die sich zu Tode singen oder beten muss? Wem also gehört das Bedürfnis, »zu sagen, wer uns die Lippen so schwer, wer uns das Wort so klein macht und wenig wie nie«? Es gehört keiner Dorfheimat und keiner Staatsheimat. Die vom Augenhunger diktierten Vergrößerungen gehören nur dem Text, der sie gebaut hat, um zu funktionieren. Loyalität dem Wirklichen gegenüber und Versessenheit aufs Flirren gehören im Satz zusammen. Das eine kommt ohne das andere nicht in Gang. Das Gelebte kann sich im Satz erst dann gültig behaupten, wenn ihm das Eins-zu-Eins entzogen worden ist, wenn es, mit Erfundenem vermischt, eine völlig künstliche, weil mit Tricks gebaute Intimität annimmt und beim Lesen wieder freigibt.

Der Augenhunger gibt den Wörtern überraschend Intimität, zieht sie in eine Nähe, die das Gelebte durchsichtiger macht, als es beim Erleben war. Durchs Erfinden wird die erlebte Wirklichkeit auf eine damals verpasste Wahrheit zurückgezwungen. Mit Nähe meine ich nicht Einverständnis, sondern die kürzestmögliche Distanz. Seltsam nur, je kürzer die Distanz ist, um so schneller gelangt man durch sie aus der Mitte der Zugehörigkeit an den Rand. In einer überschaubaren Gemeinschaft, sei es ein Dorf oder ein Kontrollstaat, wird man wegen des Augenhungers der Wörter vom Mitglied zum Feind.

Ich bin doppelt an den Rand gelangt, gleichzeitig an den der Dorfheimat und an den der Staatsheimat. Und das, obwohl der Augenhunger der Wörter nie aus Überheblichkeit kam, sondern aus der Not des Blicks, aus der genauen Liebe.

Es war der genauen Liebe geschuldet, wenn ich den Heimatbesitzern sagen musste: Ihr habt diese Dorfheimat im Nationalsozialismus ins Verbrechen manövriert. Ich hatte mit sechzehn, kaum in der Stadt, Gedichte von Paul Celan gelesen, ich habe sie fast nicht ausgehalten. Hier ging es um mehr als um Gedichte, denn ich musste mir beim Lesen sagen, dass ich in eine banatschwäbische Welt geboren bin, mit einem Vater, mit Onkeln und Nachbarn, die Hitler dienten, als er Celans Eltern ermorden ließ. Der Grund für Celans Flucht aus Rumänien ist somit auch seine Angst vor meinem Vater. Und Celans Selbstmord ist das Ende dieser Flucht. Ich genierte mich vor den Gedichten, wollte mich für diesen Vater entschuldigen. Nur, wie kann man sich bei Gedichten entschuldigen und wie im Namen einer deutschen Minderheit, wenn diese 1960 und 1970 und die Jahre danach immer noch singt: »Wir fahren gegen Engeland.« Wenn dieser Vater sich auf den Hochzeiten in den frühen Morgen säuft, wenn ihm der SS-Soldat auf dem Panzer im Suff durch den Schädel schwimmt: ein Wiedergänger mit glasigen Augen und schunkelnden Knien, der am Männertisch einer Hochzeit zwischen Flaschen und Blasmusik noch einmal unterwegs auf Eroberung ist. Einer, der beim Johlen das E-n-g-eland zieht, damit die Takte passen, damit er es auskosten kann. Dieser Männertisch war im Krieg, dachte ich, diese singende Kumpanei hat Paul Celan aus dem Leben gekippt. Sie praktizierte schon zur Hitlerzeit die Abwechslung zwischen Treibjagd und deutschem

Männerchor. Und es war schon damals kein ahnungsloses Liedersingen, bei dem die Hakenkreuze diese Deutschen in einem rumänischen Landstrich eitel machten. Sie hatten sich Hitlers Zunge geliehen, wurden fröhlich und derb. Sie hofften, dass ihre Maisfelder und Maulbeerbäume, Häuser und Straßen, ihr Kirchturm und Bahnhof eines Tages Nazideutschland heißen werden, dass Hitlers Krieg aus dieser deutschen Minderheit die Herren der Gegend machen wird.

Ich wollte meinen Vater lieben, wenn er nicht sang. Wenn ich mit ihm im LKW stundenlang durch zu große Maisfelder fuhr, wenn wir uns im Brummen des Autos nichts zu sagen hatten, eng nebeneinandersaßen und schwiegen, bis er dann wieder einen Nazispruch sagte und schnippisch lachte, im Glauben, es sei ihm in der Einöde mit mir zu zweit ein guter Witz gelungen. Er ließ mich am Versuch der Liebe immer noch einmal aufs neue scheitern, bis er starb. Wenn bei mir ein Gefühl anfing, machte er sich möglichst schnell unerträglich, dass die Liebe sich sofort blamierte, wenn sie aufkam. Er war ein Marodeur, der auf dem Rückzug ins Zivile nie mehr heimisch wurde. Mit diesem Marodeur vor Augen hab ich die Komplizenschaft zwischen Unbelehrbarkeit und Diktatur kapiert. So wurde ich gewarnt vor der Diktatur, in der ich selber lebte. Ich sah Eigenschaften an ihm, die sich an sozialistischen Funktionären wiederholten.

Mein Vater ging mit siebzehn in die SS. Und ich 1971 über den Asphalt der Stadt als halbverstörtes Dorfkind und Gymnasiastin. Ich dachte mir: Jetzt bin ich achtzehn, so alt wie er damals. Auf dem Asphalt standen die Sprüche, die Lüge, der Zwang und die Angst aller vor allen. Jeder in diesem Land wusste, das hier ist seit dreißig Jahren eine Diktatur. Weil ich jetzt so alt wie mein Vater damals war, musste ich mir auf diesem Asphalt sagen: Jetzt prüft die Jugend meines Vaters mich, jetzt kommt es ganz allein auf mich an, was ich tu und was nicht. Der Vergleich meines Alters mit seiner Jugend führte zu der Einsicht: Privat anständig bleiben bedeutet öffentlich versagen. Überall hatten schmierige, hirnlose Figuren, Täter und Claqueure das Heft in der Hand. Jeder Aufstieg gründete aufs Drangsalieren anderer: Heucheln, Lauern, Denunziation, Fertigmache. Ich musste mich damit abfinden, zu nichts imstande zu sein außer zum Ekel vor den Zuständen und zum Erschrecken vor dem Zerbrechen von Menschen, die ich sehr mochte. Ich hatte keinerlei Möglichkeit, den Machtfiguren etwas anzutun, ich konnte nur nicht aufhören, sie aus der Not des Blicks zu beurteilen, meinen Ekel zu begründen. Mir in den Kopf zu sagen: Die bauen diese Staatsheimat auf Menschenverachtung, planen Angst und machen Friedhöfe. Bei denen hat kein Mensch eine Chance, wenn er nicht auf andere losgeht. Alle, die ich schätze, dürfen hier keinen Augenblick so sein, wie ich sie kenne. Den Freunden und mir hat diese Staatsheimat nicht nur die Fabrik und die Straßenbahn gestohlen, nein, auch unsere Wohnungen, Tisch und Stuhl, das Kissen im Bett, das Besteck, sogar den Kamm, mit dem wir uns im Haar den Scheitel ziehen. Jedes Maß hat man hier auf den Kopf gestellt. Man hat uns hier zur Anwendung der dünnen Straßen gezwungen, die Wege, auf die wir unseren Fuß noch setzen können, sind lediglich unsere eigenen Nerven.

Todesdrohungen, wie soll es anders sein, machen Todesangst. Die Überforderung der Nerven wurde zu unserer zweiten Natur. Denn man gewöhnt sich daran. Und wenn wieder mal etwas bedrohlich wird, spürt man, je länger man sich daran gewöhnt, nur noch Watte. Von der pausenlosen Intensität wird man benommen. Übermüdete Wachheit, Raserei, ausgestopft mit Watte. Man lernt, dass die Watte nicht still, sondern bloß unerbittlich ist. Die Gemütslage zwischen Räsonieren und Hinnehmen gleicht sich an. Der Gebrauch der Logik nimmt sich den Sinn. Das Einordnen der Dinge wird obsolet. Denn man räumt etwas aus dem Kopf, es ist Watte. Und an die frei gewordene Stelle rückt neue Watte. Man nimmt ihr von innen ein Stückchen weg, damit sie von außen besser nachwachsen und eindringen kann. Es klingt seltsam, man ist sich durch innere Panik und äußeren Gleichmut doppelt vorhanden. Nur ist der eine Zustand, sosehr er sich auch abmüht, für den anderen nicht mehr verbindlich. Man ist sich doppelt abhandengekommen. Dann ist es so weit: Der Wind in einer Akazie, das Quietschen des Fahrstuhls, das Anknipsen eines Lichtschalters wird zum Geräusch der Bedrohung. Aber auch die Lautlosigkeit, mit der im Weg die Pfütze glänzt und auf dem Tisch die Suppe im Teller.

Ich hatte keine Angst mehr, ich gehörte ihr. Das ist ein schlimmeres Stadium, denn die erste Station hinter der Angst ist wahrscheinlich die letzte, bevor man den Verstand verliert. Der Augenhunger meines Großvaters wurde auf dem Asphalt mein Alltag. Die Dinge luden sich auf, ich musste sie in der Not des Blicks genau ansehen, damit ich standhalten konnte. Ich funktionierte von außen, ging drei Jahre morgens um fünf Uhr in die Fabrik. Mir tickte der Wecker der Fabrik im Kopf. Ich erlaubte mir keine Minute Verspätung. Eingeübter Morgentakt der Füße, den Kopf hob ich und sah zwischen Bäumen in den Himmel. In den Kopf kamen Wörter. Ich dachte: Auf dünnen Straßen muss man nicht auf seine Füße achten, sondern auf die Nerven.

Wenn ich darüber schreibe, ziehen sich die Weckerjahre meiner Großmutter über meine drei Fabrikjahre. Dann steht im Satz:

> Mir tickt die Wolke durch den Kopf
> und die Stadt sitzt krötenstill morgens
> vor meinem Mantelknopf.

Die Anwendung der dünnen Straßen läuft auch durchs Leben meiner Mutter. Mit zwanzig wurde sie zu fünf Jahren Zwangsarbeit deportiert ins Lager in die heutige Ukraine. Dort grassierte der wilde Hunger, einer, der sich von unserem täglich zahmen grundlegend unterscheidet. Und der wilde Frost und das militärische Kommando. Meine Mutter hat Internierte wie sie verhungern, erfrieren und an der Zwangsarbeit sterben sehen. Drei Jahre nach der Heimkehr aus dem Lager kam ich zur Welt, die Deportation steckte noch in ihr und streute sich in meine Kindheit. Wenn ich essen sollte, sprach sie vom grausigen Hunger in Russland, bis mir kein Essen mehr schmeckte. Wenn sie mich kämmte, redete sie vom Kahlscheren im Lager, bis ich kein Recht mehr auf meine Haare hatte. Wenn ich abends schlafen sollte, erwähnte sie den gefrorenen Mond über der Steppe, bis mich keine Decke und kein Ofen mehr wärmten. Ich verstand die Inhalte nicht, aber der Schrecken übertrug sich um so mehr. Schrecken ohne Inhalt alarmiert ein Kind unverantwortlich. Ich verstand nicht, worum es geht. Aber schwelend tat es mir weh. Hätte sie doch gewartet, denn mit zwanzig, also in ihrem Alter von damals, hätte ich begriffen, der Schrecken wäre nicht mehr ohne Inhalt dahergekommen. Aber da weigerte sie sich, Auskunft zu geben. Sie erwähnte das

Lager nicht mehr, behielt ihre dünnen Straßen für sich. Als ich meine eigenen dünnen Straßen hatte, verausgabte sie ihre Beschädigung nur noch in Handgriffen, hoffend, dass ich diese nicht durchschaue.

Die Anwendung der dünnen Straßen kenne ich nur von einem Mann in ihrem Alter, den sie nicht kennt, der deportiert war wie sie, von Oskar Pastior. Ich bin den dünnen Straßen nach mit ihm in die Ukraine gereist, ins Donbass-Gebiet. Die Städte der Arbeitslager heißen Dnjepropetrowsk, Gorlowka, Donezk, Enakiewo, Krivoy Rog. Da, wo in jedem Park ein Panzer aus dem Zweiten Weltkrieg steht. Und in jedem Stadtzentrum ein Lenin, von der Kohle und der Metallurgie nachtschwarz, hoch wie ein Turm in der Sonne. Überall in den Gärten und als Sträuße auf den Märkten sind Pfingstrosen. Die Pfingstrose ist die Blume des Donbass. Zwischen allen Lenins und Panzern in den Städten wird auch sie einem zur Sowjetblume, eine Pflanze im Siegeswahn. Als wäre der Krieg erst gestern gewesen oder noch gar nicht vorbei, blüht sie hier zwischen jahrzehntelang verehrtem, mit frischer Ölfarbe gestrichenem Kriegsgerät. Alles Eisen, vom Wasserhahn in den Hotels bis zur Silhouette der Fabriken, ist in der Ukraine kaputt, verrostetes Gerippe. Aber das Kriegsgerät wird seit über sechzig Jahren auf Hochglanz poliert. Man schaut es an, und es glänzt die Angst vor der Zivilität. Die aus dem Sowjetimperium entlassene Ukraine ist sechzig Jahre nach dem Krieg immer noch ein Marodeur des Sieges. Tragisch an diesem so notwendigen Sieg über Hitler ist, dass man aus diesem Sieg nichts lernen durfte. Er durfte sich für den einzelnen nicht lohnen, als individuelles Leben und privates Glück. Die Sowjetunion siegte immer weiter, Jahrzehnte über die

Freiheit. Der Staat verordnete eine hysterische überwachte Siegesbeschwörung und versteckte dahinter die Repression. Wer sich ein Stück zivile Würde wünschte, für den gab es den Gulag. Und es wunderte mich, dass die Ukraine auch nach ihrer Unabhängigkeit nichts tat, um die Sowjetsymbole zu ersetzen.

Die Pfingstrose, eine alte Bauernblume mit diskretem Duft. Seinerzeit auf dem grünen Diwan sah ich sie an, um einen Halt gegen den Augenhunger zu finden. In der Ukraine lauerte die Pfingstrose selbst, hauchrosa oder geronnenrot fing sie an, dem Kriegsgerät zu gleichen, vielleicht Handgranaten. Nie hätte ich diese Assoziation für möglich gehalten: Parfüm und Dynamit.

Als ich mit Oskar Pastior in der Ukraine war, über die Anwendung der dünnen Straßen sprach, habe ich ihm von der Pfingstrose nichts gesagt. Ich war froh, dass sie ihn schonte. Sie fiel ihm nicht auf, war aber in allem drin, was er mir erzählte:

1945 ist Oskar Pastior siebzehn Jahre alt. Eine bürgerliche Familie, der Vater Zeichenlehrer, der Tuschfedern sammelt, ein Federzimmer hat. Eine Mutter, die Gitarre spielt, elegante Ballkleider trägt, Mokkatassen mit Goldrand sammelt. Es gibt keinen Koffer im Haus. Als Oskar Pastior für die Deportation packen muss, montiert er das Grammophon aus der samtverkleideten Kiste und stopft das Loch, wo die Kurbel war, mit einem Korken zu. Er fährt mit dem Grammophonkistchen ins Lager. Im Stadtmantel des Großvaters, mit den Ledergamaschen des Nachbarn, geliehen, damit sie an den Waden warm halten. Mit einem glänzend und matt schachbrettgewürfelten bordeauxroten Seidenschal. Alles im Grammophonkistchen und was er am Körper trägt, ist da, wo er ankommt, improvisierte, lächerliche Verkleidung. Wie sollte man sich zu Hause beim Packen fünf Jahre Lager vorstellen. Wie im panischen letzten Moment der Kleinstadt-Normalität das Desaster vorbereiten. Man hätte packen können, wie man will, kein Mitbringsel wäre für den Nullpunkt der Existenz tauglich gewesen. Oskar Pastior nannte den chronischen Hunger noch sechzig Jahre danach HUNGERENGEL. Und die beste Kohlenschaufel wegen der spitz zulaufenden Form HERZSCHAUFEL. Die Öfen und Kühltürme, die in fünf Jahren fürs Auge zum Halt werden mussten mit weißen Dunstwolken und gelbem Glutspektakel, nannte er SKYLINE, vergleicht die zum Heimatgefühl umgestülpte Fremdheit und Verwahrlosung mit der Kindesheimat, der Silhouette der Karpaten. Der uhrgenaue Takt von Beladen und Entladen der Öfen, der Weißdunst und das glutgelbe Leuchten hatten in ihrer pünktlichen Wiederkehr die Zudringlichkeit des Weckers in der Tasche meiner Großmutter – denke ich mir. Die Farben am Himmel behüteten und erpressten. Zwischen ERPRESSEN und BEHÜTEN ist wieder mal der Gegensatz gelöscht.

Oskar Pastior arbeitete in diesem Kokswerk unter den Öfen im Keller bei der heißen und kalten Schlacke. Er spricht vom Vanille- und Bananenduft des Teers, von Kopfkissenbezügen, die er nach der Schicht auf dem Weg zwischen Fabrik und Schlafbaracke mit jungem Meldekraut vollpflückte. Gekocht, mit viel Salz bestreut, wurde das Unkraut gegessen. Salz war schwer zu beschaffen, ein Vermögen wert. Oskar Pastior sagte, Salz betrügt den Hunger genauso wie Zucker. Als das Unterhemd zerschlissen war, hat er sich daraus Klopapier geschnitten. Als die Jacke zerschlissen war, hat er sich daraus eine Schirmmütze genäht.

Pedant zugeschnitten, akkurat mit Karton verstärkt. Ein Musterstück an Handarbeit. Eine Mütze als Selbstvergewisserung und Würde, ein kleines Wunder, das ihn stolz machte. Es war der Beweis, dass in ihm noch eine Spur von früher existiert, dass er die Zivilisation nicht gänzlich vergessen hat.

Die Deportation von Oskar Pastior, wie die meiner Mutter, nenne ich beim Schreiben »die Anwendung der dünnen Straßen«. Die Anwendung ist ein Gebrauch gegen den Willen und ohne Wahl. Im Satz sollen die Straßen nicht ungewiss sein, sondern DÜNN, damit sie sinngemäß brechen, ohne dass es im Wort geschieht. Nicht Halbverhungerter soll der Deportierte im Satz heißen, sondern LÖFFELBIEGER.

Der Löffelbieger sagt
in Weiß gekleidet liegt
der Schnee so
nackt die Anwendung
der dünnen Straßen
das bisschen Krümmung in den Mokkatassen
das Grammophonkistchen die Herzschaufel
kannst du doch wissen alles Material wird später
mal dein rechteckiges Kissen ich aber war
nur für eine kurze Reise kostümiert ein
junger Wind oder ein alter Hunger
hatte mir das Mützchen destabilisiert es
kam der König mit dem Zuckerstreuer er
schrie und schwieg es kam ein neuer
König mit dem Zittersieg

Gelber Mais und keine Zeit

Seit ich denken kann, sagt meine Mutter:

Kälte ist schlimmer als Hunger.

Oder: Wind ist kälter als Schnee.

Oder: Eine warme Kartoffel ist ein warmes Bett.

Von meiner Kindheit bis heute, seit über fünfzig Jahren, hat meine Mutter diese Sätze um kein Wort geändert. Sie werden immer einzeln gesagt, weil jeder dieser Sätze für sich genommen fünf Jahre Arbeitslager beinhaltet. Es ist ihre geraffte Sprache, die das Erzählen vom Lager ersetzt.

Ich hatte diese kryptischen Sätze ziemlich satt. Ihr Sinn war versteinert, sie klangen schon so unerschütterlich leer wie dreimaldreiistneun. Ich wollte endlich wissen, was hinter diesen Sätzen steht. Ich wusste zwar, dass im Dorf alle Frauen im Alter meiner Mutter *nach Russland verschleppt* wurden und alle Männer, die damals zu jung oder zu alt für den Krieg waren. Aber geredet wurde über die Lager nur im Flüsterton, weil es verboten war.

Obwohl Rumänien im Zweiten Weltkrieg mit seinem faschistischen Diktator Marschall Antonescu an der Seite Hitlers war, machten die Sowjets nur die deutsche Minderheit für die Nazi-Verbrechen verantwortlich. Noch während des Kriegs wurden im Januar 1945 alle Deutschen – Männer im Alter zwischen siebzehn und fünfundvierzig Jahren und

Frauen im Alter von achtzehn bis dreißig Jahren – in die Arbeitslager zum »Wiederaufbau« deportiert. Es gab Listen, jeder wurde polizeilich von zu Hause »ausgehoben«, zu den Sammelstellen und dann zum Bahnhof gebracht. Man nahm es mit dem Alter nicht genau. Es wurden gelegentlich sogar Kinder oder viel Ältere eingesammelt. Der Transport im Viehwaggon dauerte mehrere Wochen. Die Lager waren in den Kohlegebieten zwischen Dnjepropetrowsk und Donezk, im Donbass, in der heutigen Ukraine. Der Alltag bestand aus Arbeitskolonne, Schuften, Abendappell, chronischem Hunger. Das Sterben hieß Verhungern und Erfrieren. Nicht selten auch Selbstmord.

Ich wollte einen Roman über diese Deportation schreiben. 2001 begann ich, Gespräche mit ehemals Deportierten aus meinem Dorf aufzuzeichnen. Ich wusste, dass auch Oskar Pastior deportiert war, und erzählte ihm von meinem Vorhaben. Er wollte mir helfen *mit allem, was ich erlebt habe*, sagte er.

Wir trafen uns regelmäßig. Er erzählte, und ich schrieb es auf.

Er raffte die Sprache anders als meine Mutter. Er redete vom »Nullpunkt der Existenz«. Sein Erinnern lebte von den Einzelheiten, war kompliziert, denn seine lebenslange Beschädigung bekannte sich zu einer lebenslangen Nähe zum Lager. Er sagte, ohne zu erschrecken: *Meine Sozialisation ist das Lager.* Den gerafftesten Satz aller Sätze hat er als nackte Rechnung formuliert:

1 Schaufelhub = 1 Gramm Brot.

Wir begannen bald, im Aufschreiben zu erfinden, zu »flunkern«, wie Oskar Pastior es nannte.

Dass Oskar Pastior und ich dazu kamen, zusammen an

diesem Buch zu arbeiten, hat eine Vorgeschichte. Wir waren eine Woche in Lana, in Südtirol. Wir wurden mit dem Auto vom Innsbrucker Flughafen abgeholt. Der Weg war weit, und wie es im Gebirge so ist, am Wegrand standen Tannen, Tannen und Tannen, also Tannenwälder. Aus dem Nichts begann ein Gespräch. Mein Nichts stieß auf Oskar Pastiors Kindheitslandschaft. Das wäre an sich vielleicht noch keine Verletzung gewesen. Es wurde erst eine durch Pastiors Beschädigung durch fünf Jahre Zwangsarbeit im Donbass, im Lager. Das Gespräch begann, indem ich sagte:

Tannen sind immer fertig grün. Sie tun gar nichts, es sind die langweiligsten Bäume, die es gibt. Ich verstehe gar nicht, sagte ich, warum man ausgerechnet die Tanne als Weihnachtszierde ins Haus stellt, nur weil es nichts anderes herrisch Schlankes in Grün gibt.

Als ein Kind, das Hühner schlachten musste, fielen mir zu Weihnachten, wenn ich die Glitzerschnüre über den Tannenästen sah, die glänzenden Gedärme im aufgeschnittenen Hühnerbauch ein.

Ich sagte: Weihnachtstannen, das ist, als ob man Eingeweide über Tannen hängt.

Oskar Pastior stellte meinem forschen Vergleich eine ganz andere Geschichte gegenüber, Weihnachten als zivilisatorischen Strohhalm, nach dem man als Internierter greift, ohne an Weihnachten oder Gott zu glauben. Es reicht, an die Tanne zu glauben. Pastior hatte sich in diesen fünf Jahren Zwangsarbeit im sowjetischen Arbeitslager, am Nullpunkt der Existenz – wie er sagte –, aus aufgetrennten grünen Wollhandschuhen zu Weihnachten Tannenzweige gemacht. Er knüpfte Hunderte gleich lange Wollfäden an ein Drahtgestell dicht nebeneinander, bis der Draht wie ein

Tannenbaum aussah. Alle waren gerührt. Der Wollbaum stand wochenlang auf dem Holztischchen in der Baracke.

Ich wurde stumm. Zwei Sichtweisen, beide berechtigt. Aber aufeinander bezogen war meine ziemlich rücksichtslos. Ich habe noch etwas gelernt aus diesem Gespräch, das uns in allen weiteren Gesprächen begleitet hat: Ich weiß seither, es gibt Gebirgskinder und Flachlandkinder. Oskar Pastior war ein Gebirgskind. Die Tanne war sein Alltag, das, was für mich das Maisfeld war. So wie in seiner Kindheit die Tannenwälder in den Himmel stelzten, liefen in meiner Kindheit die Maisfelder um den Horizont. Ich habe gelernt, die Landschaft der Kindheit legt Spuren für den Landschaftsblick aller weiteren Jahre. Die Kindheitslandschaft sozialisiert ohne Hinweis. Sie schleicht sich in uns hinein. Kindheitslandschaften sind die ersten großen Bilder, die uns mit unserem Körper konfrontieren. Wir sind winzig und spüren, dass unser Fleisch ein vergängliches Material ist. Landschaften zeigen uns schon als Kind diese Vergänglichkeit. Als Kind hat man zum Glück so ein Wort nicht. Dennoch spürt man dieses Wort, ohne es zu kennen. Man steht in der Ungleichheit. Das Landschaftsbild meiner Kindheit ist die erste große Niederlage, die ich kenne. Die ungleiche Beschaffenheit hat sich gezeigt. Allein in der Landschaft hab ich mich oft gefürchtet. Die Landschaft ist die erste große grundlose Ausweglosigkeit, an die ich mich erinnern kann. Ich dachte, man müsste eine Pflanze werden, um zu wissen, wie man lebt. Das grüne Flusstal hinter den Maisfeldern war der erste äußere Spiegel meiner Hilflosigkeit.

Also mit den Tannen fing es an, mit meiner Weihnachtstanne und seiner Handschuhtanne. So nahm mich Oskar Pastior schon ins Arbeitslager mit. Von meiner Mutter, die auch fünf Jahre im Lager war, kenne ich das Schweigen in der Beschädigung und die Komplizenschaft mit der Kartoffel, die im chronischen Hunger das Grundnahrungsmittel war. Meine Mutter wollte mir als Kind beibringen, bescheiden zu sein, gerecht zu sein, sparsam zu sein. Und das alles anhand des Kartoffelschälens. Dünn schälen in einem einzigen langen Schalenband. Die Kartoffel in der einen Hand, das Messer in der anderen Hand so zu drehen, dass die Schale nicht abreißt, das Messer nicht öfter als einmal ins Fleisch der Kartoffel schneiden muss. Meine Mutter ließ mich im Schatten ihrer Handgriffe nur rätseln über das Lager. Die verkniffene Normalität und das verstörte Schweigen waren immer da und wurden mit der Zeit monströs, wühlten mich auf, gaben keine Ruhe. Ich glaubte immer, Beschädigung ist stumm: sie begleitet alles und verbietet jedem den Mund.

Von Oskar Pastior kenne ich jedoch das Reden über die Beschädigung in verblüffenden Details. Diese gibt es wahrlich in allen seinen Texten, poetisch gebrochen in seiner Sprache, zur Unkenntlichkeit verdeutlicht – aber jetzt in Lana sprach er täglich eins zu eins übers Lager.

Nach dem Gespräch in Lana trafen wir uns regelmäßig, und er erzählte, und ich notierte, und wir gingen, je besser wir uns kannten, immer ein Stückchen weiter von den Realitäten ins Erfinden – wir schrieben, als wir es endlich merkten, schon längst miteinander erfundene Realitäten.

Und ausgelöst wurde das Erfinden von den vorhandenen Wörtern, die man fürs Lager gebrauchen muss, weil sie dort eine Rolle spielten. Es sitzt in all diesen vorhandenen Wörtern die Poesie, die man dann nicht mehr außer Acht lassen kann:

Meldekraut, ein Unkraut, die Schutthaldenpflanze, die

sich die Halbverhungerten im Frühjahr in den Kissenbezug pflückten. Im Lager ist tägliches Melden beim Abendappell. Der Pflanzenname ist, ob man will oder nicht, plötzlich ein Lagerwort. Man denkt Appellkraut, wundert sich, dass es Meldekraut und nicht Meldedichkraut heißt. Man hat von nun an ein Wegrandwort und ein Hungerwort. Und das Wort Hungerengel. Der Hungerengel, und die Pflanze mit den grünen Samenrispen, die sich im Herbst hochrot färben, wurde der Schmuck des Hungerengels. Rotgefärbt ist das Meldekraut am schönsten, aber bitter, man kann es nicht mehr essen. Also, wenn es am schönsten ist, verweigert es sich. Dann kam ein anderes Lagerwort: Herzschaufel. Ein gewöhnliches Werkzeug, ein technischer Name, eine Schaufel, deren Schaufelblatt herzförmig ist. Und dann hatten wir die Erdhunde, ein erfundenes Wort für die pelzigen Steppenmurmeltiere. Um sie aus der Sicht eines Internierten zu beschreiben, brauchten wir den Vergleich mit Bügeleisen am Tag, wenn sie, von den Autorädern weggeschleudert, tot am Wegrand liegen.

Das Grammophonkistchen hatten wir, weil Oskar Pastior es wirklich hatte. Weil er, als er ins Lager musste, keinen Koffer besaß. Weil er das Grammophon ausbaute, um sein Gehäuse als Koffer zu benutzen. So verrückt ist Wirklichkeit: Ein Siebzehnjähriger fährt mit einem Grammophonkistchen ins Arbeitslager.

Und weil das Heimweh an allen Deportierten fraß, haben wir einen Traum erfunden. Seit Oskar Pastiors Tod lasse ich ihn in verschiedenen Varianten im Text wiederkehren. Er kann das Heimweh zeigen als unerlaubte Verquickung der Todesangst im Lager mit der Kindheit daheim:

Dann sah ich mich als Kind:

Ich steh zu Hause in der Verandatür, hab schwarzgelockte Haare und reiche nicht mal bis zur Türklinke. Ich halte ein Kuscheltier im Arm. Es ist ein brauner Hund. Er heißt Mopi. Auf dem offenen Holzgang kommen meine Eltern. Die Mutter mit dem roten Lacktäschchen, sie hat die Kette um die Hand gewickelt, damit sie beim Gehen nicht rasselt. Der Vater trägt den weißen Strohhut in der Hand. Er geht ins Zimmer. Die Mutter bleibt stehen. Sie nimmt mir den Stoffhund weg und legt ihn auf den Verandatisch. Am Täschchen rasselt die Kette. Ich sag:

Gib mir den Mopi, sonst bin ich allein.

Sie lacht: Du hast doch mich.

Ich sag: Du kannst doch sterben, der Mopi nicht.

Meine Kinderstimme war so samtig, dass sie mich gruselte. Die weiche Angst aus dieser Stimme trieb mich in den Schlaf. Ich träumte wieder:

Ich bin auf einem weißen Schwein durch den Himmel nach Hause geritten. Aus der Luft war das Land gut zu erkennen, die Umrisse waren sogar eingezäunt. Doch im Land standen herrenlose Koffer herum. Dazwischen grasten herrenlose Schafe. Sie hatten Tannenzapfen am Hals hängen, die läuteten aber wie Glöckchen.

Ich sagte: Das ist ein großer Schafstall mit Koffern oder ein großer Bahnhof mit Schafen. Da wohnt doch niemand mehr, wo soll ich jetzt hin.

Der Hungerengel sah mich aus dem Himmel an und sagte:

Reit zurück.

Ich sagte: Dann sterb ich doch.

Wenn du stirbst, wird alles orange, und es tut nicht weh, sagte er.

Und ich ritt zurück. Und er hielt Wort. Der Himmel war über allen Wachtürmen orange, als ich starb, und es tat nicht weh.

Dann wachte ich auf.

Der Traum als Transportmittel fürs Heimweh im Schlaf. Das weiße Schwein als Transportmittel für den Traum. Und beim Erzählen dieses Traums mit dem Schwein erfährt der Erzähler, dass andere denselben Traum mit einem Schwan haben.

Und dann brauchten wir noch ein Transportmittel fürs wache Heimweh am Tag: das ständige Singen im Lager. Es ist ein Umhilfesingen der Heimwehkranken. Wir suchten uns das damals in Siebenbürgen beliebte Volkslied aus, das sich als das vertonte Gedicht »Wanderschaft« von Hermann Hesse herausstellte:

Im Walde blüht der Seidelbast,
Im Graben liegt noch Schnee;
Das du mir heut geschrieben hast,
Das Brieflein tat mir weh.

Es gab viele Lieder im Lager, wir haben uns für dieses entschieden wegen des Wortes Seidelbast. Das ist so ein Wort wie Meldekraut. Oskar Pastior sagte, er glaubte als Kind, Seidelbast sei ein Mann. Er leitete es von Sebastian ab, es war der seidene Sebastian. Man kann doch als Kind nur auf solche Gedanken kommen, weil das Wort Seidelbast so schön ist. Seidelbast kling zart. Die Pflanze blüht lila, hat silbergrüne Blätter und graues Holz. Und im Herbst kriegt sie fleischrote Beeren, eng beieinander aufgefädelt wie eine

Korallenkugelkette. Die Beeren sind Steinfrüchte und extrem giftig, sogar tödlich. Das alles steht nicht im Text, aber wir mussten es wissen, damit der Seidelbast das Heimweh ohne weitere Erklärungen spiegelt.

Das Lied mit dem Seidelbast eignete sich als Heimwehlied. Schon auf der Fahrt ins Lager im Viehwaggon wird es unzählige Male gesungen. Es wird zum Wiegenlied der Schienen, ein Immer-weiter-weg-Lied. Im Text nennen wir es Kilometerlied, und ich machte es nach dem Tod von Oskar Pastior zum Viehwaggonblues.

Jedes neu erfundene Wort resultiert aus dem Gespräch mit den realen Gegenständen. Auch der Hunger ist ein realer Gegenstand. Auch die Müdigkeit, auch das Heimweh. Auch das billige Glück, das manchmal aufblitzt, obwohl es diesen Namen nicht verdient. Um in der Nähe der Realien zu bleiben, braucht man im Text Vergleiche mit etwas Unverhofftem. Jeder dieser Vergleiche resultiert aus dem Gespräch mit den realen Gegenständen. Am besten findet der Vergleich gar nicht mehr statt. Man lässt nur die äußerste Spitze des Gesprächs mit den Gegenständen im geschriebenen Satz, man katapultiert den Vergleich in ein einziges Wort, stutzt das Gespräch zur Metapher. Und die transportiert das Weggelassene als Gefühl, das viel weiter geht als das Gespräch mit den realen Gegenständen.

Ich habe von der bleibenden Sozialisation durch die Landschaft gesprochen, vom Gebirgs- oder Flachlandgemüt, weil das Lager im Flachland lag. Und weil ich das erst sah, als ich mit Oskar Pastior 2004 in die Ukraine fuhr und die Orte der Lager sah, Dnjepropetrowsk und Nowo Gorlowka. Bis dahin stellte ich mir eine Gebirgsgegend vor, weil Oskar Pastior immer im Gebirgsvokabular von der

Umgebung des Lagers erzählte. Er sprach von *abschüssig* und *eingeschnitten* und *Schluchten.*

Ich kam aus dem Staunen nicht heraus – die Gegend des Lagers ist eine weite Ebene. Nur die Abraumhalden der Kohlegruben unterbrechen die flache grüne Steppe. Außerdem nannte Oskar Pastior jede violette Pflanze Lavendel. Seine Nähe zu Pflanzen war der Pflanzenname, also die Sprachmelodie im Wort. Es war der Sprachklang beim Lavendel – vielleicht der Lover und der Wendel, der liebende Wendel. Oder vom LA ausgehend, der Lagerwendel. Es gab jedoch weit und breit keine Spur von Lavendel. Was er meinte, waren lilanasige Blüten an drahtdünnem Kletterkraut, und die heißen Vogelwicke. Ich habe als Dorfkind in meiner Hilflosigkeit vor den Pflanzen der Ebene so viele Einsamkeiten und Pflanzennamen gelernt, um – wie ich damals noch glaubte – die Welt zu verstehen, dass Oskar Pastior Pech mit mir hatte. Er wollte das Wort Lavendel nicht hergeben. Er lachte über sich selbst, und es hat dennoch eine ganze Woche gedauert, bis er sich mit der Vogelwicke abfand. Ganz anders war es bei der Schwarzpappel. Gleich am ersten Tag im Lager mussten die Internierten Baumlöcher graben. Es war Januar, die Arbeit war nichts als Schikane, der Boden war knochenhart gefroren. Mit Brechstangen und Spitzhacken schufteten sie, es flogen ihnen nur nussgroße Stücke wie Steinchen ins Gesicht. Es war die erste Erniedrigung im Lager, die Baumlöcher waren bis abends nur zweimal so tief wie eine Hand. Erst im Frühjahr wurde an den Baumlöchern weitergearbeitet. Dann wurden Schwarzpappeln gepflanzt. Das war 1945, und jetzt bei unserem Besuch waren diese Bäume sechzig Jahre alt. Oskar Pastior wusste nicht, dass es Schwarzpappeln sind. Auch

Schwarzpappel ist ein schönes Wort. Oskar Pastior hat diesen Namen gleich gemocht, weil er ziemlich verrückt ist, da die Schwarzpappeln eine ganz helle, weißgraue Rinde haben. Dieser Gegensatz gefiel ihm sofort.

Ich habe gelernt, auch das Unzutreffende wirkt im Gespräch. Die Abwegigkeit rückt in die Nähe, aus der man das Zutreffende nehmen kann. Die falschen Behauptungen sind oft ein doppelter Boden und der beste Umweg zum Richtigen.

Es zeigt sich immer wieder: Schreiben ist zuerst ein Gespräch mit den realen Gegenständen des Lebens. Und dann ein zweites Gespräch der in diesem ersten Gespräch ausgehandelten Zustände mit dem Papier – also die Verwandlung in einen Satz. Beim Aufschreiben sind beide Gespräche motorisch vorhanden. Aber wenn der Satz fertig auf dem Papier steht, ist er tot. Er wird erst wieder zu den beiden Gesprächen, wenn er gelesen wird.

Die Mühe, die man hat, kommt daher, dass man im Schreiben weder leben noch reden kann. Schreiben ist nur die Pantomime von beidem. Die doppelte Pantomime: einmal die Pantomime der realen Gegenstände des Lebens, die in den sprachlichen Blick gezwungen werden muss. Und zweitens kommt dann nach dem sprachlichen Blick noch der sprachliche Trick. Es ist die zweite Pantomime, wie das Satzgefüge dem gefundenen Wort sein Gesetz beibringt.

Bei jedem Ansatz des Aufschreibens zeigt sich, das Gelebte ist weder gut noch schlecht. Es muss im inneren Gespräch so weit präpariert werden, dass man dafür Wörter findet, die eventuell in Frage kommen. Und diese wieder zeigen erst im Satzgefüge, ob sie sich der Absicht des Satzes fügen. Durchs Summieren und Zerteilen muss sich das Gespräch mit den realen Gegenständen in die Wörter einpacken lassen. Die Wörter diktieren, was zu geschehen hat, man folgt ihrem Klang, einer genauen Mathematik bis hinein in die Überrumpelung der Realien durch die Metapher. Die erfundenen Wörter holen Luft, man weiß nicht, was sie zulassen, man probiert. Sie schnappen sich das, was sie brauchen. Und was sie nicht zulassen, das lehnen sie ab. Nichts ist ihnen egal. Wörter sind hellhörig, durch ihr Gespür sind sie klug. Klüger als alles, was man sich im Gespräch mit den realen Gegenständen des Lebens zurechtgelegt hat. Sie brauchen das Wechselspiel und nutzen das Anbinden ans Reale, um sich loszumachen. Im Gespräch mit den realen Gegenständen wird ihr Alltagsinhalt gegen einen selbst aufgehetzt. Die Normalität wird irritiert, aus der Fassung gebracht. Auf dem Weg zur sprachlichen Zuspitzung hebt das Normale ab. Und wenn es sich wieder hinsetzt, muss man dem Willen des Surrealen gehorchen. So wie die Bilder mit dem Zement.

Ganz banal ist Zement das graue Pulver der Baustellen. Zement ist teuer, man wird kontrolliert. Zementarbeit auf der Baustelle ist Schwerstarbeit in Angst. Dann heißt es im Text:

Der Brigadier schrie: Auf Zement muss man aufpassen.

Der Vorarbeiter schrie: Zement muss man sparen.

Und wenn der Wind ging: Zement darf nicht wegfliegen.

Und wenn es regnete oder schneite: Zement darf nicht nass werden.

Zementsäcke sind aus Papier. Das Zementsackpapier ist zu dünn für einen vollen Sack. Man kann den Sack allein oder zu zweit tragen, am Bauch oder an seinen vier Ecken packen – er reißt. Mit einem zerrissenen Sack kann man

Zement nicht mehr sparen. Bei einem trockenen zerrissenen Zementsack läuft die Hälfte auf den Boden. Bei einem feuchten zerrissenen Zementsack bleibt die Hälfte am Papier kleben. Man kann es nicht ändern, je mehr man Zement spart, um so mehr verausgabt sich der Zement.

So viel Übertreibung ließ das Gespräch mit den realen Gegenständen des Lagers in der Sprachpantomime zu, als Oskar Pastior noch lebte.

Nach dem Tod von Oskar Pastior haben sich viele Wörter verändert. ZEMENT als graues Pulver ist seither auch der Staub der Erde. Ich habe Bilder erfinden müssen mit diesem Staub der Erde, in denen der Tod haust, ohne ihn zu erwähnen.

Der Zement ist ein Betrug wie Straßenstaub, Nebel und Rauch – er fliegt in der Luft, kriecht auf der Erde, klebt an der Haut. Überall ist er zu sehen und nirgends zu fassen.

Ich habe meine Trauer im Text zum Bestandteil der Baustelle gemacht, das graue Pulver als Staub der Erde wird mir zur Baustellenschwermut. Und aus diesem Wort folgt dann zwingend das innere Weiterreden mit der bisher fertig geglaubten Doppelpantomime. Die Obsession, mit ihr weiterzumachen, führt noch weiter ins Surreale:

Ich wurde zementkrank. Wochenlang hab ich überall Zement gesehen: Der klare Himmel war glattgestrichener Zement, der bewölkte Himmel voller Zementhaufen. Der Regen knüpfte vom Himmel auf die Erde seine Schnüre aus Zement. Mein graugesprenkelter Blechnapf war aus Zement. Die Wachhunde trugen ein Fell aus Zement, auch die Ratten im Küchenabfall hinter der Kantine. Die Blindschleichen krochen zwischen den Baracken in einem Strumpf aus Zement. Die Maulbeerbäume, eingesponnen mit Raupennestern, Trichter aus Seide und Zement. Ich wollte sie mir, wenn die Sonne grell schien, von den Augen wischen, aber da waren sie nicht. Und auf dem Appellplatz am Brunnenrand saß abends ein Vogel aus Zement. Sein Gesang war kratzig, ein Lied aus Zement. Der Advokat Paul Gast kannte den Vogel von zu Hause, eine Kalanderlerche. Ich fragte: Ist sie bei uns auch aus Zement? Er zögerte, bevor er sagte: Bei uns kommt sie aus dem Süden.

Das andere fragte ich ihn nicht, weil man es in den Dienststuben, den Bildern sah und aus dem Lautsprecher hörte: Stalins Backenknochen und seine Stimme waren aus Gusseisen, sein Schnurrbart jedoch aus purem Zement.

Kalanderlerche – ein Zufall. Im Vogelsaal des Naturkundemuseums in Bamberg habe ich den Vogel ausgestopft gesehen. Der Name klingt wie »Kalender« – für mich waren es die abgelaufenen Lebenstage von Pastior. Aber auch das Warten der Deportierten auf die Heimkehr.

Je weiter ich mich von Oskar Pastiors Lager wegschrieb, desto mehr kam ich hinein. Erst jetzt, wo ich mit dem Text allein gelassen worden war, wurde mir klar, es war schon immer so, vom ersten gemeinsamen Gespräch an: Oskar Pastior musste immer aus dem Lager heraus, und ich musste immer hinein. Wir mussten gegeneinander antreten und uns Halt geben, damit wir beisammen sind und uns treffen. Anbinden fürs Losreißen, es ist wie Pingpong in den flatternden Gesetzen des Zufalls.

Der Text tut so, als ob man nichts mehr wüsste und nichts vergessen hätte. Man irritiert das gewöhnliche Wort, bis es buchstäblich die Nerven verliert und das hergibt, was über seinen Inhalt hinausgeht. Und wenn es dann zerrieben ist in der Metapher, stellt man die Überreizung wieder ruhig.

Man beruhigt den Text, damit er sein Fieber verliert. Nur ein verlangsamter Rhythmus lässt die nächste Station zu. Im Erzählton muss das Bild sich dann wieder vergrößern:

Im Lager war man immer dreckig von jeder Arbeit. Doch kein Dreck war so zudringlich wie der Zement. Zement ist so unausweichlich wie der Staub der Erde, man sieht nicht, woher er kommt, denn er ist schon da. Außer dem Hunger ist im Kopf des Menschen nur das Heimweh so schnell wie der Zement. Und es stiehlt einen auch so, und man kann darin auch so ertrinken. Mir scheint, nur eins ist im Kopf des Menschen noch schneller als Zement – die Angst. Und nur so kann ich mir erklären, dass ich schon im Frühsommer auf der Baustelle hastig und heimlich auf ein Stück Zementsackpapier notieren musste:

Sonne hoch im Schleier
Gelber Mais und keine Zeit.

Mehr schrieb ich nicht, denn Zement muss man sparen. Im Grunde wollte ich etwas ganz anderes notieren:

Tief und rötlich lauernd
steht der halbe Mond am Himmel
schon im Untergehen.

Das habe ich mir dann geschenkt, ich habe es mir still in den Mund gesagt. Es ist gleich zerbrochen, in den Zähnen hat mir der Zement geknirscht. Dann habe ich geschwiegen. Auch Papier muss man sparen. Und gut verstecken. Wer mit beschriebenem Papier erwischt wird, kommt in den Karzer – ein Betonschacht, elf Stufen unter der Erde, so eng, dass man nur stehen kann. Stinkig von Exkrementen und voll mit Ungeziefer. Oben zugesperrt mit einem Eisengitter.

Man ist schon mit dem nächsten Absatz verabredet. Man

fürchtet, dass man im Zögern etwas verpfuscht, was im zügigen Weitermachen gelungen wäre. Aber in der Ungeduld misslingt es dann, weil man selber so manisch geworden ist wie der Text. Man hat eine Textstelle gefüttert mit dieser doppelten Pantomime, und dann will man, dass in den fertigen, toten Sätzen etwas glitzert, das wieder wach wird, wenn jemand sie liest. Man ist egoistisch, will, dass der Satz etwas von dem zurückgibt, was man in ihn investiert hat. Denn man hat sich gegenseitig gereizt und ausgebeutet, die doppelte Pantomime veranlasst und ausgeweitet. Es zeigt sich erst, wenn man eine Textstation verlassen will, ob man zu lang oder zu kurz, zu zögerlich oder maßlos war. Zur nächsten Station kommt man jedoch nur, indem man den gereizten Ort verlässt. Der Text muss sich ausruhen, er muss selber aus dem Sog herausfinden. Man muss stillere Kreise suchen und warten können, bis die nächsten Sätze in einen ruhigeren Ton hineingefunden haben. Wenn man horcht, wie es klingt, erkennt jeder Satz seinen Puls.

Oskar Pastiors Methoden und meine funktionierten gegensätzlich. Er kannte die wirklichen Personen und fühlte sich ihnen verbunden, er war nicht frei, ihnen etwas wegzunehmen oder anzuhängen durch den Satz. Er hatte in der doppelten Pantomime des Schreibens Rücksicht zu nehmen. Von mir aber verlangte sein Eins-zu-eins-Erzählen, seine Skrupel zu durchkreuzen und die Person des Oskar Pastior durch eine Text-Person zu konterkarieren, durch eine künstliche Ich-Person aus zusammengetragenen Merkmalen anderer Internierter. Und die musste stellenweise gegen ihn agieren. Dabei ging es immer auch darum, dass diese nicht besser dasteht als die anderen Internierten, dass das Selbstmitleid, von dem man natürlich nicht frei ist, durch verhaltene Ironie im Text abgekühlt wird. Dass die Ironie aber das Tragische nur teilweise maskieren darf, es teilweise verschärfen muss, so dass das Elend durch die Duplizität mit dem inneren Lachen nicht kleingemacht, sondern vergrößert wird. So entstand nach dem Aufzählen der Orte, aus denen die einzelnen Internierten kommen, die flotte Kapitelüberschrift: *Interlope Gesellschaft.* Interlope Gesellschaft also im Zwang, mit chronischem Hunger, mit Wasser im Bauch und in den Beinen, mit Läusen und Heimweh. Ich habe die Namen der Herkunftsorte der Deportierten nach dem Klang gesucht, damit sie klingen wie die Pflanzennamen. Durch sie kommen dann Details ungehörig zusammen und verletzen einander, im Sprunghaften entsteht die Beklemmung. Genauso entsteht aus der quälenden Sehnsucht des Deportierten nach einem normalen Leben die Kapitelüberschrift: *Einmal werde ich aufs elegante Pflaster kommen.* Der Satz muss zum Grad des Elends gar nichts sagen. »Elegant« ist die doppelte Pantomime von »Verwahrlosung«.

Was mich von Anfang an überzeugt hat, mit Oskar Pastior zu arbeiten, war seine Abhängigkeit vom Lager, zu der er sich bekannte. Und seine starke Beziehung zu den Materialien, mit denen er arbeiten musste – obwohl oder gerade weil sie ihn fast umgebracht hätten. Er kannte sie durch und durch, liebte sie regelrecht oder hasste sie, gab ihnen Eigenschaften von Personen: die verschiedenen Kohlesorten, die Herzschaufel, die kalte und die heiße Schlacke, die Schlakkoblockziegel, die chemischen Substanzen, die weiße Kühlturmwolke, den gelben Sand, den Zement. Und die vielen Gebrauchsgegenstände. Je weniger man besitzt, um so wichtiger werden die Gegenstände. *Alles, was ich habe, tra-*

ge ich bei mir – so beginnt der Roman … Geraubtes Leben von Leuten mit ihrer gierigen Zugehörigkeit zu den wenigen, armseligen Gegenständen, die beweisen, dass man existiert. Man hält sie in der Hand, und sie garantieren einem sogar, dass man den Verstand noch nicht verloren hat. Entweder haben sie eine Herkunft von zu Hause, oder sie sind neu erworben. Beides macht stolz. Gegenstände übertragen ihre Geduld auf den Besitzer, ihr Gebrauch bringt Gewohnheiten mit sich. Und Gewohnheiten geben Halt, besonders dort, wo lückenlose Überwachung herrscht, wo jede Freiheit fehlt. Sogar Werkzeuge, die dem Lager gehören, simulieren Privatheit und verlangen nichts dafür.

Die doppelte Pantomime der realen Gegenstände. Über die Lagergegenstände haben wir beim Schreiben viel gesprochen.

Und über das Singen in der Verzweiflung, über die Lieder. Kunstlieder, wie das vom Seidelbast, Volkslieder, Schlager, Operetten. Von der großen Bedeutung des Kitschs, von seinen Vor- und Nachteilen. Dass der Kitsch ein großes Reservoir in der Verzweiflung ist, weil er auch ohne Lager, im gewöhnlichen Alltag ein Reservoir ist. Am Nullpunkt der Existenz ist der Kitsch ein letzter Zipfel Normalität. Er ist die Poesie des Wir-Gefühls, weil man nicht mehr allein sein kann, es gar nicht mehr aushält. Er ist der mechanische Gebrauch der Gefühle, man muss nicht tief in sich hineinschauen. Der Kitsch bietet fertige Hülsen und Hüllen für die eigenen Gefühle, das Individuelle muss sich nicht nackt machen. Es würde abstürzen. Der Kitsch hält ein Netz bereit – Pathos in fertiger, fester Form. Daher nutzt es sich nicht ab durch die Wiederholung. Man schmiegt sich ins Vorhandene hinein, um seine Verzweiflung zu zähmen. Die Turbulenz im Fertigen bleibt berechenbar. Auch die Nachwirkung. Man kann sich verausgaben und wird doch geschont. Das sind die Vorteile des Kitschs.

Das Wort KITSCH ist ein Schimpfwort, ein Begriff, den wir anwenden, um absichtlich zu verletzen. Aber Kitsch ist wandelbar und vielleicht das Komplizierteste, was wir an unzähligen Stellen gestreut in uns haben und an keiner Stelle gerne zugeben. Aber seine Vorteile werden sofort Nachteile, wenn er die Seite wechselt. Man weiß es aus allen Lagern, auch die Kapos und Lagerkommandanten benutzten die Lieder ihrer Opfer. Weil der Kitsch sich als Privatsache darstellt, als unpolitisch per se, also moralisch gesprochen als unschuldig, liefert er den Tätern eine Erholung von ihren Verbrechen. Er beweist ihnen das, was ihre Opfer bezweifeln: dass auch sie Gefühle haben. Täter mogeln sich in die Intimsphäre ihrer Opfer. Sie besorgen sich durch die Teilhabe an Gefühlen der Opfer eine Tarnung für ihre berufliche Verrohung. Sie missbrauchen diesen letzten Rest Privatheit, den sich die Opfer durch die Anlehnung an fertige Gefühle schaffen können. Wenn Täter später von ihrem Tun reden, beschreiben sie ihren Dienst als anstrengend. Und sie erzählen gerne von ihrer weichen Hälfte, die in der Härte der Pflicht leider nicht zum Tragen kommen durfte. Dass sie parasitär ins Lagergefühl der Opfer einsteigen konnten, und wann immer sie wollten, sagen sie nie. Und dass sie unverändert aussteigen konnten, geben sie nicht zu.

Demnach ist Kitsch unterschiedlich nicht nur durch die Situation, sondern auch durch die Person, die ihn gebraucht. Wenn ich mir ein Lager vorstelle, kann ich eine behelfsmäßige Einteilung machen. Dann ist es so: Wenn Internierte in ihrer Not ein noch so banales Lied singen, machen sie authentische Kunst. Wenn Kapos oder Lagerkommandanten eine noch so anspruchsvolle Oper hören, machen sie Kitsch. Sie degradieren die Kunst zum Kitsch, weil der Gebrauch des Lagergefühls für sie unverbindlich bleibt. Wenn es anders wäre, könnten sie am nächsten Tag nicht ungerührt weitermachen mit ihrem Dienst des Quälens.

Wie ich ganz am Anfang gesagt habe, fing die Arbeit mit Oskar Pastior an, als wir einige Tage zusammen in Lana waren. Seither sehe ich das Wort LANA oft auf dem Wascheetikett der Pullover, denn es bedeutet WOLLE. Also war ich mit Oskar Pastior eine Woche zufällig in derselben Wolle. Und es wurde daraus der Knäuel des gestohlenen Lebens, denn so ein Knäuel Wolle habe ich auch, wenn auch aus anderen Gründen und dreißig Jahre später. Ich glaube, alle Arten von Ausweglosigkeit gleichen sich.

Oskar Pastior hat manchmal im Gespräch mit einem kahlen Lächeln, das mir einen Stich versetzte, gesagt: »Ich habe keine Angst, ich weiß, wenn der Tod kommt, wird alles orange, und es tut nicht weh.« Und dann saß in seinen Augen ein Glanz, der sowohl hart als auch weich war. So ein Glanz, wie wenn Messing oxidiert, aber auch, wie wenn man alte Seide umdreht. Im Text lasse ich den Hungerengel sagen: »Wenn du stirbst, mache ich alles orange, und es tut nicht weh.«

Nach seinem Tod musste ich mir viel Fertiggeglaubtes wieder aneignen. Seinen Tod in die Sätze tun, ohne ihn zu erwähnen. Im Text lasse ich die Ich-Person nach dem dreihundertdreißigsten Toten sagen:

Da kann man sich die deutlichen Gefühle nicht mehr leisten. (...) Der Tod wird groß und sehnsüchtig nach allen. Man darf sich nicht mit ihm abgeben. Man muss ihn wegscheuchen wie einen lästigen Hund.

Nie mehr war ich so entschieden gegen den Tod wie in den fünf Lagerjahren. Gegen den Tod braucht man kein eigenes Leben, nur eines, das noch nicht ganz zu Ende ist.

Diese Sätze konnte ich erst nach dem Tod von Oskar Pastior schreiben, weil mich das Schweigen nach seinem Tod dazu gezwungen hat. Der Tod hat kein Wortkostüm. Er arbeitet ohne Pantomime. Darum gibt es kein Wort, das ihn begreifbar machen könnte.

Ich wusste ja nicht, wie der Satz *Gelber Mais und keine Zeit* aus unserer ersten und zweiten Pantomime herausspringt und hart auf die Schnauze fällt – eins zu eins zurück in die Realität.

Ich hatte keine Ahnung, wie sich der Satz *Gelber Mais und keine Zeit* teilen kann – eins für mich, eins für dich: für mich gelber Mais, für ihn keine Zeit.

Auch Atemschaukel ist ein Wort hinter dem Tod von Oskar Pastior. Auch dies Wort ist eine Pantomime, in der am meisten das schaukelt, worüber Oskar Pastior und ich nie gesprochen haben: der Unterschied zwischen Tod und Verlust. Es balanciert in der Atemschaukel, was ich aus dem Verschwinden von Oskar Pastior lernen musste: Mit dem Tod lässt sich nicht reden. Aber mit dem Verlust muss man es tun.

Ist aber jemand abhandengekommen, ragt aber ein Hündchen aus dem Schaum

Die ungewohnte Gewöhnlichkeit bei Oskar Pastior

Bringt man sich mit aus einem Land in ein anderes, wird man oft gefragt, ob man seine »Heimat« hinter sich gelassen oder neu gefunden hat. Als müsste man es besser wissen als jene, die ihre Füße nicht vom Boden weggehoben haben, als müsste das Weggehen und Ankommen etwas klären, was mit den Fußsohlen nicht zu betreten und mit keinem Gedanken zu treffen ist. Vielleicht ist Heimat kein Ort für die Füße und keiner für den Kopf. Sie schert sich nicht darum, dass man gegangen ist. Nun komme ich aus demselben Land wie Oskar Pastior und will mich daher seiner Art »Heimat« anschließen. Er hat gesagt: »Heim, das erklärt sich von selbst. Aber was hat es mit der Endung ›at‹ auf sich, wer kann die erklären.« Pastior hat, um dies zu tun, im Lexikon nach Wörtern mit dieser Endung gesucht und die ihm genehmen aufgeschrieben zu einem Gedicht. Es trägt den Titel:

rückläufiges heimataggregat

maat rübesaat pufferstaat
sabbat zöli akrobat
kandi sol man konkordat
transsudat wie exsudat
pereat spagat renegat

aggre katte obligat
surro nugat – ach achat
matri patri arch rabiat
immed fiat plagiat
ordina kommissariat
prole sekre notariat
pla va prädi syndi deli duplikat
seidenbro & advokat
kopfsalat schnittsalat postulat
supremat anastigmat
heimat sprach wahl urhei sublimat
primat diplo automat
buchformat permanganat
schnat
kombinat illuminat
obsti pensio brachmonat
eis christ bau heu lenzmonat
zitronat inkarnat
feldspat kalkspat rat parat
präparat geht separat
schaumlösch querstauch abkühl leit löt
brut brüt blitzschutzapparat
disparat
planquadrat
referat
zierat zierat inserat
literat
rückgrat euphrat heirat pirat
büro auto plutokrat
lektorat hochverrat mundvorrat botschaftsrat
konzentrat akkurat südostpassat notadressat

schandtat etat azetat
lak trak dik wohl resultat
potentat attentat ruhmestat
rheostat backzutat
adäquat derivat
privat vivat reservat[1]

So verliert die »Heimat« den Kopf am Hals der immer gleichen Endung, vernarrt sich selbst in Pastiors Gedicht, und ich laufe mit. Es gibt für jeden was zu holen in dieser Kopflosigkeit. Aber das stolprige Lachen über das Wort »Heimat« teilt Seitenhiebe aus, wird beklemmend und zielt auf mich selbst.

Nicht aus Büchern, die sich mit dem Sprachexperiment befassen, sondern aus dem Land, aus dem ich Pastior hinterhergekommen bin, habe ich mir schon bei der Bekanntschaft mit Pastiors Texten zu erklären versucht, wieso dieses wirbelnde Zusammenfügen von Wörtern kreuz und quer Heimat beschreibt.

Meine Erklärung war die:

Kommt man wie Pastior und ich aus einem armen, durch und durch nicht funktionierenden Land, aus Rumänien, gibt es keine auch noch so kleine Bewegung, die ohne Improvisationen funktioniert. Das in der Alltagswelt der Westländer banal und fertig Vorhandene ermöglicht ein Zusammentreffen von Anlaufnehmen und Ziel. In Rumänien kommt man ohne Improvisation nicht zum Ziel. Ich nenne einige Beispiele:

In ein Kofferradio passen sechs kleine Batterien, aber man bekommt im Laden nur zigarettenpackunggroße zu kaufen. Also kauft man sich eine große und bindet sie, damit sie auch beim Tragen hält, mit Hosengummi außen ans Gehäuse.

Man stellt den kaputten Fernseher in die Mitte eines Leintuchs und trägt ihn an den vier Zipfeln zur Reparaturwerkstatt, weil es keinen staatlichen Service gibt, der ihn per Auto von zu Hause abholt und wieder bringt.

Man bindet den Sarg mit der Leiche des Vaters oder des Kindes auf den PKW und fährt ihn wie jedes große Gepäckstück durch die Stadt oder über Feldwege zum Friedhof.

Das Brautpaar sieht in seiner Hochzeit einen großen Tag und will zum Standesamt gefahren werden. Da der Privatverkehr aber verboten ist, leiht es sich einen Bagger von der Baustelle. Die Hochzeitsgäste gehen zu Fuß, das Brautpaar aber steht hochgehoben in der Baggerschaufel und hat seine spektakuläre Hochzeitsfahrt.

Alles gewöhnlicher Alltag, Lösungen aus der Not. Die Improvisation übertrifft oft das Gewöhnliche. Sie gerät zur Sensation, und diese macht so stolz, dass man die Not des Improvisierens vergisst. Surreales gibt es nicht, wo es alles zu improvisieren gilt, um von einem Schritt zum nächsten zu gelangen und um das persönlich Wichtige zu bewerkstelligen. Ein ganzes Volk ist gezwungen, in Gegenständen und Handgriffen zu phantasieren, also zu dichten. Liegt da nicht nahe, auch mit der Sprache dasselbe zu tun. Ich glaube, aus dieser Notgedrungenheit und Herausforderung kommen Oskar Pastiors Gedichte.

Es ist stupid, ein Überwachungsstaat verbietet alles Fertige, um Lebenszeit zu stehlen, um Menschen mit den Gedanken auf kleinste Alltäglichkeiten zu zwingen. Das stellt ruhig, klebt das Leben fest ans Überleben. Aber der Zwang zur Improvisation zwingt auch zum Phantasieren. Davor hätten die Herrschenden mehr Angst haben müssen als vor dem Ungehorsam, der aus politischen Witzen juxt. Denn die Unberechenbarkeit des Hosengummis am Radio ist größer und beständiger als der politische Witz, der sich im Lachen so viel Luft holt, wie es zum momentanen Aufatmen braucht. Das Hosengummi am Radio ist nämlich ein Witz, der jedem eine Selbständigkeit abverlangt, die den Staat nicht mehr braucht. Wieso haben die Mächtigen nicht Angst vor der praktischen Improvisation, vor dem Dichten mit Handgriffen und Gegenständen. Diese Frage habe ich mir seinerzeit oft gestellt.

»Minze Minze flaumiran Schpektrum«, sag ich auf dem Weg zur Straßenbahn morgens um fünf. Um halb sieben bin ich in der Fabrik. Noch von gestern Abend habe ich Streit in der Liebe und keine Zeit, ihn zu glätten. Mitgebracht von zu Hause, sitzt er als Knäuel im Hals. Und auf den Stühlen neben mir im Büro noch vier Kollegen. Gegen neun Uhr klopft es wie alle Tage an der Tür. Den Anklopfenden sieht man nicht, und alle im Büro lachen wie jeden Tag, wenn der Zwerg die Post bringt. Sie nennen ihn »Herr Nichtda«, weil sein Kopf nicht zur Glasscheibe reicht. Er hat sich an den Spott gewöhnt und lacht mit. Dass er das aushält, denk ich mir, dass er lachend souverän bleibt, macht ihren Spott armselig. Um zehn Uhr kommt der Geheimdienstler und führt mich in ein leeres Büro, wie so oft in der letzten Zeit. Er drangsaliert mich eine halbe Stunde oder drei, je nachdem, wie schnell er mich in diesen Zustand ohne Ausweg treiben kann. Er fragt, droht und scherzt auf meine Kosten durcheinander. Könnte ich doch vor seinen Methoden so souverän sein wie der lachende Zwerg im Büro. Auf meinem Schreibtisch liegen zum Übersetzen Bedienungsanweisungen für Maschinen. *Schwanenhals* finde ich da und *überendlich, hydraulischer Widder, Lecköl, Triebflansch, Steuerschlitz, Pleuel.*

Keine Gedichte, sondern das Eisen und Öl brauchen diese Wörter, damit Menschen unten in den Hallen mit ihnen arbeiten können. Beim Übersetzen muss ich genau sein. Die Arbeiter erwarten, dass das Richtige in meiner Übersetzung steht. Weil ich – im Unterschied zu ihnen – die Maschinen nicht verstehe, macht mir das Übersetzen Sorgen. Ich bringe nicht viel am Tag zustande, nach einem Verhör fast gar nichts. Ich denk an mein Leben, nicht an Maschinen. Mir ist, als müsste man meine Nerven offen herumliegen sehen in diesem Büro.

Wenn es mir vom Übersetzen reicht, öffne ich die Schublade. Darin liegt ein Buch, das mir ein Freund, der im Westen zu Besuch war, geliehen hat: *Der krimgotische Fächer* von Oskar Pastior. Statt Kapitel hat das Buch fünf Höfe: den Hof der Scheuchen, der Windältesten, der trünnigen Glühbecken, der Überbauzen und den Hof der Paraputen. Ich beginne mit dem »Hof der trünnigen Glühbecken«. Und zwischen den fünf Höfen liegt der sechste, der Hof dieser Fabrik. Allesamt sind es Höfe voll mit Ahnungslosen und Lauernden. Von den Perserteppichen in den Chefzimmern zu den Ölpfützen in den Hallen dreht sich das Getummel der Hierarchien. Jeder kann dem anderen den Tag versauen. Arbeit nach Plan, aber wir untereinander leben in Momenten, nicht in Fünfjahresplänen. Stummer Überdruss schlägt um in packenden Streit, schlechte Laune in Willkür. Die Höfe, in denen wir täglich acht Stunden sitzen, sind ein Gelände aus glitzernden Nerven und rostigem Eisen. Im »Hof der trünnigen Glühbecken« steht:

TAS ILLUSIUN
statisfiziert
die mengliche
Schraufe
läumstens
kollekt

aber das
Eibliche
urmelt
wacholder
wardeinisch
frontäl–:

Minze Minze
flaumiran
Schpektrum[2]

Ohne zu wollen, übersetzen sich mir die Wörter des Gedichts:

TAS ILLUSIUN	also	. . . . Tag Illusion
statisfiziert	also	. . . . unbeweglich
die mengliche	also	. . . . die männliche (oder jede Menge)
Schraufe	also	. . . . Schraube
läumstens	also	. räumlich (oder verleumdet)
kollekt	also	. . . . im Kollektiv (oder ganz und gar)
aber das Eibliche.	also	. . . . Weibliche (oder die roten weichen Beeren der Eibe)

urmelt . . . . also . . . . murmelt
wacholder. . . . . also . . . . die runden
schwarzen Beeren
wardeinisch . . . . also . . . »war dein« als Adjektiv
frontäl-: . . . . also . . quer durch alles hindurch
Minze Minze . . . . die wilde mit dem blassrosa
Schaum auf den Blüten
flaumiran . . . . also . . . . bau mir ein
Schpektrum . . . . also . . . . eine Perspektive,
einen Ausweg.

So geht das Gedicht mir in den Kopf. Außerdem sagt man auf Rumänisch: »Ich reibe wieder Minze«, wenn man Zeit totschlägt, wenn man so tut als ob. Ich tat so als ob, wenn ich in der Schublade Gedichte las, statt zu arbeiten. Alles auf dem Schreibtisch stimmte, Papiere lagen da, Stifte, Bedienungsanweisungen, Wörterbücher. Ein Potemkinsches Dorf im Kleinstformat. Der strenge Minzduft des Plans hing im Büro, nur, was ich tat, war privat, eigentlich gegen diese Fabrik. In anderen Schubladen lenkten Kreuzworträtsel, Horoskope oder Maniküzeug und Nagellack ab vom Plan. Jeder rieb seine private Minze in dieser staatlichen Arbeitszeit.

Dies Gedicht war damals und ist bis heute das, was ich gerade bin: Fabriktag oder Zugfahrt, Streit oder Schuhladen, U-Bahn-Schacht oder Supermarkt. Dies Gedicht ist nervös, es steht mit dem Rücken zur Wand, mit der Nase im Nichts. Es bittet von vorgestern und für übermorgen um einen Ausweg. Das nervöse Gedicht hat mich gelesen, taxiert und festgestellt, dass ich, um nicht aus dem Verstand zu gehen, etwas Nervöses brauche. Mit Apothekerhand hat dies

Gedicht die Genauigkeit eines Rezepts befolgt und seine Nervosität an der meinen dosiert. Und es blieb an mir hängen, ich hatte gar keine Wahl.

Damals glaubte ich, mit meinem Fabrikhof gegen Oskar Pastiors fünf Höfe zu handeln. Später las ich bei Oskar Pastior:

immer

das gedicht gibt es nicht. es
gibt immer nur dies gedicht das
dich gerade liest. aber weil
du in diesem gedicht siehe oben
sagen kannst das gedicht gibt
es nicht und es gibt immer nur
dies gedicht das dich gerade
liest kann auch das gedicht das
du nicht liest dich lesen und
es dies gedicht hier nur immer
nicht geben. beide du und du
lesen das und dies. duze beide
denn sie lesen dich auch wenn
es dich nicht nur hier gibt[3]

Hier stand genau das, was mit »Minze Minze flaumiran Schpektrum« in meinem Kopf geschehen war. Den Passierschein durch seine Höfe hatte mir der Autor eigenhändig ausgestellt. Er stand unsichtbar wie der Zwerg hinter der Tür hinter all seinen Gedichten. Ich wünschte damals, so gefasst wie der Zwerg zu sein, und Pastior war es. Und es war keine Hintertür, die mich ins Gedicht hineingelassen hatte. Ich war in der Absicht des Autors durch die Vordertür gegangen. Ja, »Minze Minze flaumiran Schpektrum« war, lange bevor ich es gelesen hatte, darauf gefasst, dass ich beim Lesen das Gedicht auf meine Not zuschneide. Dass ich, aufs Aneignen erpicht, beim Lesen meinen Dieb ausschicke. Aber Diebstahl war gar nicht möglich. »Minze Minze« hatte von jeher mit meinem Fall gerechnet, ihn beantwortet mit Achselzucken: Wer du auch sein magst, nimm, was du kannst, egal, wo du bist.

»Minze Minze flaumiran Schpektrum« wurde zu meinem Gebrauchsgegenstand, ich zehre noch heute von dieser Beschwörungsformel. Ich bestimme den Tonfall und die Länge nach meiner Gemütslage. Einmal in Verbitterung gesagt, tut »Minze Minze flaumiran Schpektrum« seine Wirkung oder zwei-, dreimal nacheinander gesagt im Staunen. Hämisch oder zärtlich im Ton ist »Minze Minze« zum Blödeln mit Freunden das Richtige. Und ungezählt wiederholt ist es genauso gut. Als Endlossagerei bewegt »Minze Minze flaumiran Schpektrum« die Gegenstände auf dem Küchentisch oder die Passanten auf der Straße. Ein ganzer Heimweg voll Minze, so lang ich will. Es passt zum Abdanken, dann zum Aufatmen und wieder Anfangen, zum Sichangiften oder zum Lachen. Ich hole »Minze Minze flaumiran Schpektrum« hervor und stecke es weg. Niemand ahnt es außer der Minze und vielleicht noch dem Autor. Es gibt zwischen »Minze Minze flaumiran Schpektrum« und mir eine Komplizenschaft. Wir beide sind den Zumutungen von innen und außen gewachsen.

Ich lieh mir die anderen Bücher des ausgewanderten Oskar Pastior. Die wenig abgewandelten rumänischen oder ungarischen Wörter reichten zurück an den Ort, von dem er weggegangen war. Brotladen oder Friedhof, die nächste Polizeikontrolle in der Stadt oder ihre belaubten Bäume waren in den Gedichten genauso drin wie ein Besuch bei der Mutter im Dorf. Die enge Region, mal vergrößert zum sinnlosen Grübeln, mal verkleinert im Allgemeingültigen, das man als Welt bezeichnet.

»Ich kenne Familien«, schreibt Oskar Pastior, »denen der Zucker im Blut hüpft. Alle fünf Sekunden ist was los, sag doch was zum Thema ...« (in: *Gedichtgedichte*, S. 125) Je nachdem, ob der Zucker als auf ein Kilo im Monat rationiertes Lebensmittel hüpft, als Zuckerschlecken oder Zuckerbrot und Peitsche – je nachdem ist er immer das eine oder das ganz andere Gleiche, Intrige oder Gier, das Staatsbanat, weit über alle Grenzen weggezogen und zurückgekehrt als Bumerang. Wir hier in Rumänien waren alle bei den Tintari, den städtischen Stechmücken und dörflichen Gelsen. Die Russen bei den russischen, die Deutschen, Franzosen oder Kanadier waren bei ihren Tintari, bei ihren Sorgen. Östlich überwacht bis zum Gehtnichtmehr oder westlich frei bis zum Verzweifeln an der Richtungslosigkeit der Freiheit. Wie auch immer, beim »Gelsenvertreiben« waren wir mitten im Schwarm, kriegten ein Leben ohne Stiche nicht hin.

GELSENVERTREIBEN

Simtar haische Guggl: Simtsar
Simtsar Guggl haische: Tsimsar
Tsimsar haische: Guggl Tsimtsar
Tsimtsar glaische Tsintsar glaische
waische Guschlwurg Tsintar.

Hujdu-huh hujdu-huh
Onnoma-pöh
Waische Guggl-Gongeles
Diktschor
Waische Tsintsar
waische Tsimtsar
Waische Tsimsim
waische Simtar
Diktschor
Hujdu-huh Manna Peloh
waische Onnoma-pöh
Diktschor
Haische Glaische Waische
Tschimtschor[4]

Jeder von uns könnte vom staatlich dirigierten oder richtungslos freien Gelsenvertreiben erzählen. Aber Oskar Pastiors Gedicht erzählt beide Geschichten, in seinem Text sind die überwacht Verzweifelten und die von Freiheit Verwirrten ineinander verschachtelt, und der Gelsenschwarm lässt sich da wie dort nicht vertreiben. Genauso ist der Gelsentext ein Gedicht über Gespräche und Gesten in einer Menschenmenge.

Unsere möglichen Wörter und Gesten liegen fertig und längst strapaziert von anderen auf dem Tablett. Und wir haben im Augenblick der Benutzung den Wunsch, diese Muster als persönliche Formulierungen zu verfeinern. Aber das Tablett mit den Fertigteilen ist jedem auch ein Labyrinth. Und wir haben im Augenblick der Benutzung genauso den Wunsch, die persönliche Formulierung zu vergröbern, damit andere sie richtig deuten können. Verfeinern und Vergröbern, aber nicht abwechselnd und nacheinander, sondern beides in einem, gleichzeitig. Keine Texte gehen diesem Dilemma so auf den Grund wie die Texte von Oskar Pastior:

> das boticelligedicht wollte ich schreiben weil ich das parteilob geschrieben hatte es gefiel mir aber nicht ein gedicht nur deshalb zu schreiben weil ich ein anderes geschrieben hatte und so ließ ich es bleiben nun überlege ich heißt es im nicht geschriebenen boticelligedicht ob es an boticelli liegt dass ich nichts über boticelli geschrieben habe oder ob das parteilob boticelli nicht mochte mit anderen worten ob ich vielleicht doch über boticelli geschrieben hätte wenn ich das parteilob nicht geschrieben hätte oder ob ich über boticelli sowieso nicht geschrieben hätte weiter heißt es im nicht geschriebenen boticelligedicht daß das parteilob den titel BOTICELLI gehabt habe während es selber nur DIE GARTENSCHAUKEL hätte heißen sollen[5]

Dieser Text war und ist für mich das Grundmuster des Changierens zwischen Anpassung und Verweigerung. Diesen Text las ich auch rumänischen Freunden vor, Schriftstellern, Malern, Musikern, wenn sie mit einem Fuß im Kompromiss standen. In Rumänien hat man vielen die Wirkung des Parteilobs angesehen. Weit jenseits der Zeilen, durch die sie sich verächtlich machten, haben Künstler fürs Antonesculob, Hitlerlob, Stalinlob, Ceauşesculob bezahlt. Manche wechselten ihren Namen, um den nächsten Herrscher zu bedienen. Und schlichen jämmerlich herrisch, beschissen blass und unkenntlich zerrissen auf den Gehsteigen herum.

Sie waren und blieben verkniffene Gestalten. Wenn sie das Geniale außerhalb des Dienens wieder springen lassen wollten, entstand ein Provinzklumpen, Oskar Pastior nennt ihn »das gänse-akazien-gedicht«:

> das gänse-akazien-gedicht ist fertig es ist so fertig wie nur das gänse-akazien-gedicht denn es kommt aus kleinbetschkerek das stimmt zwar tatsächlich doch wird die begründung es komme aus kleinbetschkerek glaubhaft nicht weil sie stimmt sondern weil sie den beweis erbringt des beweises bedarf es tatsächlich doch nicht weil es unglaubhaft wäre das gänse-akazien-gedicht sei nicht fertig nein sondern im gegenteil weil es so fertig ist daß es aus kleinbetschkerek kommt[6]

»Kleinbetschkerek« ist nicht mehr und nicht weniger als der Name eines im Banat liegenden Dorfes. So wird auch dies Gedicht zur Antwort auf die Frage nach der »Heimat«. Ich stelle mir unter dem typisierten Kleinbetschkereker Heimatgedicht zum Beispiel ein Sonett vor. Denn im Sonett fuhr man gut mit Strophen und Reim. »Strofen« sagt man im Dialekt zu »strafen«. So war es, für Strophen gab's von der Zensur keine Strafen. Auch Pastior hat in den rumänischen Anfängen gestropht. Ich las seine ersten Gedichte (in den Sechzigern in Rumänien erschienen) erst nach den zerbrochenen aus dem Westen. Oskar Pastior hatte sich verhoben an Acker und Traktor, an manch verrutscht lächelnder Braut oder sozialistischer Ingenieurin. Gut, dass ich auch diese Gedichte kenne. Erst danach konnte ich begreifen, wie viel Pastior nach dem Verlassen der zum Ersticken dumpfen, in sich selber und unter staatlicher Beobachtung noch einmal geschlossenen Heimatkugel hinter sich gelassen hat: das eiserne Staatsservice, das irdene siebenbürgische Heimatservice, aber auch das Blechgeschirr seiner fünf Jahre Zwangsarbeit im sowjetischen Lager. 1945 wurden 80 000 Rumäniendeutsche im Zuge der »Kollektivschuld« an Hitlers Verbrechen zur Zwangsarbeit in die Sowjetunion deportiert. Einer davon war der damals siebzehnjährige Oskar Pastior. Sicher blitzt von allem Gelebten immer wieder etwas durch die Zeilen. Sicher hat Pastior im Lager das Changieren zwischen Gefügigkeit und Verweigerung fünf Jahre lang völlig nackt erlebt, weil auf der Ebene des »zivilisatorischen Nullpunkts«, wie er selber sagt. Um nichts mehr anderes ging es da bei der Verwandlung, als dass »ein Schaufelaushub sich in ein Gramm Brot verwandelte«. Da hat das Rudiment sich eingeschlichen. Nach der Heimkehr aus dem Lager kam der Stalinismus der Heimat. Erst 1968 konnte Pastior Rumänien und die Angst verlassen. Erst dann verlangte das Rudiment nach Sprache, aus dem Gerümpel nach dem einzigartigen Wort. Nur in ihm vermochte Pastior noch zu beschreiben, wie »die Zerstückung einer Mondscheibe an die Zerstückung eines Daches fällt« und »das Aufhören im Wort ein langsamer Vorgang« ist.

> Das Aufhören im Wort ist ein langsamer Vorgang, der erst von seinem Ende her, also lieblos, anfällt. Dann sehen wir, wie die Zerstückung einer Mondscheibe an die Zerstückung eines Daches fällt, aber das schleifende Geräusch, das wir uns vorstellen, weil es das Aufhören im Wort hervorruft und nicht in unserer Vorstellung, hören wir nicht, wie es aufhört, noch den Staub, den es wirbelt, wie er unerfahren zurückfließt, noch den Rand, wie er glost, weil

> ein Brennglas ihn schiebt. Von seinem Ende her betrachtet, ist das Aufhören im Wort ein schmerzloser Abgang vom Abschied des Haltens, also ein wortloser Zustand, der aufhört, weil mit dem Wort das, was im Wort das langsame Aufhören hervorruft, anzufallen aufgehört hat.[7]

Als vor ein paar Jahren der zum *Dekalog* Kieślowskis gehörende *Kurze Film über das Töten* im Kino lief, las ich in den Besprechungen deutscher Filmkritiker, der Protagonist des Films habe die Schnur in seiner Tasche am Morgen, also von Anfang an zum Töten dabei. Kommt man aber aus einem durch und durch nicht funktionierenden Land, hat man selber dreißig Jahre lang verschiedene leicht transportable Dinge in der Tasche als Selbstverständlichkeit mit sich herumgetragen. Eine Schnur gehört zu diesen Dingen, welche die Welt zum Funktionieren bringen. Die Schnur wird zum Flaschenöffner oder Türschließer, zum Griff fürs Tragen des Einkaufs oder zum Hosengürtel, weil der schlechte Reißverschluss ständig versagen kann. Die Schnur ist ein Universalbestandteil der später nötigen Handlung. Man weiß es am Morgen noch nicht, erst der Augenblick wird bestimmen, was tagsüber aus der Schnur wird. Pastiors Gedichte bestehen aus dieser von einem Atemzug zum anderen anders werdenden Schnur, aus Auswegen, die sich vor dem Eintreten selber noch nicht kennen. Aus Minze Minze flaumiran Schpektrum, aus dem zufälligen, sich selbst nicht geheuren Ausweg.

Nein, nicht etwas Tieferes, aber etwas Beim-Wort-Genommenes sagen einem Oskar Pastiors Sätze, wenn man sein Leben kennt oder aus derselben Diktatur kommt: »Ist aber jemand abhandengekommen, ragt aber ein Hündchen aus dem Schaum, stimmt aber sonst jedes Haar.« Es ist der letzte Schlenker des Gedichts, den ich mir fürs Trauern angeeignet habe. Es hat vom ersten Wort an dieses schnippisch halbgelebte, halbversäumte melancholische Dreinfinden:

Brösel im Menetekel

Multiple Teerose! Butterkekse im Haar! Kissen aus
ungelebtem Gelee! Wie drei Dinge zueinander liegen,
das steht und fällt mit dem Schaum, aus dem sie ra-

gen. Schlägt der Purzelbaum den Wurzelhund, so bist
du aus Porzellan. Werden die Scheren im Himmel ge-
schlossen, handelt es sich um Sandsturm. Läuft aber

das Öl wie am Schnürchen – jemand ist überflüssig.
Achte auf die Fechtübung, mach Knötchen, sei etwas
weniger zynisch. Der Zwischenraum kennt nämlich drei

Positionen: die des Schreckens, die des Zustands
und die der Abschweifung. Kommt dir Bröseliges ent-
gegen, so lebst du in Frieden, wiederum ein Granit-

felsen läßt sich nur quer zu drei Sätzen zerknir-
schen, während innerhalb von einem Knie sich die
Haut völlig ändern kann. Wie die Dinge nun liegen,

besteht dein Kontakt aus einer brenzligen Geschich-
te. Bist du aus plastischem Holz, so ist es Winter.
Handelt es sich um Widerruf, werden die Teerosen im

> Himmel geschlossen, und du wirst zum Kissen. Ist aber jemand abhandengekommen, ragt aber ein Hündchen aus dem Schaum, stimmt aber sonst jedes Haar.[8]

Bitterböse und sanft geht es zu, ein Singsang, auf den Kopf gestellt. Ein Horoskop setzt sich zusammen, man mag daran glauben oder nicht: Abhandenkommen durch Schüsse an der Grenze, Erhängen in der Wohnung oder Fenstersturz und alles das Handwerk des Staats. Ich brauchte diese schnippische Konstatierung von Hündchen und Haar gegen diesen Staat. Das Beharren des dreimal hintereinander wiederholten Wortes *aber* war tauglich fürs Trauern, auch nach dem Tod von Rolf Bossert. »Aber es ist euch geglückt, aber ich werde ihn mir behalten, aber auf euch mit dem Finger zeigen«, so las ich Pastiors dreimaliges *aber*. Die Verzwicktheit des Wörtchens *aber* hat dieser Satz mir beigebracht. Auch dass in der Todesangst das Gespür zu groß und der Verstand zu klein werden.

Aber mit und ohne Diktatur, in jeder Gegend steht ein tapsiges Kind beim Wachsen zwischen den Extremen, ein gefürchtet lästiger Machtmensch zu werden oder ein gefürchtet lästiger Verlierer. Und die beiden Extreme werden nach Quittierung der Jahre in jeder Gegend zum gleichen mürben Greis. Und überall kann jemand ganz senil Mehl in einen Wecker füllen, ganz bei Verstand vor Schmerz einen Lachanfall kriegen, einen Geldschein in die Hand bekommen, auf dem »Ich hab so Zahnweh« steht, ihn behalten wollen und gleich ausgeben müssen. Einen Strick in sein Zimmer binden, den Stuhl hinstellen und dann doch zum Fluss und ins Wasser gehen. Alles verrückt, normale Welt, Disziplin und Instinkt durcheinander, vernebelte Logik im glasklaren Wahn. Das eine geplant, das andere getan, im Pech davonkommen, im Glück draufzahlen. Und dazwischen liegt zuviel. Und dorthin, dazwischen gingen Oskar Pastiors Texte von Anfang an mit mir. Die Welt am Saum zwischen verletztem Glück und frecher Angst. Verweigerung der Kommunikation, sagen die Feinschmecker der Analyse, die Germanisten. Und ich verstehe nicht, wieso. Mit keinen anderen Texten hab ich so viel gesprochen und sie mit mir. Keine anderen ließen mir so viel Platz wie diese. Und keine haben mir so viel freie Wahl gelassen und mich so nah begleitet. Oskar Pastior ist im Experiment der großartigste Realist. Minze Minze, also Mensch Oskar, möchte man da fragen, wie hast du das gemacht?

Aber immer geschwiegen

Oskar Pastior und »Stein Otto«

Minze Minze, also Mensch Oskar, möchte ich heute fragen, wie hast du das gemacht – aber immer geschwiegen?

Warum fand sich nicht einmal im Nachlass etwas über den Informanten »Stein Otto«, eine Erklärung, eine eigene Erinnerung. Nur kleine Zettel mit Handnotizen fanden wir nach Oskar Pastiors Tod. Auf einem steht, er habe sich 1968 den Behörden restlos anvertraut. »Reinen Tisch machen«, schreibt er. Auf einem Notizblatt zur Vorbereitung auf ein Podiumsgespräch hat er unter der Überschrift »securitate, stasi etc.« festgehalten:

»ich möchte keinen gedanken denken und keinen satz aussprechen in welchem und durch welchen diesem ekelkomplex von institution zu einem späten erreichen seiner ziele verholfen würde – den zielen: misstrauen u. argwohn zu säen / unversöhnlichkeiten aufzubauen / persönlichkeiten zu spalten / psychosomatisch angst u. schrecken zu verursachen / kurzum uns nachträglich wieder einmal zu entmündigen (die würde zu nehmen).

was ihre konkrete frage betrifft – bitte wenden sie sich diesbezüglich an unsere deutschen behörden (ich glaube es war der bundesgrenzschutz) und an die entsprechenden amerikanischen, britischen u. französischen stellen, denen ich vor 34 jahren gerne und bereitwillig detailliert auskunft gab / indem ich mich ihnen rückhaltlos ›offenbarte‹ / – auch um reinen tisch zu machen u. einen heilungsprozess bei mir zu ermöglichen (und neubeginn) u. eben den ganzen ›ekelkomplex‹ in den orkus zu schieben, weg damit! dies ohr, das uns hier geliehen wurde, war, nüchtern und aus großer distanz (eines drittel jahrhunderts) gesehen, ein heilsames verdrängungsangebot ›des westens‹. (die bis zur wende dort im land warten mussten, hatten dieses angebot nicht)«.

Ich dachte mir schon, es muss ja was zum Anvertrauen gegeben haben. Doch der Inhalt der Zettel ist enigmatisch. Ich las daraus nur die Verfolgungsangst.

Erst im Sommer 2010 erfuhr ich dann von Stefan Sienerth, einem Literaturwissenschaftler aus München, der auch aus Siebenbürgen kommt, von dem IM »Stein Otto«, von Oskar Pastiors Verpflichtung, für die Securitate zu spitzeln. Er hatte die Akte gefunden. Es sind zwei Akten. Eine Opferakte und eine Täterakte.

Meine erste Reaktion war Erschrecken. Es war eine Ohrfeige, auch Wut. Je genauer mir Sienerth und später Ernest Wichner, der die Akte auch gelesen hat, die Einzelheiten schilderten, um so mehr überkam mich das Gruseln. Die Akte zeigt wie ein finsteres Gemälde die fünfziger und sechziger Jahre.

Die Gefängnisse waren voll. Der aus dem Lager heimgekehrte Pastior, Kistennagler und Bauarbeiter, konnte endlich in Bukarest studieren. Er wollte wieder in die Normalität, mit einem müden, sturen Eigensinn sein Leben selbst in die Hand nehmen. Aber es wurde ihm wieder konfisziert. Die Akte zeigt ihn von allen Seiten umzingelt. Auch mehrere Hochschullehrer bespitzeln ihn. Der Hauptspitzel steigert sich in die Denunziation hinein. Seine Berichte sind so gemein, dass es einen schaudert. Er war homosexuell, wie Pastior. Man fragt sich, ob er Rache nimmt aus persönlichen Gründen.

Als er in Bukarest studieren konnte und die Schlinge sich um ihn immer enger zog, gab er Grete Löw, einer Baustellenkollegin aus Hermannstadt, sieben Gedichte zur Aufbewahrung. Grete Löw zeigte sie aber Freunden. Die sieben Gedichte sind Lagergedichte. In den fünfziger und sechziger Jahren galten sie als antisowjetische Hetze. Als Grete Löw dann im Herbst 1958 wegen Kontakten zu einem Österreicher ins Visier der Securitate geriet und als Spitzel angeworben werden sollte, erfuhr der Geheimdienst auch von Pastiors Gedichten.

Oskar Pastior wusste, wie gefährlich diese Gedichte waren. 1957 fuhr er noch einmal nach Hermannstadt zu Grete Löw und verabredete mit ihr, die Gedichte abzuschreiben, ihnen neue Titel zu geben und sie mit »Otto Hornbach« zu unterzeichnen. Die Originale hat er daraufhin vernichtet. Diese Gedichte sollten nun als Gedichte eines jüdischen Autors aus einem deutschen Konzentrationslager gelten. Im August 1959 wurde Grete Löw verhaftet und schon knapp einen Monat später vom Militärgericht Kronstadt zu sieben Jahren Besserungshaft verurteilt.

Pastior wusste nicht, dass Grete Löw verurteilt wurde, weil sie sich weigerte, für die Securitate zu arbeiten. Er ging davon aus, dass die bei ihr gefundenen Gedichte mit ein Grund für die Verurteilung waren. Auf einem anderen Zettel aus dem Nachlass vom 23. Februar 1992 steht:

»Vielleicht ist der rote Faden, der sich durch meine inneren Motivationen zieht, die Überzeugung (und Ausweglosigkeit), immer wieder und an allem schuldlos schuldig gewesen und geworden zu sein. Dostojewski lässt grüßen, die protestantische Erbsünde lässt grüßen. Alle in Grenzsituationen überlebt Habenden lassen grüßen.

Deportiert als Deutscher – eine Schuldfrage. In fünf Jahren abgebüßt?

Das kleine Bündel ›Russlandgedichte‹, Mitte der fünfziger Jahre in Hermannstadt geschrieben (vielleicht sieben Gedichte, ich erinnere den Titel ›Ballade vom Badhaus‹). In Kopie vor dem Umzug nach Bukarest einer Kollegin beim Bauunternehmen anvertraut und hinterlassen, in der Überzeugung, dass es gute Texte sind und deshalb ›ungefährlich‹, ja dass sie durchaus auch ›publizierbar‹ seien. (...) Als ich dann in Bukarest – Reiter überm Bodensee, das hauchdünne Eis unter den Füßen – vom Hörensagen vom Prozess erfuhr und auch der Name der Kollegin fiel, man mich aber, all die alptraumhaften Monate und Jahre über, in trügerischer Ruhe und Ungewissheit ließ, fühlte ich mich dennoch schuldig, ohnmächtig, wehrlos und schuldig. Nur noch im Kopf auszumalen – Informationen gab es ja nie –, ob und in welchem Maße die bei ihr aufgefundenen paar Gedichte herangezogen wurden zur prästabilierten Urteils-›findung‹ über Menschen und nicht über Gedichte, deren Original (als hätte mich das schützen können!) ich in Panik vernichtet hatte. Opfergabe – was wiegt sie?

Mit der Kollegin vom Bau, die seit vielen Jahren in der Bundesrepublik lebt, habe ich, als es sich fügte, auch gesprochen. Es ging, und es ging auch nicht, um eine kühle Rekonstruktion der ›Geschehnisse‹. Bewältigung hat, wie immer man es dreht, mit willentlicher Gewalt zu tun. Ich bleibe lieber in der vermeintlichen Schuld.«

Im Gezerre des Geheimdienstes mit Haftdrohung hat Pastior eine IM-Erklärung unterzeichnet, um der Verhaftung zu entgehen. Aus dem Lager heimgekehrt, wurde er statt frei vogelfrei. Meine zweite Reaktion auf den IM »Stein Otto« war Anteilnahme. Und je länger ich die Details hin und her drehe, um so mehr wird es Trauer.

Dass er nach der Heimkehr aus dem Lager und alle Jahre danach täglich gehetzt lebte, aus Angst, wegen Homosexualität verhaftet zu werden, wusste ich. Es wurden immer wieder Homosexuelle, die er kannte, geschnappt. Das hat er mir oft gesagt. Aber nie, dass er wegen Gedichten übers Lager ins Visier geraten war. Wir haben nur über Tausende Einzelheiten des Lageralltags gesprochen. Und das hat wahrlich gereicht. Es hat ihm so viel abverlangt, dass ich oft besorgt war, er könne die Genauigkeit, zu der er sich zwingt, nicht verkraften. Aber sein Erinnern war ein Bedürfnis, die fast monströse Genauigkeit der Lagerbilder hauste seit sechzig Jahren in seinem Kopf. Er durfte endlich zugeben, dass das Lager immer noch in seinem Kopf zappelte. Er wollte so sehr, dass dieses Elend mal beschrieben wird.

Bevor wir uns regelmäßig zu den Gesprächen für den Roman *Atemschaukel* trafen, hatte Pastior jede Auskunft über das Lager verweigert, so wie er über seine Homosexualität nie gesprochen hat. Bei der Arbeit an *Atemschaukel* konnte ich sehen, wie das Kohleschaufeln aus dem Lager, das er mir vorführte, in seinem Körper abrufbar geblieben war. Er konnte einzelne Bewegungsabläufe nicht einzeln darstellen, er musste immer den ganzen Schaufelvorgang von vorne anfangen. Vielleicht hätten wir eines Tages über den IM »Stein Otto« geredet, wenn Oskar Pastior nicht unerwartet gestorben wäre. Unsere Arbeit am Roman blieb aufs Lager beschränkt, wir haben nie über die Rückkehr gesprochen. Ich hatte noch so viele Fragen, als er tot war. Vielleicht wären auch die anderen Gründe seiner Angst vor dem Gefängnis nach den fünf Lagerjahren später zur Sprache gekommen, vielleicht auch »Stein Otto«.

Bisher weiß man nur, dass es zwei Berichte von ihm gibt. In der inzwischen aufgetauchten Akte des Auslandsgeheimdienstes befindet sich nur ein Personalbogen mit seinen biographischen Daten. Kein Bericht über ausländische Besucher des Rundfunks, wo Pastior als Redakteur gearbeitet hat. Pastiors sogenannte Täterakte ist zum großen Teil eine Opferakte. Wissenschaftler aus der rumänischen Aktenbehörde weisen darauf hin, dass es in den fünfziger und den sechziger Jahren Tausende Spitzel gab, die unter Haftandrohung zur Mitarbeit bei der Securitate erpresst wurden.

Damals war der Geheimdienst brutaler als zu meiner Zeit. Erst Anfang der sechziger Jahre entfiel der Vorwurf antisowjetischer Hetze aus dem Strafregister. Aber das blieb eine Geheimsache der Dienste, Oskar Pastior hat es nie erfahren. Rumänien machte einen Schritt weg von der Sowjetunion und amnestierte sogar politische Gefangene. Auch Grete Löw kam nach zwei Jahren aus dem Gefängnis.

Es ist nicht ausgeschlossen, dass irgendwo noch Berichte von Pastior auftauchen. Aber ich kann mir Pastior nicht als emsigen Denunzianten vorstellen, es war pure Qual. Er ist der skrupulöseste Mensch, den ich kenne. Er war zu skrupulös, um zu sagen, seine Schuld sei erzwungen. Das erklärt vielleicht auch sein Schweigen.

Er sagte, die Sprache sei ihm im Lager zerbrochen. Heute weiß ich, Pastior ist die Sprache nicht nur einmal, sondern noch ein zweites Mal zerbrochen. Die Engführung der Existenz spürt man aus den Texten heraus. Im Verkleiden und Nacktmachen der Worte hat er sein Ich zurückgeholt. Die Verletztheit des Pastiorschen Humors, das Amüsement mit dem traurigen Geschmack – jetzt weiß ich, dass daran zwei Gewichte hängen.

Ich beurteile den IM Oskar Pastior mit denselben Kriterien wie andere IM aus meiner eigenen Akte. Aber ich komme dabei zu einem anderen Fazit. Wenn Pastior noch leben würde, würde ich jedesmal, wenn ich zu ihm käme, insistieren, dass er seine Akte lesen und selbst darüber schreiben soll. Aber jedesmal würde ich ihn dabei in den Arm nehmen.

Man will sehen, was nach einem greift

Zu Canettis »Masse« und
Canettis »Macht«

Wir waren eine Handvoll Freunde. Alle seit zehn Jahren und mehr in der Stadt. Alle seinerzeit zum Studieren aus den Dörfern in die Stadt gekommen. Aus diesen Dörfern wussten wir, dass man unter Aufsicht steht, weil das Dorf glatt und offen wie ein Schachbrett daliegt. Man steht im Auge der Dörfler, und dieses Auge ist dreihundert Jahre alt, und alles in diesem Auge nennt sich »Heimat«. Diese Heimat herrscht über das Dorf. Und wer nicht bereit ist, alles an dieser dreihundert Jahre alten, sturen, trägen Heimat zu verklären, der wird von dieser Heimat zum Fremden gestempelt oder gar zum Feind gemacht.

Wir sprachen oft darüber: In den Dörfern, aus denen wir kamen, herrschte die Macht der Heimat. Als Heimat war die Kontrolle gegenseitig, man schaute bei jedem anderen auf all das, was an einem selbst gesehen wurde. Es war eine andere Kontrolle als in der Stadt. Die Heimat macht kein Aufhebens von ihrer Kontrolle, sie kontrolliert instinktiv, ihre Macht ist wie ein Naturgesetz: perfekt installiert und selbstverständlich wie Sonne und Mond, seit dreihundert Jahren.

Aus dem Dorf waren wir für immer draußen, und die Meinung der Dörfler scherte uns wenig. Ich galt im Dorf als suspekt und in meiner eigenen Familie als missraten, und es war mir egal. Ich war in der Stadt, ich hatte eine Handvoll gute Freunde und gehörte zu ihnen und sie zu mir. Und in der Stadt war Asphalt, und es herrschte die Partei und ihre Polizei. Und alles, was man sah, nannte sich Staat. Und sehr bald war dieser Staat hinter allen meinen Freunden her. Und hinter mir. Wegen nichts und wieder nichts, nur weil wir laut sagten, was alle wussten, dass dieser Staat Diktatur heißt und ein Gestell ist aus Misere und Angst. Das zu sagen, was alle wussten, war das Gefährlichste am Reden. Man wurde zum Freiwild, und wer einmal geredet hatte, der blieb immer Freiwild.

Ich war zuerst im Dorf ein Feind, dann in der Stadt ein Feind für den Staat. Die Macht zeigte sich ganz direkt, ich wurde zum Verhör ins Geheimdienstgebäude bestellt, oder aber es kam der Geheimdienst in die Fabrik zu mir, schloss die Tür von innen und drangsalierte mich den halben Tag im Büro. Oder er kam erst nach der Arbeit in meine Wohnung zur Hausdurchsuchung. Wenn die Macht sich zeigte, wurde man festgehalten oder entlassen, das heißt, verhaftet oder von der Arbeit rausgeschmissen. Jeden Tag hauste mal polternd, mal schleichend auf dem Asphalt diese allgegenwärtige selbstverständliche Macht: ihr Machthaber war der Diktator, der hatte vier Schulklassen und eine Stimme wie Hundegebell, und er hieß »Genie der Karpaten«, wenn er gepriesen wurde, und »Geliebtester Sohn des Volkes« und »Vater aller Kinder«. Und die nach einem Dekret des Diktators und nach Zwangsuntersuchungen der Frauen zur Welt gekommenen, ungewünschten und dann verelendeten Kinder hießen offiziell »Licht der Zukunft«, und in der Alltagssprache der Leute hießen sie »Dekretchen« – das klingt nach Verachtung plus Mitleid. Und dass dem Volk die Zähne und das Brot im Mund und an den Füßen die Schuhe fehlten, hieß »Glück des Volkes«. Das war die tagtägliche Wahrheit, und weil man sich schon an die Lüge vom »Glück« gewöhnt hatte, war es der absurd normale Zustand.

Wenn man, von so viel »Glück« umzingelt, eines Tages hört, dass es ein Buch gibt mit dem Titel *Masse und Macht* horcht man auf. Endlich, denkt man sich, kann man nachlesen, wie die Machtgier gebaut ist, weshalb das Ungetüm der Unterdrückung manchmal wie ein Uhrwerk und manchmal wie ein Hammer funktioniert. Man weiß: es *ist* in diesem Land ja nichts im Leben aus sich heraus, wie es ist. Sondern es ist so, wie es ist, weil es jedem von der Macht entweder täglich verboten oder täglich aufgezwungen wird. Man wollte begreifen, wie das rundum Abstruse möglich wurde, wohin die Normalität verschwindet, wenn das Abnorme restlos um sich greift. Wie es möglich war, das Naturell von Zigtausenden zum Heucheln und Schweigen zu dressieren, das wollte man erklärt haben, wie das ganze menschliche Register von Gefühl und Verstand dermaßen pervertiert werden konnte. Dieses Buch *Masse und Macht* musste man unbedingt lesen.

Jeden Monat fuhr einer aus dem Freundeskreis nach Bukarest zum Goethe-Institut, um Bücher zu holen. Man fuhr aus Temeswar abends mit dem Schlafwagen los und kam morgens gegen acht Uhr in Bukarest an. Man brachte die gelesenen Bücher in die Bibliothek zurück und nahm sich neue. Nicht zu wenige, denn sie mussten zwischen uns zirkulieren, und nicht zu viele, denn sie mussten von allen gelesen werden. Ich wusste, es gab einen »Giftschrank« für die Lektüre, die zu erotisch oder zu links war. Aber *Masse und Macht* gab es nicht in der Bibliothek, auch nicht im

Giftschrank, sagte die Bibliothekarin. Ich kann mich noch heute so genau an unser Gespräch erinnern, weil der deutsche Kulturattaché zugegen war, als ich fragte, ob das Institut Canettis Buch bestellen kann. Der Attaché sagte: »Ich glaub, das geht nicht, die Bibliothek kann doch keine Italiener bestellen.«

Das Buch *Masse und Macht* wurde bestellt. Und ich las es ein paar Monate später. Gleich auf der ersten Seite und im zweiten Satz heißt es: »MAN WILL SEHEN, WAS NACH EINEM GREIFT.« Diesen Satz habe ich mir bis heute gemerkt, denn das war es, das habe ich von dem Buch erwartet. Aber es kam dann beim Lesen ganz anders. Von den knapp sechshundert Seiten *Masse und Macht* beschäftigen sich an die fünfhundert Seiten mit der Masse. Es war seltsam beim Lesen: Nichts, aber auch gar nichts, was Canetti zur Masse sagt, war richtig. Es war sofort völlig falsch und machte mich wütend. Und dann verschob es sich blitzschnell mitten in dieser nervösen Enttäuschung und war sofort unterhalb des Falschen richtig. Ich weiß noch genau: Richtig herum war alles falsch, was er sagte. Aber falsch rum war es richtig. Es war also umgekehrt richtig. Das heißt: Ich musste es umkehren, dann wurde es richtig. Das passierte mir unerwartet, denn das Umkehren machte ich anfangs nicht absichtlich, es ergab sich zufällig. Es passierte mir die ersten Male durch Unachtsamkeit, dass ich beim Lesen anstatt MASSE immer MACHT las oder es gar nicht las, sondern vielleicht nur automatisch an MACHT dachte. Es verblüffte mich, was da beim Falschlesen auf einmal richtig herauskam. Ich wurde regelrecht hungrig auf die Sätze. Ich will als Beispiel für die Umkehrung eine Passage zitieren. Bei Canetti heißt es:

Der Ausbruch aus den geschlossenen Verrichtungslokalen bedeutet jedesmal, dass die Masse sich ihre alte Lust am plötzlichen, rapiden und unbegrenzten Wachstum zurückholen will. Als Ausbruch bezeichne ich also den plötzlichen Übergang einer geschlossenen *in eine* offene *Masse. Dieser Vorgang ist häufig, doch darf man ihn nicht zu räumlich verstehen. Oft sieht es so aus, als ob eine Masse überfließe, aus einem Raum, in dem sie wohlbehütet war, auf den Platz und auf die Straßen einer Stadt, wo sie, alles an sich ziehend und allem ausgesetzt, sich frei ergeht. Wichtiger als dieser äußere ist aber der innere Vorgang, der ihm entspricht: die Unzufriedenheit mit der Begrenztheit in der Zahl der Teilnehmer, der plötzliche Wille* anzuziehen, *die leidenschaftliche Entschlossenheit,* alle *zu erreichen. (…)*

Die Masse begnügt sich nicht mehr mit frommen Bedingungen und Verheißungen, sie will das größte Gefühl ihrer animalischen Stärke und Leidenschaft selbst erleben und benutzt zu diesem Zwecke immer wieder, was sich ihr an sozialen Anlässen und Forderungen bietet.

Es ist wichtig, als erstes einmal festzustellen, dass die Masse sich nie gesättigt fühlt. Solange es einen Menschen gibt, der nicht von ihr ergriffen ist, zeigt sie Appetit. (…) Ihre Versuche, bestehen *zu bleiben, haben etwas Ohnmächtiges. Der einzig aussichtsreiche Weg dazu ist die Bildung von Doppelmassen, wobei dann eine Masse sich an einer anderen misst. Je näher sich diese sind, an Kraft und Intensität, um so länger bleiben die beiden, die sich messen, am Leben.*[1]

In dieser Passage ersetzte ich Masse durch Macht. Und plötzlich beschrieb die Passage das Bedürfnis der Diktatur nach öffentlichen Ritualen, nach den Paraden vor den Tribünen der Herrscher. Ohne Irritationen wurde die Passage über die Masse nun eine Passage über die Macht. Ich ersetzte das Wort *Masse* durch das Wort *Macht* – und alle Sätze wurden richtig:

Der Ausbruch aus den geschlossenen Verrichtungslokalen bedeutet jedesmal, dass die Macht sich ihre alte Lust am plötzlichen, rapiden und unbegrenzten Wachstum zurückholen will.

Als *Ausbruch* bezeichne ich also den plötzlichen Übergang einer *geschlossenen* in eine *offene* Macht. Dieser Vorgang ist häufig, doch darf man ihn nicht zu räumlich verstehen. Oft sieht es so aus, als ob eine Macht überfließe, aus einem Raum, in dem sie wohlbehütet war, auf den Platz und auf die Straßen einer Stadt, wo sie, alles an sich ziehend und allem ausgesetzt, sich frei ergeht. Wichtiger als dieser äußere ist aber der innere Vorgang, der ihm entspricht: die Unzufriedenheit mit der Begrenztheit in der Zahl der Teilnehmer, der plötzliche Wille *anzuziehen*, die leidenschaftliche Entschlossenheit, *alle* zu erreichen. (…)

Die Macht begnügt sich nicht mehr mit frommen Bedingungen und Verheißungen, sie will das größte Gefühl ihrer animalischen Stärke und Leidenschaft selbst erleben und benutzt zu diesem Zwecke immer wieder, was sich ihr an sozialen Anlässen und Forderungen bietet.

Es ist wichtig, als erstes einmal festzustellen, dass die Macht sich nie gesättigt fühlt. Solange es einen Menschen gibt, der nicht von ihr ergriffen ist, zeigt sie Appetit. (…) Ihre Versuche, *bestehen* zu bleiben, haben etwas Ohnmächtiges. Der einzig aussichtsreiche Weg dazu ist die Bildung von Doppelmacht, wobei dann eine Macht sich an einer anderen misst. Je näher sich diese sind, an Kraft und Intensität, um so länger bleiben die beiden, die sich messen, am Leben.

So ging das fortwährend beim Lesen, Seite für Seite. Ich arbeitete die Sätze um, bis sie mir das sagten, was so dringend nötig war, was man in diesem rumänischen Alltag wissen musste. Canettis Vorstellung von der Masse wurde bei mir immer zur Beschreibung der Macht, alles haute hin.

Bei Canettis *Doppelmasse,* also bei mir Doppelmacht, dachte ich an die Machtverbindung von Partei und Geheimdienst, bei *solange es einen Menschen gibt* dachte ich an den Diktator. Und es traf weiter alles zu: *Je näher sich diese sind, an Kraft und Intensität, um so länger bleiben die beiden, die sich messen, am Leben.* Und weiter bei Canetti: *Zu den auffallendsten Zügen im Leben der Masse* (also lese ich: der Macht) *gehört etwas, was man als ein Gefühl von Verfolgtheit bezeichnen könnte, eine besondere, zornige Empfindlichkeit und Reizbarkeit gegen ein für allemal als solche designierte Feinde.*[2]

Ich erfuhr auch, dass die Masse, also bei mir im Kopf die Macht, sich der Wiederholung als Ritual bedient, um sich zu stabilisieren. Und was das Ziel der Masse, also bei mir der Macht, angeht, stand da: *Das Ziel setzen sie gern in eine sehr weite Ferne, ein Jenseits, in das man gar nicht gleich hineinkommen soll, da man noch lebt, und das man sich durch viel Bemühungen und Unterwerfungen verdienen muss.*[3] So war es, wir waren immer unterwegs in den Kommunismus. Ich war verblüfft, wie Canetti über fünfhundert Seiten die Masse mit der Macht verwechselte, wie er nichtsahnend durch diese Verwechslung die sozialistische Macht durch und durch analysierte und minutiös beschrieb.

Wenn man Canettis Sätze voll gelten, aber nicht dort stehen ließ, wo sie im Buche standen, wenn man sie über ganze Kapitel hinweg von der Stelle im Buch weg- und im Kopf an die Phänomene heranschob, die man aus dem eigenen Alltag kannte, dann wurden sie brillant. Canettis Sätze liefen mir im Kopf herum, als hätten sie Beine wie Käfer. Und sie öffneten mir die Augen. Alles über die Masse traf hierzulande zu auf die Macht: *Die Richtung wird allmählich das wichtigste. Je ferner das Ziel, um so mehr hat es Aussicht auf Bestand.*[4] Und so ging das Seite für Seite. Im Kapitel »Die Eigenschaften der Masse« stand: *Die Masse will immer wachsen. Ihrem Wachstum sind von Natur aus keine Grenzen gesetzt.*[5] Und ich las: Die Macht will immer wachsen. Ihrem Wachstum sind von Natur aus keine Grenzen gesetzt.

So ein Buch wie *Masse und Macht* kann man in einer Diktatur nicht lesen, ohne die Sätze an der Erfahrung zu überprüfen. Canetti hatte eine Art Lexikon für alles Mögliche geschrieben, eine Enzyklopädie des Potentiellen. Sie erklärte das Wirkliche um einen herum erst, wenn man im Kopf das Veränderungslesen geübt hatte.

Bei *Fluchtmasse* musste ich Masse nicht durch Macht ersetzen, der Begriff stimmte aber nur, weil er etwas anderes bedeutete als bei Canetti. *Fluchtmasse* hatte beim Lesen sofort mit dem Fliehen über die Landesgrenze zu tun. Canetti meint mit *Fluchtmasse* dagegen die gemeinsame Flucht einer Menschenmasse vor einer *Drohung*. All die Jahre gab es an der Grenze, bei der Landesflucht, Tausende Tote, erschossen, von Hunden zerrissen oder in der Donau ertränkt. Sie flohen als EINZELNE im LAUFE der Zeit, sie hatten alle, wie sie waren, in der ganzen Länge der

Zeit nichts miteinander zu tun. Aber als ich Canettis Begriff *Fluchtmasse* las, war es der Friedhof aller Geflohenen. Denn eigentlich gehörten sie ja zusammen in ihrer Verzweiflung und in der Art, wie sie ihr Leben riskierten, um anderswo anzukommen und um besser zu leben. Außerdem steht neben *Fluchtmasse* bei Canetti auch der Begriff *Massenflucht.* Er meint damit die Masse, und ich meinte damit die einzelnen, die Masse der einzelnen Leute. Und was Canetti zu seiner Masse aus den vielen Leuten sagte, traf auch auf meine einzelnen zu. Sie waren *sozusagen ganz Richtung geworden, weg von der Gefahr. Da es nur auf das Ziel ankommt, an das man sich rettet, auf die eine Strecke dorthin und sonst nichts, sind die Distanzen (...) irrelevant.*[6] Und noch etwas passte auf die Masse der einzelnen Fliehenden. *In der Flucht heben sich zwar nicht ihre Unterschiede, wohl aber alle Abstände zwischen ihnen auf.*[7]

Ich dachte auch an die Reisenden auf der Bahnfahrt von Temeswar nach Bukarest, die so lange, wie der Zug an der Donau entlangfuhr, im Gang dicht nebeneinanderstanden und hinüber nach Jugoslawien schauten. Ihre Gesichter waren immer wie eingefroren. Alle schwiegen, schauten aufs Wasser und dachten dasselbe: Wie könnte man fliehen. Und die Luft auf diesem Gang wurde anders, weil alle neben einem, so wie man selbst, ein paar Momente gar nicht und dann sehr tief atmeten. Im Gang des Zuges, in dieser Nähe, spürte man eine gegenseitige Kontrolle, fast die natürliche Art der Dorfkontrolle. Auf den Schienen unterwegs von einer Stadt in die andere, stand um einen herum plötzlich die Macht der Heimat – aber hier im fahrenden Zug war sie eine Fluchtmasse, aus der vielleicht niemals einer floh. Es war eine geheime Masse durch das, was sie dachte, sie gab sich aber nur heimlich zu erkennen. Solche geheimen Massen konnte sich Canetti nicht vorstellen. Dafür spricht er von den *unsichtbaren Massen,* und er meint damit die Toten, die man sich manchmal alle beisammen denkt. Canetti sagte: *Es ist aber nicht genug, dass der Toten immer mehr werden und ein Gefühl für ihre Dichte vorherrschend wird. Sie sind auch in Bewegung und auf gemeinsame Unternehmungen aus.*[8] Ich konnte das nachvollziehen, ich kannte genug Tote.

Und was bei Canetti die *Hetzmassen* in der Vorgeschichte machen, das tat mit mir die Macht. Sie war eine Hetzmacht. Und Canettis *Vorgeschichte* wurde bei mir die Geschichte vom vorigen Tag, manchmal die Geschichte von der vorigen Stunde. Eine Methode der Hetzmasse, sagte Canetti, war das *Ausstoßen. Die Menschen, zu denen er früher gehört hat, haben nichts mehr mit ihm zu tun; sie dürfen ihn nicht beherbergen und ihm keine Nahrung reichen. Jede Gemeinschaft mit ihm verunreinigt sie und macht sie selber schuldig. Einsamkeit in ihrer rigorosesten Form ist hier die äußerste Strafe.*[9]

Genau das passierte mir täglich. Wenn ich aus der Schule heraus zur Bushaltestelle ging, liefen alle Kollegen vorneweg, schnell, damit ich sie nicht erreiche, oder trödelten langsam, damit sie mich nicht erreichen. Ich ging zwischen ihnen buchstäblich allein auf diesem elend langen Weg. Gemieden haben mich die Kollegen, weil sie Angst hatten vor mir, und sie hatten Angst, weil ich für die Mächtigen ein Staatsfeind war. Also, ausgestoßen hat mich zuerst die Macht, und die anderen haben sich aus Selbstschutz angepasst an die Macht und mich gemieden.

Und wenn Canetti *Festmassen* oder *festliche Massen* schreibt, dann meint er: *Hundert Schweine liegen in einer*

Reihe gebunden da. Berge von Früchten sind aufgetürmt. (...) Es ist mehr vorhanden, als alle zusammen verzehren könnten. (...)[10] Ich kannte dagegen die Festmasse nur als hungrige Horde mit Lebensmittelkarten und rationierten Grundnahrungsmitteln. Statt Berge von Essen gab es Losungen und Arbeiterchöre. Auf der Tribüne standen die kleinen und die großen Könige. Canetti glaubt, dass der König sich apart hält durch die Seltenheit seines Erscheinens. Die sozialistischen Könige machten es umgekehrt. Sie wollten oft und regelmäßig erscheinen, von der Tribüne herunter den Unterschied zum Volk zelebrieren. Das marschierende Volk, könnte man meinen und wäre dann mit Canetti im Einklang, sei ja eine Masse. Für Canetti hat die Masse das Bedürfnis, sich zu vergrößern, und sie hat eine Richtung. Aber die sozialistische Festmasse wollte sich keinesfalls vergrößern, alle in dieser Masse wären gerne abgehauen. Alle in dieser Masse waren von ihren Arbeitsplätzen hierher Zusammengetriebene. Ihnen wurde auch befohlen, wo wann sie was zu singen oder zu rufen haben. Alle in dieser Masse waren Marionetten der Macht. Von einer eigenständigen Richtung der Masse war keine Rede. Das eigene an ihnen war nur der Widerwille. Ihre Richtung bestand allein darin, an der nächsten Ecke, wenn es ging, unbemerkt davonzulaufen. Vor jeder Demonstration wurden Losungen, Fahnen und Porträts des Diktators verteilt. Niemand wollte sie freiwillig tragen, weil man damit nicht abhauen konnte an der ersten Ecke. Bis zum Ende der Demonstration musste man anwesend sein. Erst am Abend konnte man dieses lästige Zeug wieder in der Fabrik abgeben. Während andere längst im Gras lagen oder in der Kneipe Bier tranken, mussten die Auserwählten mit einem Ceauşescu-Porträt am Stecken herumlaufen.

Schon durch die Zweiteilung seines Buches definiert Canetti die Masse als Gegenspieler der Macht. Und wenn nicht als direkten Gegenpart, dann als eigenständige Menschenmenge, die sich selbst konstituiert. Die befohlene Masse erwähnt Canetti nicht. Dabei hat es für jede Macht wahrscheinlich immer schon eine befohlene Masse gegeben, in der sich die Macht der Mächtigen zeigt. Die befohlene Masse ist aber eine Inszenierung der Macht zur Stabilisierung der Macht. Wenn die befohlene Masse nicht so traurig ausschauen würde, wäre sie die Karikatur der Masse.

Ich fragte mich damals, hat denn Canetti nie mit jemandem aus den osteuropäischen Diktaturen über die befohlenen Massen gesprochen? Kam ihm, der den Nationalsozialismus erlebt hatte, nie in den Sinn, über die Masse der Diktatoren nachzudenken?

Für alles, was die Herrschenden jahrzehntelang in ihren immer gleichen Ansprachen forderten, gebrauchten die Leute im Land die Formulierung: »WIR MÜSSEN.« Es gab die Brigade, die Equipe, die Arbeiterklasse, das Volk. Auch die Feinde des Volkes gab es. Alles einzelne war ziemlich groß im Sozialismus, es bestand aus vielen Menschen, aber nicht aus einzelnen. Den einzelnen gab es im Sozialismus nicht, weil es ihn nicht geben durfte. Individualismus war ein Schimpfwort. Die Nichtanpassung ans Kollektiv wurde als Individualismus bezeichnet und reichte sogar als Entlassungsgrund. Auf allen meinen Entlassungspapieren als Lehrerin stand das Wort Individualismus. Ich wollte im Singular leben, aber im Sozialismus herrschte der Plural. Vielleicht weil der Plural herrschte, könnte man meinen, im Sozialismus herrschte die Masse. Aber die Masse gab es nicht. So wie es den einzelnen nicht gab, weil es ihn nicht geben durfte, gab es auch die Masse in Canettis Sinn nicht, weil es sie nicht geben durfte. Und die befohlene Masse ist keine Masse, sondern die Selbstdarstellung der Macht. Die sich selbst konstituierende Masse Canettis hätte die Macht sofort gestürzt. So ist es schließlich Jahre später 1989 auch passiert, weil die Sowjets keine Panzer mehr schickten, als aus der sozialistischen, also befohlenen Masse eine Canettische Masse wurde.

Dass jeder Gegenstand den Platz einnehmen muss, den er hat – dass ich der zu sein habe, der ich bin

M. Blecher, Aus der unmittelbaren Unwirklichkeit

Ich möchte Ihnen ein Buch vorstellen, ein beeindruckendes Buch, das 1936 bei seinem Erscheinen in Rumänien und bei seiner Wiederauflage 1970 keine Leser fand: *Aus der unmittelbaren Unwirklichkeit* von M. Blecher. 1990 erschien es endlich – von Ernest Wichner übersetzt – in Deutschland und fand auch hier keine Leser. Obwohl es seit 1990 auch in Deutschland wenige Bücher gibt, deren literarische Intensität mit Blechers Roman vergleichbar ist. Oder ist das gar der Grund für die ausbleibende Resonanz beim Publikum?

Ich möchte hier, um Sie zu überzeugen, das Buch selber sprechen lassen.

»Die Menschen bewegten sich im Kreis, gingen der Reihe nach durch die hellsten Lichtstellen und durch die dunkelsten Regionen, wie der Mond in meinem Geographiebuch«, so beschreibt Blecher die Besucher eines Jahrmarkts. Und mit keinem anderen Satz könnte man sein Buch besser beschreiben. Die äußere Handlung ist nicht leicht nachzuerzählen. Sie ist der ständige Widerschein einer Innenhandlung, der Lauf eines manischen inneren Monologs, der im Versuch der Selbstvergewisserung einer Ich-Person zum Geständnis wird. Die Ich-Person hat keinen Namen, sie ist ein Halbwüchsiger, ein Streuner durch die Sommerhitze einer Kleinstadt. Er hat durchaus Ziele, er sucht im *Herum-*

vagabundieren, wie Blecher sagt, die Übereinstimmung zwischen sich und dem Panoptikum der in die Welt gestellten Orte, Personen und Gegenstände. Diese Suche erzeugt Gefühlstumulte, er selbst nennt sie *Krisen* und sie kommen aus der »schrecklichen Frage: ›wer bin ich?‹«. Für Blecher wird »die Antwort auf diese Frage von einer tieferen und essentielleren Klarheit eingeklagt als der des Verstandes«.[1] In Blechers Buch sagt der Ich-Erzähler: »(...) und ich selbst finde mich unerbittlich auf der Höhe der Dinge wieder (...) in solchen Augenblicken scheint es mir offensichtlicher, daß jeder Gegenstand den Platz einnehmen muß, den er hat, und daß ich der zu sein habe, der ich bin.«[2]

Orte, Personen, Gegenstände – und dieses Ich, das streunt und über sich selber so verblüffend spricht, dass es weit mehr als »Sich-fremd-Sein« bedeutet. Denn hier spricht einer, wie man über sich selbst auch in der Verdoppelung durch Fremdheit nicht sprechen kann. Er beobachtet sich so rücksichtslos, wie man aus dem Fleisch des eigenen Körpers zusammen mit einem verdoppelten zweiten im Schädel vielleicht einen dritten oder fünften sieht, der in der eigenen Haut ein und aus geht, wie er will. Der die »Krise« zu einer anderen Art von Gleichgewicht macht. »Ich war ein großer, schlanker und blasser Junge mit einem dünnen Hals, der aus dem zu weiten Kragen meiner Jacke ragte«, sagt er. »Die langen Hände hingen mir wie frisch abgehäutete Tiere aus den Ärmeln. Meine Taschen platzten vor Papieren und Gegenständen. Nur schwer konnte ich auf ihrem Grund das Taschentuch finden, um mir die Schuhe abzuwischen, wenn ich in die Straßen im *Zentrum* kam.«[3] Und über einen Suizidversuch mit über dreißig weißen Tabletten sagt er: »Wenn nichts mehr andauern konnte, blieb mir nichts weiter übrig, als alles zu beenden.«[4] Und: »Es war, als hätte ich eine x-beliebige Sache abzuschließen. Ich fand allerlei Dinge, die mir zu nichts nütze waren: Knöpfe, Schnüre, bunten Zwirn, Büchlein, die stark nach Naphthalin rochen. So viele Sachen, die nicht den Tod eines Menschen verursachen konnten.«[5]

Das Endstück des gesuchten Glücks ist die klar wie auf dem Reißbrett organisierte, aber in der Auswirkung undurchschaubare Katastrophe. Die leblosen Materialien der Gegenstände und die vegetierenden Pflanzen locken die Nerven, bis sie gefährdet sind zu zerreißen. Die »großartige Melancholie« der Gegenstände steht draußen, und im Schädel drin fließen halluzinierende Bilder: »Ich träumte, ich befände mich auf den staubigen Straßen einer Stadt mit weißen Häusern und sehr viel Sonne; vielleicht eine orientalische Stadt. Ich ging neben einer schwarz gekleideten Frau mit großem Trauerschleier. Aber merkwürdig, die Frau hatte keinen Kopf. Dort, wo der Kopf hätte sein müssen, war der Schleier sehr gut arrangiert, doch an der Stelle des Kopfes war nichts als ein gähnendes Loch, eine leere Kugel bis zum Nacken.

Beide hatten wir es eilig, und nebeneinander einhergehend, folgten wir einem Wagen mit den Kreuzen des Rettungsdienstes, in dem sich der Leichnam des Mannes der Dame in Schwarz befand.

Ich begriff, daß ich mich in der Kriegszeit befand. Tatsächlich, kurz darauf kamen wir an einem Bahnhof an. (...)

Plötzlich stieg aus einem Abteil erster Klasse ein dicker, gut angezogener Herr mit einer Auszeichnung im Knopfloch.

Er trug ein Monokel und weiße Schuhe. Die Glatze war unter einigen silbrigen Haarfädchen versteckt. Auf den Armen trug er einen weißen Pekinesen mit Augen wie zwei Achatkügelchen, die in Öl schwimmen.

Auf dem Bahnsteig ging er einige Augenblicke lang dahin und dorthin und suchte etwas. Schließlich fand er, was er suchte, es war die Blumenverkäuferin. Er suchte sich aus ihrem Korb einige Sträußchen mit roten Nelken aus und bezahlte, indem er das Geld einem geschmeidigen Portemonnaie mit silbernem Monogramm entnahm.

Dann stieg er wieder in den Waggon, und durchs Fenster konnte ich sehen, wie er das Hündchen auf das Tischchen neben dem Fenster setzte und ihm der Reihe nach alle roten Nelken zum Fressen gab, welche das Tier offensichtlich mit großem Appetit verschlang ...«[6]

So dicht und genau fädelt Blecher auf jeder Seite dieses Buchs die Beobachtungen ein. Die Details klicken. Haarfädchen, Achatkügelchen, Tischchen, Hündchen, Sträußchen – im süßlichen Stoff der Diminutive steuern die Einzelheiten ins Monströse.

M. Blecher – in Briefen schrieb er manchmal Max oder Marcel, doch als Autor trat er nur mit der anonymisierenden Initiale M. in Erscheinung –, M. Blecher ist rumänischer Jude, er wurde 1909 in Botoşani, im Nordosten Rumäniens geboren. Die Familie besaß eine kleine Keramikfabrik am Stadtrand und in der Stadtmitte einen Porzellan- und Keramikladen. Zum Medizinstudium ging er nach Paris. Mit neunzehn Jahren erkrankte er an Knochentuberkulose, verbrachte sein ganzes kurzes Leben in Sanatorien. Als den Eltern das Geld für die ärztliche Behandlung im Ausland ausging, musste er heimkehren. Blecher starb mit neunundzwanzig Jahren.

Man traut seinen Augen nicht beim Lesen. Das Meisterwerk *Aus der Geschichte der unmittelbaren Unwirklichkeit* hat also ein fünfundzwanzigjähriger, durch die Krankheit schon geschwächter Autor geschrieben.

Eugèn Ionesco war in der rumänischen Literaturszene wegen seiner Verrisse gefürchtet. Aber als Blechers Buch 1936 in einer kleinen Auflage erschien, hat er dieses Buch gefeiert. Durchsetzen konnte es sich leider nicht. Und obendrein kamen kurz danach die Jahre des Faschismus. Und 1945, nachdem die Vernichtung der Juden geschehen war, kam der Stalinismus. Und danach der gezähmte Sozialismus, der sich nicht nur hinter einer verlogenen Ideologie verschanzte und sich der Mitwirkung an der Barbarei nie stellte, sondern auch den Antisemitismus als selbstverständliche Konstante in sein Regelwerk einbaute. Nationaler Provinzialismus hat es bis zum Sturz der Diktatur unmöglich gemacht, einen rumänischen Juden als einen der besten rumänischen Autoren zu würdigen. Und seit 1989 hat der Antisemitismus in Rumänien erst recht wieder freie Bahn, aus dem Sozialismus herausgeschlüpft, darf er sich wieder ungeniert vorsozialistisch, das heißt, im direkt faschistischen Wortlaut äußern. Die sogenannte Intelligenzia baut sich beim Auflesen der Scherben heute wieder mal ein kleinhirniges »nationales Gedächtnis« zusammen, so ein Kästchen aus Sperrholz, in das einer wie Blecher nicht hineinpasst. Wahrscheinlich fürchtet man sich vor diesem Buch, weil es einer beklemmenden Wahrhaftigkeit das Wort redet und auf das »nationale Gedächtnis« ruhig pfeifen kann.

»Zwischen mir und der Welt gab es keine trennende Distanz«[7], lässt Blecher seine Ich-Person sagen. Was Blechers Blick so radikal macht, ist die Erotik, die in jedem gewöhnlichen Gegenstand sitzt und wartet, bis man von ihr gepackt wird. Der Protagonist lebt mit den Gegenständen, wie man nur mit Menschen leben kann. In seinen Beobachtungen lädt sich jede Umgebung mit einer Erotik auf, wie sie sonst nur zwischen Haut und Haut möglich ist. Sein Fleisch scheint ins Material der Dinge zu schlüpfen, eine Art Fremdgeherei in leblose Schnörkel. Und das Material antwortet seinerseits mit gleicher Fremdgeherei ins Fleisch seines Betrachters. Es pulsiert etwas Unerlaubtes zwischen Person und Gegenstand, dies hat den Geschmack des Inzests, genüsslicher Überdruss und sündhafte Intensität. Die Suche nach dem Selbstverständnis endet jedesmal in der Übertreibung der Identität. So auf die Spitze getrieben, ist sie so gut wie verscheucht. Die Eigenschaften der Gegenstände werden stellvertretend, beantworten nichts, ersetzen jedoch alles, was das Ich über sich selber wissen will.

Man liest hier über einen Zigeunerring: »Die außergewöhnlichen Vogelornamente, Tiere und Blumen, alle dazu bestimmt, die sexuelle Anziehung zu steigern (…), die hysterisch gezackten Blattspitzen der Petunie (…). Es war ein großartiger Blechgegenstand, fein, grotesk und widerwärtig. Vor allem widerwärtig: er griff die Liebe in den dunkelsten Regionen an, an ihrem Fundament.«[8] Und von einem Büro mit Ledersesseln und gedämpftem Licht heißt es: »In der Dunkelheit einer Ecke glänzten die Umrisse eines riesigen, katzenförmigen Spucknapfes aus Blech.«[9] »Die Vitrinenschränke schaukelten leicht, wenn man auf die alten Dielen trat, und ihre Glastüren schienen mit den Zähnen zu klappern.« Im Kristallsarg eines Wachsfigurenkabinetts liegt »eine in schwarze Spitzen gekleidete Frau mit glänzendem und bleichem Gesicht. Eine verblüffend rote Rose war ihr zwischen den Brüsten angebracht worden, die blonde

Perücke begann sich an der Schläfe zu lösen, während in den Nasenlöchern das Rosa der Schminke pochte. (…) es war, als läge sie irgendwo in mir wie ein Wort, an das ich mich gerne erinnert hätte.«[10]

Der halbwüchsige Herumstreicher ist den Gegenständen verfallen, weil er der Erotik der Wahrnehmung verfallen ist. Je durchsichtiger das Panoptikum der Dinge durch Beobachtung wird, um so undurchsichtiger wird er für sich selbst. Von den Details erhitzt oder ins Frieren versetzt, haust sein Körper im Sog und im Ekel der Dinge. Sein Fleisch ist ein Magnet. Die Organe seines Körpers, die sich selber nicht genügen, lauern auf die Gegenstände, die sich selber nicht genügen. Die Beschaffenheit der Gegenstände ködert das Fleisch, ringt ihm Gefühle ab und frisst sie auf. Das Innere und Äußere vergehen sich aneinander, und es ist letztlich nie zu klären, welche Seite diese gefräßige Begegnung angezettelt hat – ob sich die Person den Gegenstand zur Zerrüttung vorknöpft oder umgekehrt. Die Wege unter den Füßen sind ständig in den Kopf gehoben. Es kommt im durchvagabundierten Raum zwischen Fußsohlen und Verstand notgedrungen zu einsamen Konstatierungen. Die Unterschiede zwischen schön und hässlich, beglückend und quälend – in diesem Buch sind sie nicht mehr möglich. Die Intensität der Wahrnehmung geht steil durch den Schädel, die »Melancholie des Seins« und die »gewöhnliche, organisierte Qual« machen alle gewohnten Register untauglich. Hier vermischen sich nur noch Extreme zu völlig neuen Eigenschaften. Die Gegenstände behalten zwar ihre gewohnten Namen, aber ihr Aussehen erfindet sich neu. Und das frisch Wahrgenommene räumt auf mit allem Gewohnten. Und man kann ihm nichts entgegensetzen, weil die Durchtriebenheit jeder Beobachtung beim Lesen gültiger wird als alles, was man im eigenen Kopf an den bekannten Dingen je gesehen hat. Der Protagonist sagt: »Ich spürte undeutlich, daß auf dieser Welt nichts bis zum Ende gehen kann.«[11] Man müsste hinzufügen, es geht ihm hier alles immer weit übers Ende hinaus.

Blechers Erotik der Wahrnehmung braucht immerzu den Vergleich des einen Dings mit einem nie für möglich gehaltenen anderen. In dieser erotisierten Welt wandern die Dinge ins Unerhörte: »Als ich auf den Marktplatz kam, luden die Menschen Fleisch ab für die Marktbuden der Metzger. Hoch und erhaben wie tote Prinzessinnen trugen sie die blutfeuchten, roten und lilafarbenen Rinderhälften auf den Armen (...); an den porzellanweißen Wänden aufgereiht, hatten sie den wässrigen und irisierenden Glanz von Seide und die trübe Klarheit von Gelatine.«[12] Oder: »In einer Obstschale waren Haselnüsse, von denen vor allem Samuel Weber nahm, der das Zerkaute selten und würgend schluckte, so daß sein Adamsapfel ihm wie eine Gummipuppe im Hals auf und nieder hüpfte.«[13] Und der Sohn des Samuel Weber, Ozy, hat »flötendünne Arme«. Oder: »(...) das Schweigen in mir lachte so sanft, als machte ständig einer in mir Seifenblasen.«[14] Und eine »bleiche Frau« kann bei Blecher »mit den Gesten und dem Gang eines stillen Mechanismus« die Straße überqueren. Beim Fiebermessen kann das Thermometer »wie eine dünne Eidechse unter die Achsel« gleiten. Und der Arzt, der den an Sumpffieber erkrankten Protagonisten behandelt, blickt mit »kleinen, samtigen Augen, die kurzen Gesten und der vorgereckte Mund ließen ihn wie eine Maus aussehen. Vom ersten Augenblick war dieser Eindruck so stark, daß es mir, als er zu sprechen begann, völlig natürlich vorkam, daß er jedes ›r‹

sehr stimmhaft rollen ließ, als nagte er während des Sprechens an irgendeinem unsichtbaren Gegenstand.

Das Chinin, das er mir verabreichte, bestärkte mich in meiner Überzeugung, daß der Arzt etwas Mausartiges in sich trage.«[15] Während der Kranke im »Kabinett« genannten Hinterzimmer des Nähmaschinenladens, wenn grad kein Kunde da ist, eilig mit Clara schläft, sieht er aus dem Augenwinkel auf Claras Puderdose eine Maus. »Sie blieb genau neben dem Spiegel auf dem Kofferrand stehen und starrte mich mit ihren kleinen schwarzen Augen an, in die das Lampenlicht zwei golden glänzende Tropfen versenkt hatte, die wie Pfeile tief in mich eindrangen. Einige Sekunden lang blickte sie mir mit solcher Schärfe in die Augen, daß ich den Blick jener zwei gläsernen Punkte bis in mein Kleinhirn dringen fühlte. Sie schien sich eine schwere Schmähung für mich auszudenken oder auch nur einen Vorwurf. (...) Nun war ich sicher, daß der Arzt gekommen war, um mich auszuspionieren.

Am gleichen Abend, beim Einnehmen des Chinins, erhärtete sich meine Vermutung (...): das Chinin war bitter, andererseits hatte der Doktor im Kabinett den Genuß sehen können, den Clara mir mitunter verschaffte, folglich hat er mir auch, um ein gerechtes Gleichgewicht herzustellen, das unangenehmste Medikament verschrieben, das es geben konnte. (...)

Einige Monate nach der Konsultation wurde der Doktor tot auf dem Dachboden seines Hauses gefunden; er hatte sich eine Kugel in die Schläfe geschossen.

Als ich die düstere Nachricht bekam, war meine erste Frage:

›Waren Mäuse auf dem Dachboden?‹

Ich brauchte diese Gewißheit.

Damit der Doktor wirklich tot sein konnte, mußte unbedingt eine Schar Mäuse über den Leichnam herfallen, ihn aushöhlen und die Mäusematerie zurückgewinnen, die der Arzt zur Ausübung seiner illegalen Existenz als *Mensch* zeit seines Lebens sich ausgeliehen hatte.«[16]

»So beeindruckt mich alles, was nachgeahmt ist«, sagt die Ich-Person. Aus dem Inzest mit den Dingen erfährt man bei Blecher, dass die Gegenstände ihre Existenz der Nachahmung ihrer selbst verdanken, dass sie außer dem fertigen, wissenden Material nichts brauchen, um uns zu vernarren. Dass sie Nachahmung sind, »schlichte Dekoration« und »traurige Repräsentation«, schont uns nicht. Denn gerade darin liegt ihre Tücke. Der Ort, an dem sie stehen, und die Zeit, in der wir sie betrachten, machen uns wehrlos. Die Dinge haben »einen widerlichen Anflug von Geheimniskrämerei und Komplizenschaft«.[17] Die erzwungene Anverwandlung im Moment der Konfrontation schiebt uns die äußere Welt unter die Haut, wir müssen ihre toten oder lasziv vegetierenden Materialien mittragen, obwohl wir dafür nicht geschaffen sind. Die Nachahmung ihrer selbst ist der Hinterhalt für die vertrackte Originalität der Welt. Die Dinge sind im Vorteil, weil sie, anders als wir, nicht ihr Fleisch zu hüten haben, wenn sie uns einfangen. »Das Gewöhnlichste und Bekannteste an den Dingen verwirrte mich am meisten. Die Gewohnheit, sie oft und immer wieder zu sehen, endete vermutlich damit, daß ihre Außenhaut sich verbrauchte, und so erschienen sie mir mitunter bis aufs Blut enthäutet: unsagbar lebendig.«[18]

An einem Regentag gerät der Vagabundierende an die Stadtgrenze. Er unterliegt dem glitzernden Schlamm des

Brachlands, versenkt seine Haare darin, reibt sein Gesicht ein, legt sich hin und wickelt seine Kleider in Schlamm. Es ist ein Rausch und kurz darauf, als das Glitzern des Brachlands am Körper nichts als kalter Dreck geworden ist, eine Blamage. Die übliche Blamage, wenn die Dinge nach dem Inzest sich abrupt aus dem Körper verabschieden und wieder in sich zurückkehren. »Das, was mir unerbittlich gegenüberstand: die gewöhnliche Gestalt der Dinge«, schreibt Blecher. Und: »Die Welt war derart erbärmlich in ihre Genauigkeit eingesperrt.«

In Blechers Buch ist das Wort *WISSEN* kursiv hervorgehoben. Und es wird nicht vom Verstand geleistet, sondern vom SPÜREN. Es wird durch das Fleisch gedacht. *WISSEN* ist bei Blecher eine mit dem Körper gezogene Spur.

Verblüffend an Blechers Sprache ist die Mischung zwischen Gefühlswörtern und technisch-maschinellen Ausdrücken. So kommt in alle Abläufe eine drangsalierende Mechanik. Die Gefühlskonvulsionen sind auf einen geometrischen Rahmen gespannt. Man kriegt beim Lesen den Eindruck, dass Blechers Worte die Dinge nicht bloß beschreiben. Die Worte krallen sich die Dinge und heben sie hoch und nehmen sie regelrecht in den Satz hinein. Blecher lässt seinen Protagonisten über die Tauglichkeit des einzelnen Wortes sagen: »Um bestehen zu können, müßte es etwas von der Verblüffung beinhalten, die mich ergreift, wenn ich eine Person in der Wirklichkeit betrachte und danach aufmerksam ihre Gesten im Spiegel verfolge; außerdem etwas von dem Taumel geträumter Abstürze mit ihrer sirrenden Angst, die einem in unvergeßlichen Augenblicken durch die Glieder fährt, oder etwas von dem Nebel und der Transparenz von Kristallkugeln mit ihren bizarren Szenerien.«[19]

Dreimal werden in diesem Buch die Beziehungen zu Frauen mit der Wirkung von Worten verglichen. Mit Clara aus dem Nähmaschinenladen gibt es »eine Komplizenschaft des Lasters, die noch tiefer ist und noch schneller als die Verständigung durch Worte«.[20] Die zweite Frau ist die bereits erwähnte Tote im Glassarg des Wachsfigurenkabinetts: »(...) es war, als läge sie irgendwo in mir wie ein Wort, an das ich mich gerne erinnert hätte.«[21] Und die dritte Frau ist Edda. Frisch verheiratet zieht sie als Ehefrau des leichtlebigen Sohns ins Haus der Webers ein. Da der Protagonist in diesem Haus seit Jahr und Tag verkehrt, jeden Winkel kennt, wird Edda »ein zusätzlicher Gegenstand, ein einfacher Gegenstand, dessen Existenz mich quälte und plagte wie ein Wort«.[22] Die sexuelle Erregung, die sie in ihm aufwirbelt, macht ihn befangen, erstarrt an seinem Körper außen wie Holz.

Gerade weil Worte in den Rang der Liebe zu Frauen gehoben werden, sind die Dialoge in diesem Buch allesamt so knapp, dass es kürzer nicht mehr geht. Der Ton ist schroff. Die Gespräche aller Personen haben den Geschmack des Widerwillens, weil das Reden spät dran ist. Weil die Worte zu lange auf der Zunge saßen, zu oft in den eigenen Mund geschluckt wurden. Geredet wird nur letztendlich, wenn die Ursache dafür vergeudet ist. Allen Personen dieses Buches schrumpfen die Sätze, wenn die Gefühle überhandnehmen. Das Gesetz der Mitteilung lautet hier: Je fiebriger das Gefühl, desto kälter das Wort. Durch diese Verkürzung stoßen die Dialoge ins Rudimentäre und kriegen die Prägnanz des geflügelten Wortes, der Aphorismen. Sie flattern im ganzen Text. Der Autor kann sich die Dialoge sparen, da sie ungeschrieben wiederkehren im Text, sie fallen einem beim Lesen ständig ein.

Blechers Frage »Wer bin ich?« mündet in eine durch innere Aufreibung erotisierte Welt. *Aus der unmittelbaren Unwirklichkeit* ist eine Schule der Beobachtung. Und sie führt einen dorthin, wo man meist hingelangt, wenn man unvoreingenommen schaut – zur gefassten Resignation. Bei Blecher lautet diese: »Alle Gegenstände, alle Menschen waren in ihre traurige und kleine Verpflichtung eingesperrt, genau bestimmt zu sein, nichts anderes als genau bestimmt.«[23] »Verzweifelt musste ich feststellen, daß ich in der Welt lebte, die ich sah. Dagegen war nichts zu machen.«[24]

Am Rand der Pfütze springt jede Katze anders

Wie alt wird der Erdfrosch? Die Grille, Blindschleiche, Schwalbe? Wie alt der Floh, der Hamster? Gegen Ende der Stunde hob ich die Hand, um diese Frage zu stellen. Die Zoologielehrerin verdrehte die Augen und sagte: *Nicht schon wieder, Hände auf den Rücken.* Es war mir aber so wichtig, zu wissen, ob das Tier einen oder drei oder zwanzig Sommer läuft, fliegt, schwimmt und Mücken, Blätter oder Fleisch frisst. Wenn ich dadurch nach mir selber und der Lehrerin fragte, war es unbewusst. Sie wehrte ab und wollte vom Tod nicht gestört werden. Im Zoologiebuch lebten alle Tiere ewig.

Ihre verdrehten Augen fielen mir noch Jahre später ein, wenn der Vernehmer beim Verhör sagte: Es gibt auch Verkehrsunfälle. Oder: Wir werfen dich ins Wasser. Ich wiederholte im Kopf den Satz: *Nicht schon wieder.*

Damals wurde der Tod ein Mensch, der mich im Auftrag tötet. Ein ziemlich junger, unauffälliger Mann, der jeden Tag beim Geheimdienst anrufen und melden könnte, der Auftrag sei erfüllt. Ein Lebenskünstler, der davor einen Schnaps trinkt und danach auf dem Markt für sich, seine Frau und sein Kind eine Tüte Kirschen kauft. Dieser Gedanke zwang mich jahrelang, jeden Tag zu wissen, wie dringlich gern ich lebe. Bis es so weit war, kaufte ich mir selber Kirschen gegen seine Kirschen. Es waren Vorauskirschen.

1989 stürzte das Regime, und der Lebenskünstler hatte seine Kirschen noch nicht gegessen. Mit dem Wetteifern der Kirschen ist es seit zehn Jahren vorbei. Wir sind wieder gleichgestellt, beide am eigenen Altern zu sterben. Doch das Vorausessen der Kirschen hat sich tief eingeschlichen und ist nicht loszuwerden. Ich bin in Eile geblieben mit mir und will alles schnell, damit die Lebenszeit länger ist.

Am Rand der Pfütze springt jede Katze anders, solche Sätze dachte ich manchmal auf der Straße. Sie sind mir lieb, weil sie über den Tod sprechen, ohne ihn zu bemühen. Der eine meiner Freunde, der Suizid begangen hat, lebte lieber als ich und alle anderen Freunde zusammen. Er suchte das Glück mehr als ich. Er suchte im Fenstersprung nicht den Tod, nur den Ausweg aus dem ständigen Unglück des Lebens. Diesen Unterschied will ich mir behalten.

Vielleicht ist der Suizid eine aufs Ganze gebuchte Suche nach Glück. Entkommen ist Glück, wenn man das Bleiben nicht länger ertragen kann. Manche Leute reden vom sinnvollen Umgang mit der Lebenszeit. Aber wie geht das? Mir stellt sich bei der Frage nach dem *sinnvollen Umgang* die Zeit vor den Sinn. Ich weiß oft gar nicht, was der Sinn ist. Er kann sich ergeben oder nicht. Wenn ich ihn suche, vertreibe ich ihn. Dann bleibt nur noch die Zeit; also die Frage: Wie viele Kirschen ess ich voraus, bis ich keine mehr hab.

Aber manchmal gibt mir ein Tag einen Schlüssel und sagt: Mach dir dazu eine Tür.

Der Blick der kleinen Bahnstationen

Das Millimeterpapier der Erinnerung bei Jürgen Fuchs

Am Anfang des Romans *Fassonschnitt* ist das Ich kein Ziviler mehr und noch kein Soldat. Ein Halbwüchsiger, für 1 Mark 60 frisch und sehr kurz Geschorener geht zur Sammelstelle, um mit dem Zug zur Armee abzureisen. Es ist erst ein Jahr nach der Niederschlagung des Prager Frühlings, und als ob das noch nicht reichte, dass man gerade jetzt zur Armee eingezogen wird, soll der Halbwüchsige auch noch Grenzsoldat werden. Er weiß, dass dort nicht bloß fingierte Manöver und Übungsschießen stattfinden, sondern per Schwur und Pflicht Menschenjagd auf Unschuldige, die diesem Staat durch Flucht entkommen wollen.

»Auf dem Einberufungsbefehl steht was von kurzem militärischen Haarschnitt. Und Sie?«

»Ich wußte nicht, was das ist«, sagt Kannengießer halblaut, außer Atem, klein, schleppend, den Kopf zur Seite geneigt. Er schwitzt, sein Koffer ist groß und schwer.

»So, so, das wußten Sie nicht. Nun, das werden Sie bald für den Rest Ihres Lebens wissen«, sagt der Genosse Major (Linke). »Wie heißen Sie?«

»Kannengießer.«

Linke dreht den Kopf weg, was wohl heißen soll: »Keine weiteren Diskussionen. Bald sind wir am Ziel, dann sehen wir weiter.«[1]

Diesen Namen (also Kannengießer) wird der Major sich merken.

Und jetzt mischt Jürgen Fuchs die Bilder der Jahreszeit in diesen ersten Konflikt. Und die Umgebung verwandelt sich lakonisch und kommentarlos, nur durch die Aufzählung in die äußere und vergrößerte Pantomime der inneren, schwelenden Angst vor dem Major:

> Die Blätter der Kastanienbäume liegen braun und trokken auf der Bahnhofstraße. Die Sonne scheint durch die Schornsteine der Textilfabriken. Es ist Herbst, ein Novembertag, der Vierte des Monats, kein Regen, kein Wind. Hoch über den Dächern sind helle, dünne Wolken zu sehen, die keine Ahnung haben. Auf der kleinen Mauer neben der Tankstelle, gegenüber der Kreisleitung der Partei, zählt ein Junge Kastanien. Ein dicker, kurzer Stock liegt neben ihm. Ein Wurfgeschoß, das er in die Bäume schleudert, wenn keine Fußgänger kommen. Jetzt kommen Fußgänger. Mit Koffern und komischen Augen. Wie Schüler, wie Touristen, wie Schafe, wie Gefangene sehen sie aus. Einer in Uniform hat die Aufsicht, das ist unverkennbar. Er läuft sehr gerade, hält Abstand, weiß den Weg. Ein Güterzug bremst oben am Bahndamm, schneidend und schrill. Wechselt einer die Straßenseite? Kehrt einer um und geht seiner Wege? Ein »Trabant-Kombi« hupt ohne erkennbaren Grund. Jetzt fliegt der dicke, kurze Stock durch die Bäume, berührt einen Ast, schlägt hart auf. Wo ist der Junge? Fortgegangen? Wer weiß.[2]

Ein Schönwetterherbst, wie wir ihn oft auf den Straßen haben. Die Einberufungszeit macht diese Kastanienzeit ganz anders – drohend. Der fleischige Stachelmantel der Kastanien, ihre Kugeln glänzend, glatt, wenn er sie fallenlässt. Gleichen die jungen Männerköpfe – fast kahlgeschoren durch Befehl – nicht den nackten Kugeln der Kastanien? Für diesen jungen Soldaten tut der allein spielende Straßenjunge zweierlei: außer mit dem Stock nach Kastanien zu werfen, wirft er auch einen Blick in das nun vom Staat requirierte Leben eines jungen Menschen. Wie der Straßenjunge die herabfallenden Kastanien zählt, so wird dieser Soldat bald die Tage zählen bei der Armee. Der Vergleich wird nicht vom Autor angestellt, sondern vom Leser. Die beiden Dinge geraten allein durch die Satzfolge ineinander. Durch scharfe Beobachtung, so direkt und nackt wie das Augendrehen. Der Dialog entfernt sich nicht vom Wortwechsel. Die Sätze behalten den Redetakt. Sie unterlaufen das Gewöhnliche, indem sie ihm zum Frösteln nahetreten. Der Tag, der Monat, der Ort, die Personen – bei Jürgen Fuchs bleibt alles im Besitz seines Klarnamens, und jedes bleibt, wie es wirklich passierte. Keine Fiktion im Inhalt, nur Erfindung im Ausdruck. Auf dem Millimeterpapier der Wirklichkeit trifft der Autor die richtige Wahl der Momente: mal wird erwähnt, mal übergangen. Es wird gestreift oder vertieft, wiederaufgegriffen oder fallengelassen, insistiert oder abgebrochen. Diese spannende Dramaturgie ist dem Erlebten nicht ohne weiteres abzuluchsen, sie muss durch Sprache erfunden und literarisch konstruiert werden. Weil dies Jürgen Fuchs so gut gelingt, glaubt man, die Wirklichkeit hat sich in diesen Texten selber aufgeschrieben. Dass die Spracharbeit so unauffällig wird, kommt aus dem Sprachgefühl des Autors. Er erzeugt das Verletzbare im Zusammenhalt der Sätze, dieses lange Schwingen der kurzen Momente, wenn sich beim Lesen ein Bild im Kopf niederlässt. In der Art, wie sich die Einberufungs- und Kastanienzeit berühren, entsteht dokumentarische Poesie.

Auch in der Art, wie der graue Stahlhelm des Offiziers es mit dem kleinen grünen Apfel des Rekruten Pilz zu tun kriegt, »am letzten Tag, als die Abfahrt nahe war«. Da berauschen sich im Esssaal alle durchs Brot-, Käse- und Wurstschmeißen an einer verbotenen Freiheit. Nur der kleine grüne Apfel in der Hand von Pilz ist eine Sekunde zu spät. Bevor er ihn werfen kann, kommt der Stahlhelm in den Esssaal herein: »den Riemen geschlossen, die Pistolentasche geöffnet, und geduckt« – so rennt er auf den Apfel zu. Pilz hat noch gar nichts verbrochen, er hat erst ausgeholt zum Werfen. Die Handbewegung mit dem Apfel wird aber bestraft, ganz allein für alles, was weggeworfen wie Abfall herumliegt.

»Stille. Ducken«, schreibt Jürgen Fuchs. »Eine Zurücknahme der Bewegung. (…) Die Wurfgeschosse wurden unauffällig auf Tische und Teller zurückgelegt, auch fallen gelassen, dicht an den Hosenbeinen vorbei. (…) Käse klebte an den Wänden, Mettwurstringe verzierten die Lampen, Brotscheiben den öligen, grauen Fußboden, Flecken von Margarine, ›Sahna‹.«[3]

Dann springt die Beobachtung und setzt noch eins drauf: Es ist für alle Beteiligten ein Stückchen freier Nachmittag auf der Uhr, Müßiggang, jeder hängt mit sich zwischen den anderen herum. Nur Pilz ist abgeführt worden. Er hat seinen kleinen grünen Apfel mitgenommen. Keiner denkt mehr an ihn, er wird jetzt für alle gequält. »Wie schnell die Angst kommt«, schreibt Jürgen Fuchs. (…) »Wie viele werden wir gewesen sein? Hundert, hundertfünfzig. Mit Pilz hunderteinundfünfzig.«[4]

Jede Angst, die man denkt, macht unterlegen. Darum soll man sie vergessen, wenn man gehorchen muss: »Das wußte ich von den (...) Fahnenappellen: Gerade die bewußt-genaue Erfüllung eines Auftrags, der formvollendete Gruß, der Arm, der in der Zeitlupe einknickt, die Hand, die an den Käppirand federt, die Augen, die starr auf dem Vorgesetzten ruhen – können die Unterwerfung aufheben, weil sie etwas tun ohne das Wichtigste: ohne Angst.«[5]

Viele Jahre sind passé, und die grüne Apfelangst wird zur Angst vor dem weißen Apfel. Das passiert im »Handtuchzimmer« der Gauck-Behörde, wo Jürgen Fuchs sitzt, um – wie er sagt – die Freunde aus den Akten »zu bergen«. Er sitzt allein und doch nicht: der Häftling, der er damals war, stelzt durch sein Gedächtnis. Er sieht das Gewesene: »Im Spion zeigt sich das überwachende Auge, ein Augapfel, den kannst du nicht pflücken«.[6]

In die Häftlingszeit gehören auch die mitgebrachten Äpfel beim ersten Gefängnisbesuch seiner Frau. Mögen sie doch, außer Äpfeln, noch etwas anderes bedeuten: »Ich zähle die Äpfel und Apfelsinen«, schreibt Jürgen Fuchs, »und ermittle den dazugehörigen Buchstaben in der alphabetischen Reihenfolge. Ohne Erfolg.«[7]

Wie Jürgen Fuchs die Realitätstreue sprachlich durchhält, macht das Gewöhnliche zur Sensation. Überraschend kreuzen sich im Satz die Details, so überzeugend nachempfunden, als gäbe es gar kein anderes Auffädeln der Augenblicke. Dieser eine Wortlaut ist zwingend, wie er hier steht.

Die Literatur des Jürgen Fuchs dokumentiert emotional. Der staatlichen Maßnahme entlang zieht sich bei Jürgen Fuchs immer dieser private, gefährdete persönliche Besitz der eigenen Lebenszeit. Deshalb erhalten die Porträts all diese Schichtungen. Sie werden aus sich heraus kompliziert, weil sich der Autor gar nicht vornimmt, sie vom Geschehen zu separieren. Umgekehrt: Jürgen Fuchs setzt die äußeren Schauplätze innen ein. Alles aus der Umgebung kriegt innerliche Bedeutung. Die Person wird möbliert mit ihrer Umgebung, und die Umgebung wird durchkreuzt von der Person. Sie partizipiert. Aus diesem gemischten Paket sind die Zustände gebaut – immer auf kleinstem Raum, sparsam im Wort. Der Satz leistet sich nur das, was sein muss.

Oft kommen viele Personen zueinander, und jede von ihnen wird erst allmählich erkennbar. Sie war lange im großen Zusammenhang drin, bevor der Autor sie heraushebt, ihr den Rahmen für kurze Zeit wegzieht. Dann steht so ein Mensch plötzlich einzeln, von nichts mehr umgeben, eine Weile wie geliehen zum Anschauen im Satz. Denn ein nächster Satz schickt die Person, gebrechlich wie sie ist, in den Zusammenhang zurück, um sie dann unerwartet mittendrin noch einmal zu präzisieren.

I: Guten Tag, Herr Fuchs, möchten Sie eine Tasse Kaffee trinken?

Nein, danke.

I: Ach, Sie glauben wohl, da ist was drin? Na, zu verstehen wäre es, andere Geheimdienste, CIA zum Beispiel, auch die GPU unter Stalin, die haben mit Mittelchen gearbeitet, daran denken Sie sicher. Aber, zur Beruhigung, das haben wir gar nicht nötig, wir haben nämlich Zeit. Sie werden noch bemerken, welche Rolle das spielt. (…)

Posten bringt Kaffee.

I: Der Kaffee ist für Sie.

Nein, danke.

I: Trinken Sie nur, is nichts drin, und wenn, ist es eine Erfindung des Klassenfeindes ... *Lacht*[8]

Wie eine Theaterszene hat Jürgen Fuchs das aufgeschrieben. Beim Lesen inszeniert man und fragt sich: Hat der Vernehmer einen schwachen Moment, nicht mehr alle Tassen im Schrank, wenn er mit dem Häftling eine Tasse Kaffee trinken will? Hat er gute Laune, oder will er den Häftling beobachten beim Wort Gift, das er im Diminutiv des Größenwahns »Mittelchen« nennt? Er probiert das Geschmeidige, um den Häftling zu ekeln. Weiß er, dass die Tasse nicht aus Angst vor Vergiftung abgelehnt wird, sondern aus Prinzip, aus der Verweigerung der Intimität, die sich ergibt, wenn ein Täter und sein Gequälter miteinander Gleiches tun? Die Gleichschaltung der Gesten wird vom Häftling zurückgewiesen, dieser Hinterhalt durch gleiches Hantieren mit gleichen Tassen, dieses gleiche Krümmen und Strecken des Arms beim Heben und Hinstellen. Das gleiche Mundöffnen und leichte Schlürfen am Tassenrand, das gleiche Hüpfen des eigenen Kehlkopfs beim Schlucken – es wäre alles genau wie beim Vernehmer. Diese Gleichheit will der Häftling weder sich selber antun noch an dem anderen sehen.

Der Vernehmer hatte alle Tassen im Schrank, nicht nur alle Kaffeetassen, sondern noch ganz anderes Geschirr. Das Unsichtbare der »Fototermine«, das Erbrechen, Übelkeit und Schwächezustände verursachte. Dieses Geschirr meinte er mit dem Satz: »Das haben wir gar nicht nötig, wir haben nämlich Zeit.« Eigentlich hätte er sagen müssen: Wir haben deine Todeszeit.

Im Stasi-Gefängnis Hohenschönhausen gab es gleich nach 1989, als Mielke »seine eigenen Gebäude kennenlernte«, wie Jürgen Fuchs sagt, schon Besichtigungsrundgänge.

> (...) Busse fuhren vor, Journalisten, Politiker wollten mal gucken. Ich bin mitgetrabt, ein Herr mit Schlüsselbund gab Erklärungen, ein Angestellter, ein Verwalter, kein ehemaliger Häftling. Kurz sah ich in meine Zellen hinein, 107, 106, 332, 306, 307, 117, sehr kurz, nur ein Blick. Ein Mann in blauem Kittel öffnete die Tür zum Vernehmertrakt, ich wollte, daß er sie aufschließt. Er sah mich kurz an, nur ein Lidschlag. (...) Wir kannten uns nicht, aber erkannten einander. Du bist einer von der anderen Seite, dachten der eine, der andere.[9]

Und eine Seite später ist man dann außerhalb der Wände und liest:

> Ein Mann stand noch im Hof rum, hielt sich abseits. Du warst drin, fragte ich. Er nickte, wir kamen ins Gespräch. Detlef Grabert hieß er. (...) Was hast du gemacht, fragte ich, er zögerte. (...) eine Scheune sollte ich angezündet haben als junger Kerl, Sabotage, Brandstiftung wurde mir unterstellt, was Kriminelles, du weißt, wie das geht, wie sie es machen. (...) Ja, sagte ich. Hast du sie angesteckt? Nein, sagte er (...). Ich war so ein Frecher, Kofferradio, laut Rias hören und nach Westberlin fahren. (...)[10]

Die Geschichte geht weiter. Wie in den vorherigen Beispielen die wirklichen Kastanien und der wirkliche kleine grüne Apfel ins Surreale steigen, tritt aus dem Nichts ein wirkliches Kätzchen mitten ins Bild:

> (...) der klimatisierte Reisebus kurvte leise an uns vorbei, federte über das Pflaster, entschwand. (...) Mit einem Summton begann sich das große Tor zu schließen. In der Wache, hinter einer Glasscheibe, saß der Kittelmann, er lächelte, hielt das Tor kurz an, eine Katze wollte noch hinein. (...) Schluß für heute, das Publikum ist weg, das Kätzchen drin, da stehen noch zwei Ehemalige.[11]

Wenn Jürgen Fuchs erzählt, wird das Banale erregbar. Jede Winzigkeit kriegt ihren eigenen antastbaren Nerv.

Im *Fassonschnitt*, auf der Bahnreise zum Grenzregiment, beobachtet Jürgen Fuchs im Gesicht des Offiziers den »Blick der kleinen Bahnstationen«. Mir ist diese Formulierung nicht mehr aus dem Sinn gegangen. Ich habe sie dem Offizier wegnehmen und Jürgen Fuchs zurückgeben müssen. Denn es gibt für seine Art zu beobachten, für diese dokumentarische Poesie keinen besseren Ausdruck als »der Blick der kleinen Bahnstationen«. Außer dem genauso guten, der auch von ihm selber ist und auf der ersten Seite seines letzten Buches *Magdalena* steht: »Der aktuelle Augenblick zeigte seinen Größenwahn.«

Ja, es ist der Größenwahn der Stille, wenn sich dem Häftling auf der harten Pritsche in den stillen Schädel das vor Zartheit beklemmende Porträt seiner Frau stellt. Wenn er sich in der Einsamkeit hinter Schloss und Riegel dieses Porträt in den eigenen Mund sagt, hat man Angst beim Lesen, dass die Zunge diesem Einsamen zur Schiefertafel wird mit einer weißen Schrift drauf. Wieder diese großartige Mischung: ein Satz für die Geliebte, ein Satz für die Aufseherin. Eine Gratwanderung, im Text optisch gekennzeichnet: Die er liebt, kriegt bei jedem Erwähnen Anführungsstriche, und die sehen beim Lesen auf einmal wie Wimpern aus. Der anderen Frau, der Bewacherin, gehören die Balken zwischen den Sätzen. Und dann werden die kurzen Wechsel von den Wimpernsätzen zu den Balkensätzen einem plötzlich im Kopf wie das Klapp-Klapp der Schritte auf dem Gang. Die Störung der intimen Gedanken im Kopf durch die Schritte im Gang ist in diesem Text graphisch dargestellt, ohne einen Buchstaben damit zu vergeuden. Man müsste den Text, um ihm gerecht zu werden, mit zwei verschiedenen Stimmen sprechen. Oder doch nicht, im Text spricht nur einer, der dieser Frau gehören will und nicht kann, weil ihn der Staat von ihr weggesperrt hat:

> »Am schönsten ist L., wenn sie zögert« / eine Frau steht im Gang / »am schönsten ist L.« / eine Frau steht im Gang und trägt eine Uniform / »wenn sie zögert« / eine Frau steht im Gang und ist ein Posten / »am schönsten ist L., wenn sie zögert« / eine Frau steht im Gang.[12]

An anderer Stelle sagt der Autor es deutlich, spricht von der »Verelendung der Liebe« in den Zellen, von den Ersatzhandlungen durch erzwungene Homosexualität und Selbstbefriedigung: »Darüber spricht man nicht: Das vom Posten beobachtete Krampfen unter der Bettdecke, das verzweifelt einer kleinen Entspannung entgegenhastet und nicht gesehen werden will.«

Von den *Vernehmungs-* und *Gedächtnisprotokollen*, über *Fassonschnitt*, *Das Ende einer Feigheit*, über die Essays bis hin zu *Magdalena* – eine so selbstverständliche wie zuverlässige ethische Haltung verbindet die Bücher von Jürgen Fuchs, dass die Sätze, wenn man sie aus verschiedenen Büchern durcheinander zitiert, einander begründen. Sie sind füreinander geschrieben und stellen eine klare Bedingung. Und die heißt: persönlicher Anstand. Mir kommt, wie sie das tun, so intuitiv vor, wie die Großmutter ihren Brief schreibt, als ihr Enkel ein Grenzsoldat wird: »Auch wenn du zur Armee gehen mußt, lieber Jürgen, du darfst nicht töten.«[13] Weil sie ihr Enkelkind auch nach der Armee lieben will, hat diese Bäuerin aus dem Erzgebirge für diese Liebe ganz pragmatisch ihre Bedingung gestellt und im einfachsten Satz mitgeteilt.

Aus der Statistik weiß man heute, alle zehn Tage wurde ein Flüchtender von Grenzern getötet. Man muss heute sagen, alle zehn Tage hat mindestens einem Soldaten so ein Brief gefehlt.

So ein lakonischer, kurzer Brief hat eine Langzeitwirkung. Er ist noch Jahre später gültig, als der Soldat verjährt ist, bereits zum Staatsfeind und Häftling geworden ist. Sein Mithäftling, ein Spitzel, macht »Zellenkrieg«, ganz wie die Stasi ihn lehrte. Er will die Selbstbeherrschung seines Gegenübers kippen, betreibt lückenlos die Ausreizung seines Stillhaltens. Es wäre fast gelungen, dass die Bedingung der Großmutter, diesmal ganz ohne Waffe, mit bloßen Händen missachtet wird:

> An einem warmen, sonnigen Tag, die Zelle war ein schweigender Käfig voller Gewalt und Instruktionen, wollte ich töten. Ich setzte mich auf, legte ein Buch weg, stützte mich auf die Pritsche, sah ihn an. Da sah ich die

Angst in seinen Augen. Die Angst war ein leerer Augapfel an einem starken Stamm. (...) Der Tod war in die Zelle gekommen. Da erschrak er. Da erschrak ich.

Vor diesem warmen, sonnigen Tag habe ich Angst.[14]

So schreibt Jürgen Fuchs spät, es ist bereits die Zeit der Gauck-Behörde: »Etwas sehr Nahes kam ins Handtuchzimmer. Davon wußten andere nichts.«[15]

Es ist bereits die Zeit des Überblicks: »Auch einige Tote schwammen neben uns, man konnte sie wegdrücken, aber sie kamen immer wieder hoch. Katjas Schwester Eva, Lilos Mutter, Matthias Domaschk, Peter Beitlich ...« Domaschk wird grundlos von der Stasi aus dem Zug gefischt, ins Auto gesteckt, in die Irre gefahren, verhaftet, ausgequetscht und zu Geständnissen gepresst. »Steig nicht ein, Matthias. Sie machen Tempo und planen was«, schreibt Jürgen Fuchs. Matthias Domaschk wird erhängt gefunden. Niemand weiß, wie es geschah. »Du bist eingestiegen, Matthias«, bedauert Jürgen Fuchs. Es ist eine der gehetztesten, leidenschaftlichsten Geschichten im Roman *Magdalena*.

Sich selber töten, getötet werden, den anderen töten. Letzteres, wie Jürgen Fuchs gesteht, dem Töten des anderen auf Haaresbreite nahe gewesen zu sein, hat ihn erschreckt. Und das Porträt des Mithäftlings:

Im Handtuchzimmer, als die Akte auf dem Tisch lag, sind plötzlich alle Geräusche wieder da, die Schritte des Postens auf dem Gang, ... der Mithäftling, der Geruch seines Pfeifentabaks, wie seine Brille aussah, sein Oberkörper, das Knastunterhemd, der Trainingsanzug (...), wie er seine Hände bewegte, den Kopf hielt, die gelichteten Haare kämmte vor dem Spiegel.[16]

Ich ahne beim Lesen so viel über diese Person, weil der Autor es beim Aufzählen belässt und nichts beschreibt, weder Hände noch Habseligkeiten. Er lenkt nicht mit Eigenschaften ab, es geht in den Sätzen um das Nichtgesagte: die Nähe zum Töten. Wie schnell so was gehen kann, wenn jemand gedemütigt, viel zu lange zahm geblieben und nicht im letzten Moment vor sich selber erschrocken ist.

Jürgen Fuchs hat seine Sprache am Erschrecken vor sich selbst gemessen. Und parallel dazu erfahren müssen, dass die Staatssprache nur zitiert werden kann, dass jedes hinzugefügte Wort sie mildert und einer Vorstellung beikommen will, die man nicht aushält. Jürgen Fuchs zitiert die Amtssprache der Stasi aus dem Abschlussbericht über »Schädigung durch Beibringung radioaktiver Stoffe«.

»Hohe kriminalistische Relevanz durch Fehlen eines Sinnesorgans für die Wahrnehmung, Manifestierung irreversibler Schäden bereits während der langen Latenzzeit und effektive Dosen bereits im Mikro- bis Milligrammbereich!« Hinter Milligrammbereich steht ein Ausrufezeichen. Zwischen »hohes Verschleierungspotential« und »Beschaffung durch Diebstahl / illegalen Erwerb aus kerntechnischen Anlagen« liest man die Krankheit, an der Jürgen Fuchs gestorben ist: »zu Siechtum führende Blut- / Knochenmarkschäden und Krebs entsprechend der kritischen (Ziel-)Organe«.[17]

Das zitierte Dokument ist vom »5. Oktober 1987, Auftraggeber: Humboldt-Universität zu Berlin, Sektion Kriminalistik«. Ich frage mich, studiert man die Wirkung von Radioaktivität auf den menschlichen Körper wirklich nur zum Pakete- und Briefeöffnen, wie die Stasi später behauptet hat?

»Muß man eine Erfahrung zweimal machen?«, fragt

Jürgen Fuchs. Und antwortet: »Ja, bis man es weiß. Bis du weißt, warum du mitmachst.«

Dann dreht sich das Rad mit den Varianten:

Was sie aus dir machen.
Was du aus dir machst.
Was du aus dir machen lässt.
Was du mit anderen machst.
Was andere mit dir machen.[18]

Varianten, als ginge es um die Grammatik des Verbs. Aber es geht um die Verhaltensgrammatik des Ich und Du und Dir und Sie – des Subjekts. Diese Grammatik des Tuns, die jede Tat noch während des Tuns bewertet, hat Jürgen Fuchs nie vernachlässigt. Und er hat andere daran messen müssen, weil er zuallererst sich selbst daran gemessen hat.

Er hat sich dadurch wie kaum jemand sonst exponiert. Viele Leute müssen ihn auf sich beziehen. Von den einen, in deren Namen er spricht (zu denen ich mich zähle), wird er bewundert. Von den anderen, die seine Wahrheit nicht aushalten, bis heute gehasst und verleumdet. Die einen bestätigt er im Eigenen, den anderen verrutscht ihre Lebenslüge mitsamt aller fix eingerichteten Rechtfertigungen. Für beide Seiten wurde Jürgen Fuchs zum Symbol. Und beide Seiten sprechen oft über die politische Person Jürgen Fuchs, aber selten von der Qualität seiner Literatur.

In der großen Dringlichkeit der Verhaltensgrammatik, wie sie in seinen Büchern steht, ist das literarische Werk des Jürgen Fuchs ins Abseits geschoben worden. Den Gehässigen konnte das nur recht sein. Den Bewunderern reichte es auch so. Jürgen Fuchs musste es kränken.

Seine Literatur ist Sprachkunst mit dem »Blick der kleinen Bahnstationen«, emotionale Nahaufnahme des einzelnen Lebens im Sozialismus, dokumentarische Poesie. Die Texte belehren nicht, aber sie vergrößern die Augen. Man kann ruhig sagen, sie erziehen durch ihre Authentizität. Wer ins Äußere und Innere von Macht und Ohnmacht einer Diktatur schauen will, wird sie lesen müssen.

Jürgen Fuchs wollte sich nie mit Erfindungen verkleiden. Er hat das geschrieben, was Georges-Arthur Goldschmidt »Autofiktion« nennt. Seine Erfahrungen haben sich ihn zum Autor genommen. Das Thema hat ihn gewählt, nicht umgekehrt. Und er hat sich dem Thema gestellt. Und er hat es in den Auf- und Abstieg von Sprache verwandelt. In eine einzige durchgehaltene Konstruktion, einen seltsam geraden Weg. Was er über das Schweigen schreibt, kennzeichnet sein eigenes Sprechen:

> Vielleicht nach dem fünfzigsten Verhör begann das Schweigen. (…) Nach innen führt ein seltsam gerader Weg, er hat Farben und Töne, es ist ein Auf- und Abstieg.[19]

Wenn mein Körper mich im Stich lässt

Zum Tod des Schriftstellers E. M. Cioran

»Jedesmal, wenn die Zeit mich foltert, sage ich mir, dass einer von uns beiden zerspringen muss, dass es nicht möglich ist, endlos in diesem grausamen Auge-in-Auge zu verharren …«, schreibt E. M. Cioran.

Nun ist er da, der Tod, dem Cioran mit der präzisesten, schärfsten Schneide der Sprache das Sagen verwehrt hat. Und wenn sich ein Tod vor seiner eigenen Absicht jemals hat fürchten müssen, dann wird es wohl diesmal gewesen sein. Er wird es schwer haben zu bestehen, vor einem Menschen, der ihm den Schrecken so souverän genommen hat. Der die Lebenstüchtigkeit verwandelt hat zur Kunst des Scheiterns.

1911 wurde E. M. Cioran in Rumänien als Sohn eines rumänischen Pfarrers geboren. Geburt und Tod zu begleiten war dem Vater ein Beruf. Und die Selbstverständlichkeit des Verlierens und Sterbens war Umgebung, überall dort, wo Menschen versuchten zu leben. Auf der einen Seite stand das hilflose Leben in einer lauernden Umgebung, aus schonungslosem Aberglauben und abgründig poetischer Folklore. Auf der anderen Seite stand das glatte Gebet, bedingungslos kniend vor Gott. Dieses Knäuel hat Cioran im Kopf mitgenommen, als er 1937 nach Paris ging, um zu studieren. Und mitgenommen hat er, wie das Leben stolpert am Rande des Gebets. Wie dabei nichts gesagt, nichts gefragt werden muss, weil es das Scheitern und den Tod gibt – einfach so.

Dieses Land hat Cioran nie mehr betreten, die Türen der Vereinnahmung, durch welche immer die Falschen, die Landsleute kommen, hat er bewusst zugeschlagen. Die rumänische Sprache hat er im Schädel innen ausgeklammert und sich nach außen hin verboten. Als Staatsgast eingeladen nach dem Sturz Ceauşescus, sagte er: »Ich werde mein Land nicht als Staatsgast besuchen, was stellen die sich vor. Aber die Sprache rächt sich an mir, je älter ich werde, um so öfter träume ich auf Rumänisch. Und ich kann mich nicht dagegen wehren.«

Und in Frankreich blieb Cioran staatenlos, nahm das Angebot auf französische Staatsbürgerschaft nie an.

Und dennoch, als ich zum ersten Mal in Paris und nur zu Besuch war, suchte er mich. Und einer der Gründe dafür, vielleicht sogar der wichtigste, war, dass an mir dieses Land des allseitigen Scheiterns hing. Wenn er etwas verbieten könnte, sagte er, würde er meine Rückkehr verbieten. Er sprach von der besinnungslosen Vergeudung jeder Substanz, von seiner Jugend und all den zerbrochenen Existenzen dieser Jahre. Von seinem Freund, der nur noch trank, statt, begabt wie er war, Literatur zu schreiben. Von dem offenen Fenster, vor dem die beiden mitten in der Nacht gestanden hatten. Auf die Vorwürfe Ciorans sagte der Betrunkene in den sternblitzenden Himmel hinaus: »Gott, vergib mir, dass ich Rumäne bin.«

Bevor wir uns trafen, war Cioran durch einen Park gegangen und auf dem vereisten Weg gestürzt. Sein Knie war aufgeschürft und blutete. Aber er sah nicht den vereisten

Weg als Grund für den Sturz. Er sagte, nachdem mein Taschentuch, das er gar nicht haben wollte, um sein Knie gebunden war: »Ich suche Sie, und schon stürze ich, schon bin ich Rumäne.«

Das Land hat Cioran wie kein anderer abgelegt. Aber behalten hat er sich den individuellen Rückgriff, in dem, die Dinge auf ihr Eigenstes gebracht, nicht mehr zu erkennen sind. Er lebte in der Distanz der zerschnittenen Nähe. Und in der durchdachten Verweigerung vor dem Gebrauch des Menschen. Diese ist radikalste Konsequenz einer jugendlichen politischen Verirrung – der Sympathie für den rumänischen Faschismus, dem er wie viele rumänische Intellektuelle jener Zeit (auch Mircea Eliade) in dem Buch *Schimbarea la față a României* (*Die Verklärung Rumäniens*) 1937 das Wort geredet hatte.

Nur der Weggang, und danach das Aussperren des Mitgebrachten, sagte er, habe ihn davor gerettet, nicht in der Menge kollektiv zu scheitern. Nur ganz auf sich selbst gestellt, konnte er das Scheitern in Anspruch nehmen, ihm die Sinnlosigkeit ins Gesicht schreiben, die es immer zu verstecken trachtet, um uns zu überfallen.

In die Sinnlosigkeit allen Tuns hatte Cioran sich eingeübt. Der Lebensekel war sein Hunger darauf. Aber das Altern wurde durch seine fortschreitenden physischen Gebrechen für den rücksichtslos gegen sich selbst gerichteten, intakten Verstand ein Skandal. Auch wenn Cioran den jungen Körper, wie er einmal war, den funktionierenden Rhythmus der Tätigkeiten verachtete, wurde die Mühe des Alterns ihm zur Demütigung. Die letztlich aus jedem über den Tod geschriebenen Satz gewonnene Souveränität Ciorans machte es ihm schwer, das Zerbrechen der körperlichen Routine vor Augen, vor die Augen der anderen zu führen. Was man so gerne hingenommen hätte, vergrößerte er im Wort. Er machte darauf aufmerksam, ohne zu klagen. Man sollte es wissen, bevor man zu etwas anderem im Gespräch überging: Da steht einer, dessen Beine schleppen, statt zu tragen, dessen Hände vertropfen, statt ins Glas zu gießen, dessen Mund beim Essen den Bissen fallenlässt, statt zu schlucken. Cioran bestand darauf, das nicht zu übersehen. Er bestand darauf, weil er schonen wollte, durch die einzige Art, in der Schonung gültig bleibt: Man schaut klar in das hinein, was Schonung nötig macht.

Man traf sich zum Essen. In solchen Augenblicken lag der Satz Ciorans: »Wenn mein Körper mich im Stich lässt, frage ich mich, wie ich mit einem solchen Aas gegen die Abdankung der Organe kämpfen soll« sichtbar auf dem Tisch.

Man griff nach Messer und Gabel, nach dem Glas und fasste diesen Satz an.

Die Angst kann nicht schlafen

Zu den Gedichten Theodor Kramers

Die Verfolgung endete für Juden im Nationalsozialismus entweder im Konzentrationslager oder im Exil. Dazwischen gab es nur das jahrelange Versteck in abgestellten Schränken oder entlegenen Häusern. Jeder Jude erlebte in dieser Zeit den tagtäglichen Raub der Selbstverständlichkeit. Er ist das große zweite Thema der Gedichte von Theodor Kramer. Das große erste Thema ist die Todesangst in den Schützengräben des Ersten Weltkriegs. Kramer wird 1915 als Offiziersanwärter eingezogen, 1916 schwer verwundet durch einen Schlund-Oberkiefer-Schulter-Durchschuss. Für die Ärzte ein hoffnungsloser Fall, kann er dennoch gerettet werden. 1917 wird er wieder eingesetzt in Ungarn zur Bewachung von Kriegsgefangenen. Nach einem Jahr wird er nach Hause entlassen und zum Leutnant der Reserve ernannt. Er inskribiert an der philosophischen Fakultät der Wiener Universität und wird nach vier Monaten wieder eingezogen, diesmal an die italienische Front geschickt. Der Krieg endet für ihn mit einem Fußmarsch aus dem Friaul nach Wien. Den Ersten Weltkrieg hat Kramer mit beschädigter Gesundheit und labilen Nerven überlebt.

»Vielleicht hab ich es leicht, weil schwer, gehabt«, heißt die Lebenschronik über Theodor Kramer, die Erwin Chvojka und Konstantin Kaiser herausgegeben haben. In

Kurzzusammenfassungen und Briefen von und an Kramer umreißt diese Lebenschronik Kramers Existenz zwischen Verfolgung, Versteck, Exil und verspäteter, ängstlicher Rückkehr. Die fortwährende Gehetztheit seines Lebens wird so deutlich, dass einem jeder Kommentar vergeht:

1936 schreibt Kramer: »Daß jeder für sich aber an der ›Rassenfrage‹ leidet, ist wohl klar. Ich sehe nicht nur praktisch, sondern auch theoretisch so gar keine Lösung. Es kommt hinzu, daß ich als Lyriker der deutschen Sprache tief verbunden bin, von meinen Neigungen ganz zu schweigen.« Und er schreibt: »Ich will in der Lyrik auch manches von dem geben, was sonst der Roman gibt.« Noch 1936 schreibt Kramer: »Ein großer Kummer von mir ist, daß meine Sachen noch nicht vertont wurden.«[1]

1937 schreibt er schon: »Komponiert hat mich einer, schreibt mir aber ›Mit deutschem Gruß‹; das wird für uns beide sehr peinlich werden.«[2]

Denn im Juli 1936 wurde das Abkommen zwischen Hitler und dem österreichischen Bundeskanzler Schuschnigg getroffen. Dadurch wurde die seit 1933 in Österreich verbotene NSDAP halblegal und gewann schnellen Einfluss in Österreich.

Im März 1938 wurde der Einmarsch Hitlers in Wien bejubelt.

Im Mai müssen Kramer und seine Frau Inge Halberstam die Wohnung verlassen und zu Kramers Mutter ziehen.

Im Juni stellt das Ehepaar Kramer beim Generalkonsulat der USA ein Gesuch zwecks Einwanderung in die Vereinigten Staaten.

Im Juli erleidet Kramer einen Nervenzusammenbruch.

Im August unternimmt er einen Selbstmordversuch.

Im September wird er mit Frau und Mutter in eine andere Wohnung eingewiesen. Beim Anstehen auf der Straße für eine der unzähligen Bescheinigungen für die Ausreise wird er von einem SS-Mann an den Knöchel getreten und bekommt eine langwierige Sehnenentzündung.

Ein Freund Kramers schreibt in einem Brief: »Seine Gesundheit ist durch zwei Übersiedlungen und üble Behandlung in einer SA-Kaserne stark mitgenommen. Wie durch ein Wunder ist er bis jetzt der Verhaftung entgangen.«

1939 stehen alle Bücher Kramers auf der »Liste des schädlichen und unerwünschten Schrifttums«.[3]

Kramers Frau kann im Februar 1939 Wien mit einem britischen Dienstbotenpermit verlassen.

Erst Ende Juli kann auch Kramer Österreich endlich verlassen, seine Mutter bleibt in Wien zurück. Sie muss noch in mehrere Sammelwohnungen übersiedeln, ehe sie 1942 nach Theresienstadt deportiert und ermordet wird. Erst 1946 erfährt Kramer von ihrem Tod.

In England angekommen, müssen Kramer und seine Frau vor das Tribunal zur Überprüfung der Ausländer. Sie dürfen sich nur im Kreis von fünf Meilen auf freiem Fuß bewegen. Jede weitere Entfernung vom Wohnort muss bei der Polizei beantragt und genehmigt werden.

1939 schreibt Kramer in einem Brief: »In England sind wir an unser Permit gebunden, das uns nur Arbeit im Haushalt gestattet; dieser Arbeitsmarkt hat sich hier ganz wesentlich verschlechtert. Wir hatten hier nur ganz vorübergehend Arbeit; ich selbst hatte steinigen Grund zu roden.«[4]

In einem Brief Kramers von 1940 steht: »Nach Weihnachten mußten wir umziehen und ich wohne in einem hässlichen, eiskalten Zimmer. (…) Die einzige Hoffnung besteht in der Tatsache, daß ich nach meiner Ankunft in England nach 1½-jahrelanger Pause eine Reihe wirklich guter neuartiger Gedichte schrieb.«[5]

Zwischen 1941 und 1942 ist Kramer monatelang krank.

In einem Brief Kramers von 1942 steht, er habe »persönliche Gedichte der Krankheit, des Heimwehs, der Verzweiflung, einige Zeitgedichte neuer Färbung, einige seltsam glückliche Liebesgedichte« geschrieben, »über die ich im Nachhinein das Staunen nicht verlerne, das Staunen darüber, wie weit ich aus mir herausgegangen bin (…), aber es gibt eine Linie, hinter der ich verschlossen und schamhaft bin, sonst«.[6]

Ab 1943 arbeitet Kramer als Bibliothekar an einem Technical College in Guildford, Südengland. Zu dieser Stelle gehört aber »die Separation von seiner Frau«, wie ein Freund Kramers schreibt. Diese führt mit der Zeit zum Zerbrechen der Ehe.

1946 schreibt Kramer: »Ich könnte jetzt wahrscheinlich eine Stellung in Wien (…) haben, später dürfte sich sehr schwer dort etwas für mich finden. Ohne richtige Kost und ohne Medikamente aber dürfte ich bald zugrunde gehen. Ich sollte drüben Eindrücke aufnehmen und gestalten, ferner das Leben meiner Landsleute teilen, da ich fortfahre Gedichte in deutscher Sprache zu schreiben und mich noch immer als einen österreichischen Dichter betrachte (…)«[7]

1947 schreibt er: »Daß ich bald nach Wien zurückgehe, ist ganz unmöglich (…)«[8] Fritz Brassloff, der seit '47 in London beim Büro des Jüdischen Weltkongresses arbeitet und Kramer näher kennenlernt, schreibt:

Er hätte gern häufiger Erich Fried getroffen, den er schätzte, damit dieser ihm beim Feilen von Texten helfe, er nannte es »Putzen«. Nach dem Essen empfahl sich Kramer bald, um sich, wie er mit lüsternem Zwinkern sagte, Soho – das Stadtviertel des »Lasters« – anzusehen.

1948 schreibt Kramer in einem Brief: »Ich hab aber noch, allerdings ungefeilt, Material. Für einen umfangreichen England-Band ([...] Flüchtlingsgedichte [...]). Einen Band Fress- und Saufgedichte, wie man sie von mir bereits kennt. Einen Band, der nur als Privatdruck erscheinen könnte. (Huren, lesbische Liebe, andere Abwegigkeiten). (...) Ich sehe gar keine Möglichkeit, auch nur mit einem Bruchteil dieses Werks zu meinen Lebzeiten veröffentlicht zu werden (...)«[9]

1950 erleidet Kramer einen Nervenzusammenbruch.

1952 erklärt Kramer in einem Brief, warum er mit einem alten, in Wien gebliebenen Freund, der in der NS-Zeit an einer Tagung mit Goebbels teilgenommen hatte, nicht mehr befreundet sein kann: »Gewiß hat niemand das Recht, von jemandem anderen zu verlangen, daß er ein Märtyrer ist. Aber insbesondere seit dem ersten Weltkrieg sollte, meiner Meinung nach, ein Schriftsteller ähnliche Standesvorschriften beobachten wie ein Priester oder ein Arzt. In solchen Fällen ist man sein eigenes Gewissen (...)«[10]

1954 schreibt Kramer: »Ich muß Ihnen wohl sagen, daß ich weiterhin Demokrat bin, aber kaum im Parteisinn Sozialist; Marxist war ich nie. Obwohl ich ein notorischer Feigling bin, würde ich in meiner Eigenschaft als Dichter meine Haut gegen jede Diktatur zu Markte tragen.«[11] 1956 erleidet Kramer eine Gesichtslähmung.

1957 im April einen Nervenzusammenbruch, er wird in eine Heilanstalt eingewiesen.

Fritz Brassloff, der Beamte des Jüdischen Weltkongresses in London, berichtet:

»Im Einvernehmen mit den zuständigen österreichischen Stellen und auf ihre Kosten brachte ich Kramer nach Wien; er wäre allein nicht reisefähig gewesen. [...] Ich (...) nahm ihn von der behandelnden Ärztin in Empfang. Sie versicherten mir, daß er ausreichende Beruhigungsmittel erhalten hatte.«[12]

Nach Kramers Heimkehr im September 1957 befragt, sagt ein Freund in Bezug auf den staatlichen Begleiter Fritz Brassloff: »Ich erinnere mich, daß ich ihn und Kramer, mit einem Taxi, vom Flughafen abgeholt habe. Daß Kramer stumm war und schwitzte, und daß er mich immer wieder, ängstlich oder was, von der Seite ansah. Das erste, was Brassloff zu mir sagte, war: ›Jetzt haben Sie ihn.‹ (Kramer: Seitenblick auf mich). Ich erinnere mich, daß ich im Taxi eng neben dem dicken und dick angezogenen Kramer saß, der die ganze Zeit über schwieg, schwitzte und mich scheu anblickte; während Brassloff mich über Kramers Zustand und Umstände informierte. Er sprach alles ganz offen vor Kramer aus; (...) Zum Schluß sagte Brassloff: ›Da Sie in der nächsten Zeit wohl täglich einmal mit Kramer zum Essen ins Gasthaus gehen werden, müssen Sie wissen: Kramer hat selbst Geld und muß selbst für sich zahlen.‹ (Seitenblick von Kramer). Ich wußte nicht gleich, was ich mit dieser nachdrücklichen Bemerkung Brassloffs anfangen sollte.«[13]

Im Februar 1958 schreibt der kaum heimgekehrte Kramer: »Mein Werk erfüllt mich mit manischem Selbsthaß, denn ich schrieb zu viel und feilte zu wenig und habe es so und durch meinen Zustand gefährdet. Ich kenne keinen Künstler, der einen so großen Teil seines Werkes nicht veröffentlicht, sondern ungefeilt und unzusammengestellt ließ. Sie sehen, ich spreche von mir in der Vergangenheit.«

Zwei Monate später, am 3. April '58, stirbt Kramer.

Sein Werk umfasst an die 12 000 Gedichte.

Die hier kurz umrissene Biographie spiegelt den fortwährenden Raub der Selbstverständlichkeit. Die Selbstverständlichkeit, das habe ich aus Theodor Kramers Gedichten begriffen, ist das Unangestrengteste, was wir haben. Man besitzt sie nur, wenn man es nicht merkt. Sie sitzt im Augenblick und ist nicht nennbar, sie muss außer Acht gelassen sein, um zu existieren, weil wir uns selber außer Acht lassen können in ihr. Die Gedichte zeigen schneidend klar, wie Selbstverständlichkeit abhandenkommt, wie sie durch politische Willkür kassiert wird. Wie die Nerven abdanken, weil die gewöhnlichen Dinge, die Ruhe, die darin saß, weg ist. Wenn man hinsieht, schauen sie drohend zurück, gegen das eigene Leben. Sie machen Angst, sogar Todesangst. Dann funkelt das ganze Leben. Es schrumpft zeitlich und räumlich zu einem stechenden Augenblick.

Theodor Kramers Gedichte sind eine Verbeugung vor dem Gewöhnlichen und die Beschwörung der Selbstverständlichkeit. Durch Rhythmus, Reim, Strophe sind diese Gedichte auf den ersten Blick einfach. Sie singen sich im Kopf und erinnern einen an die in Paaren gereimten Zeilen, die man als Kind sang. In dieser so gewöhnlich daherkommenden Form stecken die Kramerschen Schrecken. Im Takt des Fingerschnippens rollen die Bilder, und man hat sie hinter sich, wenn sie auf einen zukommen. Und man hat sie vor sich, wenn sie sich hinter einem zurücksingen. Eine melodische Ruheform trifft inhaltlich den völlig nackten Nerv. Ich glaube, gerade diese konventionelle Form macht einen stocken beim Lesen. Gerade in dieser glatten Form wird das Gesagte ungeheuerlich. Und gerade durch die Wiederholung des Musters, in dem immer gleichen Zuschnitt eines Allerwelt-Singsangs macht Kramer das Gesagte so dringlich. Hier spricht einer Klartext wie der Alltag und macht Poesie unter der Hand, Unerhörtes sagt sich wie nebenbei, als käme diese Intensität aus einem ahnungslosen Zufall. Was so momentan und authentisch dasteht, als würde es sich selber nicht kennen, ist jedoch besessenes, rigoroses Handwerk liegt unterhalb des Textes. Seine Ästhetik ist raffinierte Unwichtigkeit. Seine Gedichtzeilen tun so, als meinten sie nur dieses Substantiv, Adjektiv, Verb, wie sie da stehen. Aber beim Lesen werden die Takte musikalische Wirbel ins Nichtgesagte. Es ist verblüffend, wie unterhalb der Direktheit das Geheimnis bei Kramer entsteht. Das Geheimnis wird nicht im Text gebaut, sondern im Kopf. Um so größer steht es plötzlich da.

Mich haben Theodor Kramers Gedichte immer an die einfachen Melodien und abgründigen Inhalte der rumänischen Volkslieder erinnert. Ich konnte mir eines dieser Volkslieder und eines der Kramer-Gedichte nacheinander durch den Kopf gehen lassen. Wie oft ich das auch tat, diese Lieder und Gedichte, die einander nicht kannten, vertrugen sich gut:

> Welt, Welt, Schwester Welt
> Wann hab ich dich satt
> Wenn das Brot mir trocken ist
> Mich die Hand am Glas vergisst
> Vielleicht dann hab ich dich satt (...)
> Wer geboren ist, bringt Unglück
> Wer gestorben ist, verfault

So weit das rumänische Lied und dann Kramers Gedicht:

LIED ZUR NACHT

In den Wachsblumen hat sich ein Wind aufgemacht
seit der Stunde, in der wir uns trafen;
zieh den Vorhang zur Seite, ich singe zur Nacht
dir ein Lied, denn man muß ja doch schlafen.
Überm Sessel hängt schlaff meine alte Montur
und die Nippsachen leuchten durchs Zimmer;
längst verstummt ist das Summen des Lichts auf dem Flur,
doch der Schlaf flieht uns beide noch immer.

Still; ich singe zur Nacht dir ein Lied. Ich marschier
in der Früh mit dem Zug in die Ferne;
morgen lümmelt ein Spießer in deinem Quartier,
und ich tu doch, als hätt ich dich gerne.
Finster ist's schon, vom Mond draußen träufelt der Glast
wie der Schaum noch von einer Melone;
seit der Mond scheint, marschiere ich während der Rast
und geschieht's mir im Marsch, daß ich wohne.

Lapidar, sagt sich das Gedicht drei Strophen lang zu seinen letzten drei Zeilen hin:

> und die Sterne sind alle im Hafen,
> und kein Licht ist, das scheint, und kein Schritt,
>   der noch geht,
> gutes Kind; nur die Angst kann nicht schlafen.[14]

Die Angst kann nicht schlafen. Es sind in Kramers Existenz viele, immerfort staatlich verursachte, zeittypische Ängste, weil sie viele wahllos in gleiche Situationen trieben. Aber Kramer hat sie am einzelnen sichtbar gemacht in ihrer ruinösen Konsequenz. Dass nicht erst die Vernichtung der Juden im Konzentrationslager der Skandal ist, sondern bereits der Raub der Selbstverständlichkeit Jahre davor in den Häusern, Cafés, Läden, Straßenbahnen oder Parks durch die Mehrheit der Mitläufer, das zeigen Kramers Gedichte. Dass im Nationalsozialismus nicht nur die überzeugten, sondern auch die ahnungslos Gefügigen Politik machten. Dass so viele wie nie davor und nirgends sonst Politik machten, weil der Bäcker, der Milchmann, Briefträger, Nachbar oder Passant dem Verfolgten zur leibhaftigen Politik werden mussten, weil sie ihm Angst machten. Alle, die sich nicht gegen diese Politik wandten, waren ein Teil von ihr. Mit dieser Einsicht wird man aus Kramers Verfolgungsgedichten entlassen. Ohne Ausweichmöglichkeiten muss man das beim Lesen lernen, weil es wortwörtlich in den Zeilen drinsteht. Und dass Exil, dieses große Glück im Vergleich zum Konzentrationslager, dass Exil ein unaufhaltsamer Existenzrutsch ist ins unsicher-freie Abgeschnittensein von allen und allem Vertrauten:

> (…) Oh, wer geht mit mir in den Hyde Park zur Nacht,
> denn es hat sich im Ziergrün ein Wind aufgemacht
> und grün blinken im black-out die Lichter.
>
> Ich hab keine Arbeit, kein Heim, es zerreibt
> das Gedärm mir im Leib … was ich kann,
> ist: Gedichte zu schreiben wie keiner sie schreibt;
> in ganz London kein Hund prunzt mich an.

Oh, wer schlägt mir rasch ins Gesicht noch zur Nacht,
denn das Herz ist mir zum Zerspringen gemacht,
und grün blinken im black-out die Lichter.[15]

Trotz ihrer Musikalität und Zugänglichkeit wurden Kramers Gedichte nach 1945 nicht populär. Die Täter und Mitläufer, die oft statt der Mentalität nur das Hemd gewechselt hatten, wichen aus. Fürs jahrelange Ausweichen hat man heute einen verharmlosenden Ausdruck parat. Man sagt: Kramers Gedichte wurden nach '45 »vergessen«. Dieses Wort müsste man sich abgewöhnen, denn bei der Wahrheit liegt ein anderes Wort: Kramers Gedichte wurden nach '45 gemieden. Und gemieden wurden seine kauzig traurigen Gedichte vom Saufen, vom Huren, vom Altwerden mit dem zu frühen Abdanken des Körpers und der gleichbleibenden Liebesgier im Kopf. Auf die erotischen Altersgedichte eines durchs Exil geretteten Sohnes einer Mutter, die in Theresienstadt ermordet wurde, reagiert man bis heute befangen.

Da ich aus der rumäniendeutschen Minderheit komme, war mein Vater wie die meisten Söhne dieser Zeit und Gegend in Hitlers SS. In meiner Kindheit war der Vater für mich ein zahmer Bauer, den ich am meisten liebte. Der SS-Soldat in ihm war verjährt. Aber nachdem ich fünfzehn geworden war, kam ich aus der Stadt nach Hause zu Besuch, und mein Vater war der Dorftrinker, und abwechselnd wurden mir sein Schweigen über den Krieg im nüchternen Zustand und sein besoffenes Singen zur Provokation. Denn ich hatte in der Stadt schon genug Bücher gelesen, um in seinen torkligen Liedtexten Nazilieder und den Rückfall in den SS-Soldaten zu erkennen. Ich konnte diese Lieder nicht ertragen, musste den, der sie sang, geringschätzen, ihn aus meiner Nähe wegrücken. Auch wegen seiner Rückfälle blitzten mir die Worte aus Kramers Gedichten noch mehr ins Gesicht. Ich konnte sie nie lesen, ohne dass mir mein Vater einfiel. Und noch etwas: Ich habe meine Angst, mit der ich in den Mühlen des Geheimdienstes während der Ceaușescu-Zeit zu leben hatte, nie mit dem Nationalsozialismus verwechselt. Und doch war ich sehr oft auf die Gedichte Kramers angewiesen, sie machten und nahmen mir Angst. Sie gaben mir Halt, ohne zu täuschen.

Durch sie lernte ich, die private Angst und das Nachdenken in politischen Kategorien zu verbinden.

Und vorgestern musste ich wieder aus anderem Anlass an Kramers Gedichte denken. Ich sah auf den städtischen Sitzen am Budapester Flughafen zwei Bauernfamilien aus dem Kosovo. In Pluderhosen und Kopftüchern zwei Großmütter, die so still weinten, als würden sie nur mit rinnenden Wangen zu Boden schauen. Zwei Eltern mit trockenen, abwesenden Gesichtern, drei Kinder in zu großen Almosenkleidern, die auf dem Steinboden mit aufgeblasenen Plastikflugzeugen spielten.

Dem Krieg zu Hause sind sie entkommen, dachte ich, die Füße sind weggehoben – aber der Kopf?

»Welt, Welt, Schwester Welt«

Wer mich singen hört, glaubt,
ich hab nichts im Kopf –
Maria Tănase und ihre Lieder

»Ich war nicht mehr im Land. Ich war in Deutschland und bekam die Morddrohungen vom Hauptmann Pjele aus der Ferne als Anrufe und Briefe. (…) Ich sah mir die Briefe genau an, als müsste der Mörder, den der Hauptmann Pjele schicken wird, zwischen den Zeilen sitzen und mir in die Augen sehen. (…) Dann kam Tereza zu Besuch. (…) In der Küche sagte Tereza: Weißt du, wer mich geschickt hat. Pjele. Wieso bist du hier? Es kann doch nicht schlecht sein, sagte Tereza, dass ich dich sehen will. Ich werde Pjele etwas erzählen, was er zu nichts gebrauchen kann. Wir können das absprechen, du und ich. Du und ich. Tereza hatte kein Gespür dafür, dass du und ich vernichtet war. Dass du und ich nicht mehr zusammen auszusprechen war. Dass ich den Mund nicht schließen konnte, weil mir das Herz hineinschlug.«

Das Zitat ist aus meinem Roman *Herztier*. Es geht um die Mischung von größter persönlicher Nähe und Spitzeldienst. Ich weiß, wie Freundschaft erstickt wird, wenn Nähe aus eigenem Bedürfnis und Verrat im Auftrag ihre Fäden ineinander verknäulen. Ich habe in dieses, für mich beim Schreiben schmerzhafteste, weil persönlichste Kapitel des Buches ohne jedweden Übergang ein Lied von Maria Tănase eingebaut. Die Sätze liefen mir beim Schreiben von selbst in dieses Lied hinein, das ich so viele Jahre gehört und mir in den Kopf gesungen hab. Es ist ein Volkslied, es heißt in seiner ältesten Fassung »Das Kriechen der Schlange«, in der neueren »Wer liebt und verlässt«. Sein Text:

Wer liebt und verläßt
Den soll Gott strafen
Gott soll ihn strafen
Mit dem Kriechen der Schlange
Mit dem Schritt des Käfers
Mit dem Surren des Windes
Mit dem Staub der Erde.

Und ich kam aus diesem Lied ohne Übergang in die eigenen Sätze zurück: »Flüche schreien, aber in welches Ohr. Heute horcht das Gras, wenn ich von Liebe rede. Mir ist, als wäre dieses Wort zu sich selber nicht ehrlich.«

In meinem Text steht nur ein Bruchstück des Liedes. Seine weiteren Zeilen sind genauso poetisch mit ihren düsteren Wünschen.

Beißen wird die Ameise
dick ist ihr Leib
klein ist ihr Kopf
dünn ihre Hüfte
sie läuft unter der Erde
und tut, was sie verspricht.
Aber wir getauften Menschen
glauben uns doch selber nicht.
Wer liebt und verlässt
den soll Gott strafen

Gott soll ihn strafen
mit dem Kriechen der Schlange
dem Schritt des Käfers
dem Surren des Windes
dem Staub der Erde.

Wenn diese Strafe eintritt, wenn uns die Ameise ins Fleisch kriecht und die Schlange und der Schritt des Käfers, dann sind wir ja selber Erde. Dieser schöne Fluch will als Strafe den Tod. Man merkt es dem Lied nicht gleich an, erst ganz zum Schluss merkt man es. Man sagt sich das Wort »Tod« selbst – das Lied meidet das Wort.

Das Lied wurde aufgezeichnet von dem Musikwissenschaftler Harry Brauner, der bekannteste und kompetenteste Sammler und Archivar authentischer rumänischer Folklore. Er hat Maria Tănase als ganz junge Frau entdeckt, beraten, unterrichtet und ein Leben lang als enger Freund begleitet. Das Lied vom Kriechen der Schlange ist sehr alt, wahrscheinlich aus dem 18. Jahrhundert. Es war das Lied eines winzigen transsylvanischen Dorfes – und aus dem Gedächtnis der Gegend längst verschwunden und über die Gegend hinaus nie bekannt. 1932 zeichnete Harry Brauner es auf, eine Greisin sang es ihm. Durch die Interpretation von Maria Tănase wurde das Lied im ganzen Land populär, eines der beliebtesten Volkslieder überhaupt.

Maria Tănase kam aus der armen Bukarester Vorstadt, der *mahala*, aus einem dieser dichtgedrängten, niedrigen Lehmhäuser. Von musikalischer Ausbildung keine Rede, sie war Autodidaktin, sang in den Vorstadtkneipen. Mit ihren zwanzig Jahren, als Harry Brauner sie entdeckte, war sie mehr als nur schön. Sie war apart, ein zerbrechlicher Frohsinn hing an ihr. Ihre Gesten, immer sparsam, ihre Stimme war großartig, beherrschte alle Register. Ihr Singen war eine Mischung aus Frechheit und Scheu. Aus Maria Tănases Interpretationen hört man die vorlaute oder schwermütige Bäuerin, die nonchalante Vorstadtgöre und die elegante Großstadtdame. Diese Spanne von bäuerlich bis mondän war bei ihr kein Rollenspiel, nichts Angelerntes, sondern ihr Naturell. Vielleicht waren es ja nur ihre eigenen drei Lebensphasen – das Armeleutekind, die Halbwüchsige, dann die erwachsene Städterin. Eine Person, die sich vom Lehmhaus zum Asphaltrand, vom Asphaltrand zum Restauranttisch, vom Restauranttisch auf die großen Konzertbühnen gesungen hatte. Ihre Tourneen gingen bis nach New York und Paris. Dort sang sie einige ihrer Lieder auf Französisch. Harry Brauner blieb immer verwundert darüber, wie schnell sie die im Lied verborgenen Möglichkeiten begriff und auf Anhieb heraushob. Obendrein war sie nie mit sich zufrieden – sie probte und vergaß die Zeit. Eine Perfektionistin, die bis zur Erschöpfung arbeitete. Sie war süchtig nach diesen Liedern. Ihrer Stimme verlangte sie das Flüstern, Parlieren, Fluchen, Spotten, Klagen, Betteln ab, als wär es das Selbstverständliche – und nicht rigorose Kunst. Harry Brauner sagt, sie respektierte die Vorgaben, sang aber nichts mechanisch nach. Schon beim ersten Mal Singen war jedes Lied auf ihren Lippen bereits ihr Persönlichstes, intuitiv hat sie das Lied auf sich selber zugeschnitten, weil sie gar nicht anders konnte. Sie war, wenn sie sang, so sehr bei sich, dass sie um so mehr sie selbst wurde, je mehr sie sich vergaß.

Daher ist es kein Wunder, dass man diese Lieder als Maria-Tănase-Lieder hörte, dass auch die Zuhörer vergaßen, dass dies gesammelte und aufgezeichnete Volkslieder sind.

Und wenn andere Interpreten dasselbe sangen, sangen auch sie keine Volkslieder, sondern Maria-Tănase-Lieder. Die Ohren kamen von der Tănase-Stimme nie mehr weg. Sie war das Maß, alle anderen Interpreten wurden zu Nachahmern. Bis heute kann sich mit der Tănase niemand messen. »Singen heißt nicht, dass man keine Sorgen hat, sondern das Gegenteil«, singt sie in einem Lied. Es gibt vieles, was man nicht sagen, aber nichts, was man nicht singen kann. Das war und blieb ihr persönliches Credo.

Wer mich singen hört
glaubt ich hab nichts im Kopf
doch ich hab viel im Kopf
hab vieles schwer im Kopf
so viel Schweres liegt im Kopf
drückend liegt es mir im Kopf
schlägt viel nieder mich im Kopf
wie rund ums Haus die Nagelköpfe
ins Bretterholz geschlagen sind.

Geboren wurde Maria Tănase 1913, sie starb 1963 im Alter von nicht ganz fünfzig Jahren an Lungenkrebs. In der Zwischenkriegszeit sang sie meist auf Volksfesten und in Restaurants. Restaurantmusiker war damals ein gewöhnlicher Beruf. Jedes akzeptable Restaurant hatte eine Orchesterecke und eine Tanzfläche. Beim Essen wurde musiziert und getanzt, das gehörte zusammen. Und das blieb auch so bis zum Ende der Diktatur. Es blieb so in der Intention. Denn gerade diese fortgeführte Gewohnheit zeigte die Verelendung des Landes. Es stellte sich gerade da, wo Leute abends mal »normal« ausgehen wollten, heraus, dass Normalität nicht mehr zu schaffen war. Alles Festhalten an ihr geriet zur schlechten Inszenierung. Abends gab es stundenlang keinen Strom, die Speisekarte war längst aus der Mode gekommen, man bekam im Land ja nicht einmal mehr die Grundnahrungsmittel. Die Restaurants verwandelten sich in Trink- und Tanzschuppen mit zerschlissenen Vorhängen, öden Tischen, zuckenden Kerzen und torkelnden Taschenlampen. Das für jeden so nötige Ausscheren aus dem Werktag und Geldverdienen misslang. Die Verelendung saß mit am Tisch. Rechthaberisch gegen jede gute Laune zeigte sie, woran man war mit diesem Land und seinem Leben. Es wurde weiter stur gefiedelt, aber so abwesend wie die Speisekarte war auch die authentische Folklore. Sie war den Genossen des kollektiven Glücks suspekt, besang sie doch das Leben als Geisterbahn statt den Traktoristen oder Fabrikarbeiter, der am Fortschritt werkelt, sein Leben dem Mähdrescher oder Fließband unterwirft.

Welt, Welt, Schwester Welt
Wann hab ich dich satt
Wenn mein Brot mir trocken ist
Mich die Hand am Glas vergisst
Vielleicht dann hab ich dich satt
wenn ich hör mein Sargbrett schlagen
wenn sie mich zu Grabe tragen
denn so ist die Welt vergänglich
weil einer grad geboren wird
und ein andrer stirbt.
Wer geboren ist, bringt Unglück
wer gestorben ist, verfault
Welt, Welt, Schwester Welt

Ein anderes Lied heißt »Morgen reisen die Rekruten ab«.

Grünes Blatt an dürren Nüssen
morgen müssen die Rekruten fort
ihre Eltern werden sie zur Bahn begleiten
denn sie waren ihnen lieb.
Doch ich blieb
damals allein
mein Vater war ein alter Mann.
Nur die Nuss hat mir den Weg getragen
und Vater hat geschrien mit offnem Mund:
Zeig mir, o Gott, den schmalen Weg
ohne Licht von Sternen
über den Kasernen
dann kann ich dem Hauptmann sagen
er soll mein Kind nicht schlagen
es soll nicht Wache schieben
es ist zu klein, schläft oben auf dem Wachturm ein

Will man die Texte dieser Lieder ins Deutsche übersetzen, merkt man das buchstäbliche Fehlen der zahllosen Klagelaute und Kosenamen für Liebespaare und Kinder – diese knappen lautmalerischen Formeln, diese Äußerungen jenseits des Sprechens, unmittelbar, wie es Worte gar nicht sein können. Es ist im rumänischen Text wie eine durchgehende Spur eine Grammatik der Gefühle vorhanden. Im Deutschen gibt es diese Gefühlszeichen nicht. Und man kann sie durch nichts, was im Deutschen zu finden wäre, ersetzen. Was lässt sich denn finden für die Liebende, für den Liebenden: Liebste, Liebster, mein Lieb. Und dann kommt schon nichts mehr außer dem peinlichen »mein Schatz«, was in der

Grammatik der Gefühle wie ein Ausrutscher klingt – der Tonfall ist hart und zischelt. Und: »mein Schatz« erinnert doch immer an materiellen Reichtum, an die Mitgift, die man als Braut früher bekommen hat. Statt »mein Schatz« sagt man im Rumänischen zum Beispiel »du mein Augenlicht«. Die Grammatik der Liebe sucht sich ihre Worte im Schönst-Vergänglichen: Wie vielerlei Blätter spielen in der Liebe eine Rolle: das Nussbaumblatt, das Haselnuss-, Zitronen-, Birken-, Akazien- und Pappelblatt. Und wie viele Blätter vom wildesten Unkraut – wie schön wird die Brennnessel, Distel, Brombeere und manch dorniger Strauch in der Grammatik der Gefühle. Es heißt nicht, wie bei Heinrich Heine: »Du bist wie eine Blume / so hold und schön und rein«, sondern: »Dir riecht dein Mund nach Blumen und deine Nase auch.« Oder: »Gern möcht ich deine Augen trinken in einem Glas aus Quarz.« Die Metaphorik dieser Lieder geht immer grell ins Detail, die Sprachbilder nehmen den kürzesten Weg. Es ist eine Reizung da, die weder das süßliche noch das heldische Pathos erträgt. Heimat, sie ist in diesen Liedern nie ein Staat, sondern eine Gegend, ein wucherndes Gelände, ein existentiell ungesicherter Ort. Je direkter das Gesagte, um so verzückter wird der Ton, um so kürzer der Text, um so schneidiger die Kreise des Refrains. Die Leichtigkeit und das Fremdeln werden hier ein und diesselbe Sache.

Die meisten Lieder sind sehr alt, überliefert aus dem 18. und 19. Jahrhundert. Namenlose als Reimeschreiber und Musikanten. Ihre Schule kann nur die unzählige Wiederholung des Scheiterns gewesen sein. Die alle Tage wieder unfassbare Tatsache, einem Leben, das der Tag abverlangt, nicht gewachsen zu sein. Vor dem Unglück steht der

Mensch immer naiv. Diese Naivität macht die Lieder so authentisch. Sie ist ungeschützt und deshalb so vertrackt. Hilflos bestaunt das Auge den Wink der Erde mit grasgrünem Wuchs oder heiklem Schnee. Die äußere Schönheit macht Jagd auf die Gedanken, denn sie fragt nach der eigenen Haut. In diesen Liedern wird das Innere vom Äußeren erwischt. In den Zeilen geschehen nur Überrumpelungen. Der Sprung ins Poetische ist unverhofft, kennt sich selber nicht, wird nicht vorbereitet, nicht vergeudet. Es schert etwas im Satz so rasant aus wie in jeder guten Lyrik. Ebenso die Melodien, das Dumpfe fehlt, das Klischee fehlt, der Kitsch. Die meisten Liedzeilen werden zweimal nacheinander, man könnte sagen, sich selber noch einmal hinterhergesungen. In dieser Wiederholung hängt die Zeit, die das Pochen der Schläfen und der Pulsschlag brauchen, um unseren individuellen Zustand ins Allgemeinverbindliche zu rücken. Und umgekehrt. Lückenlos, auf noch so langer Strecke trauen diese Lieder einzig und allein dem Detail. Schon deshalb haben Theorien und ideologische Brocken hier keinen Platz.

Ein Lied über die Mitgift beim Heiraten geht so:

Meine Mutter sagt sie gibt mir
wenn ich einmal heirate
zwanzig große Kissen
alle voll mit Stechmücken
zwanzig kleine Kissen
alle voll mit Ameisen
zwanzig weiche Kissen
alle voll mit faulem Stroh
zwanzig kugelige Fässchen
ohne Boden und ohne Stopfen

zwei Enten mit wackligen Füßen
und dazu noch viele Kühe
innen alle voll mit Milch

Als Halbwüchsige kam ich in die Stadt. Ich hatte Glück, kannte Musiker, die mich auf diese Lieder hinwiesen. Ich traute meinen Ohren nicht. Welch ein Unterschied zur bis dahin bekannten banatschwäbischen Folklore. Die Dorfleute nannten sie »Blechmusik«. Ein seltsam abschätziger, aber, wie mir scheint, zutreffender Name. Denn er ist ehrlich. Sie müssen es nicht gemerkt haben, wie passend er ist, sonst hätten sie einen anderen benutzt. Beim Hören der Maria Tănase begriff ich zum ersten Mal, was Folklore sein kann – ich nahm Volkslieder zum ersten Mal ernst. Diese Musik konnte ich immer vor und nach und zwischen den Gedichten der Autoren hören, die ich mochte. Für mich gehörten sie bruchlos zu der Lyrik, der ich alles glaubte, wenn ich sie las. Sie führten genau wie diese im Schädel dorthin, wo die Gedanken anders mit sich sprechen als in Worten. Mit Theodor Kramers Gedichten schienen sie verwandt, mit seinen Schlafliedern »für ein großes Kind«. Auch in seinen Gedichten verdoppeln die Pflanzen das Nicht-Weiterwissen der Tage. In einem seiner Schlaflieder heißt es:

In den Wachsblumen hat sich ein Wind aufgemacht
Schlaf, wenn du schlafen kannst, Kind

Und Kramers Schlaflied endet:

und die Sterne sind alle im Hafen
gutes Kind; nur die Angst kann nicht schlafen.

In den Liedern der Maria Tănase kriegt der Liebste von der Liebsten Äpfel, Birnen, Nüsse. Das Körperliche wird mit Obst abgehandelt. Ohne Vergleiche anzustellen, weiß man, dass es um ihren und seinen Körper geht – die Liebe pflückt eben Obst auf der Haut. Das Wasser des Flusses schneidet eben die Füße ab, das Älterwerden ist eben eine schwere Jacke. Es versteht sich fast von selbst, warum die Diktatur diese Lieder nicht ertragen konnte. Sie unterwandern das Gemüt und den Verstand. Das Leben kommt als verschlossenes Gepäckstück daher, das man für sich selber ist. Mag man sich kreuz und quer in dieser Haut herumtragen, man erfährt lediglich, wer man sein will – aber nicht kann, wer man sein muss – aber nicht will. Etwas anderes gibt es aus diesen Liedern fürs Leben nicht zu lernen, als dass man sich zugewiesen ist, ohne Wahl. Die Lebenszeit, sie bedeutet das Abnutzen des Lebens schlechthin, die Tage fressen sich. Und es kann dieses Eigengepäck, ist es nun einmal auf diese Erde gestellt, nur einer abholen – der Tod. Und zu lernen ist aus diesen Liedern, dass der einzelne, jeder, für den kleinsten Schmerz zu schade ist. Ich habe bis heute und an mir selbst nicht verstanden, wie diese Lieder es schaffen, durch ihre Trostlosigkeit zu erleichtern. Über all die Jahre hab ich nicht nur an mir gemerkt, dass sie der Schwermut beikommen, ohne zu verharmlosen. Vielleicht geben sie Halt auf schmalstem Grat, und deshalb spürt man, das Gefühl trauert am allerschönsten durch den Verstand.

Wen wundert's, die Herrschenden hatten vor diesem Singen genauso Angst wie vor der Literatur, sie reagierten da und dort mit Zensur. Jede Zensur war absurd, doch Maria Tănase zu verbieten, sich aber gleichzeitig als »Diktatur des Proletariats« zu bezeichnen war regelrecht zynisch. Denn niemand und nichts verkörperte die Grundgefühle der Rumänen im besonderen und die doppelten Böden der Alltäglichkeit im allgemeinen glaubhafter als Maria Tănase mit ihren vierhundert Liedern. Die Tănase war der Star der kleinen Leute. Es heißt: Als sie in den fünfziger Jahren einmal Auftrittsverbot auf einem Jahrmarkt hatte, warteten Tausende auf ihr Erscheinen. Als angekündigt wurde, dass sie nicht komme, gingen die Leute einfach nicht nach Hause – in seiner Dienstkarosse musste der Geheimdienst Maria Tănase von zu Hause auf die Bühne bringen. Über ihr Begräbnis gibt es einen Dokumentarfilm. Man glaubt, ein durchorganisiertes Staatsbegräbnis zu sehen. Das Gegenteil ist der Fall. Der Staat konnte die Menschen nicht daran hindern, zu Tausenden dem Sarg zu folgen, die Stadt zu überschwemmen mit öffentlicher Trauer. Es war keine staatliche Hand im Spiel, natürlich auch kein politischer Protest gegen diesen Staat, sondern eine stumme Selbstverständlichkeit, die Verehrung dieser Toten.

»Älter werden schwere Kleider« heißt ein Lied:

> Älter werden schwere Kleider
> wie gern hätt ich sie alle los
> denn die Tage vergehen mir
> auch ich vergeh
> und das tut mir weh.
> Jungsein ist 'ne teure Jacke
> Und sie soll mir nie zerreißen,
> doch die Jahre vergehn
> dass auch ich vergeh
> ich werd alt und das tut mir weh.

Sterben will ich, der Tod kommt nicht
leben will ich, für wen soll ich
alle Menschenleben sind
wie der Schlag von einem Wind.

Nachweise

Jedes Wort weiß etwas vom Teufelskreis
Rede zur Verleihung des Nobelpreises in der Schwedischen Akademie in Stockholm am 8. Dezember 2009, © The Nobel Foundation 2009

Tischrede
Tischrede nach der Verleihung des Nobelpreises am 10. Dezember 2009 im Stadthaus von Stockholm

Denk nicht dorthin, wo du nicht sollst
Dankrede zur Verleihung des Hoffmann-von-Fallersleben-Preises für zeitkritische Literatur in Wolfsburg am 27. März 2010

Cristina und ihre Attrappe
erweiterte Fassung des Artikels aus DIE ZEIT vom 23. Juli 2009, zuerst veröffentlicht im Wallstein Verlag, Göttingen 2009

Lalele, Lalele, Lalele
Dankrede zur Verleihung der Ehrengabe der Heinrich-Heine-Gesellschaft in Düsseldorf am 27. September 2009

So ein großer Körper und so ein kleiner Motor
Dankrede zur Verleihung des Walter-Hasenclever-Literaturpreises in Aachen am 20. Juni 2006

Immer derselbe Schnee und immer derselbe Onkel
Dankrede zur Verleihung des Berliner Literaturpreises in Berlin am 4. Mai 2005

Die Anwendung der dünnen Straßen
Klagenfurter Rede zur Literatur am 23. Juni 2004

Gelber Mais und keine Zeit
Zürcher Poetikvorlesung am 29. November 2007

Ist aber jemand abhandengekommen, ragt aber ein Hündchen aus dem Schaum
Rede zum siebzigsten Geburtstag von Oskar Pastior am 20. Oktober 1997 im Literaturhaus Berlin
Aber immer geschwiegen
unveröffentlicht
Man will sehen, was nach einem greift
Vortrag im Literaturhaus Graz am 23. Juni 2005
Dass jeder Gegenstand den Platz einnehmen muss, den er hat – dass ich der zu sein habe, der ich bin
Vortrag Darmstadt 25. Oktober 2002, Deutsche Akademie für Sprache und Dichtung
Am Rand der Pfütze springt jede Katze anders
Neue Zürcher Zeitung, 14. Dezember 1999
Der Blick der kleinen Bahnstationen
Laudatio auf Jürgen Fuchs zur Verleihung des Hans-Sahl-Preises am 30. September 1999 im Literaturhaus Berlin
Wenn mein Körper mich im Stich lässt
die tageszeitung, 23. Juni 1995
Die Angst kann nicht schlafen
Bonner Poetikvorlesung am 30. Juni 1995
»Welt, Welt, Schwester Welt«
Vortrag in der Sternwarte der ETH in Zürich am 19. Juni 2001

Anmerkungen

Denk nicht dorthin, wo du nicht sollst

1 Semprún, Jorge: *Schreiben oder Leben* (*L'Ecriture ou la vie*), a. d. Französischen von Eva Moldenhauer, Frankfurt am Main 1995, S. 44–48

So ein großer Körper und so ein kleiner Motor

1 *Niederungen*, München 2010, S. 7

Ist aber jemand abhandengekommen, ragt aber ein Hündchen aus dem Schaum

1 Pastior, Oskar: *Das Hören des Genitivs*, München und Wien 1997, S. 82
2 Pastior, Oskar: *Der krimgotische Fächer*, Erlangen 1978, S. 32
3 *Das Hören des Genitivs*, S. 16.
4 *Der krimgotische Fächer*, S. 17
5 Pastior, Oskar: *Gedichtgedichte/Höricht/Fleischeslust*, München 1982, S. 21
6 *Gedichtgedichte*, S. 66
7 *Gedichtgedichte*, S. 107
8 Pastior, Oskar: *Wechselbalg. Gedichte 1987–1980*, Spenge 1980, S. 10

Man will sehen, was nach einem greift

1 Canetti, Elias: *Masse und Macht*, München und Wien o. J., S. 21 f.
2 ebd., S. 22 f.
3 ebd., S. 25
4 ebd.
5 ebd., S. 30
6 ebd., S. 59
7 ebd.
8 ebd., S. 47
9 ebd., S. 55
10 ebd., S. 70

Dass jeder Gegenstand den Platz einnehmen muss, den er hat – dass ich der zu sein habe, der ich bin

1 Blecher, M.: *Aus der unmittelbaren Unwirklichkeit*, a. d. Rumänischen von Ernest Wichner, Berlin 1990, S. 6
2 ebd.
3 ebd., S. 88
4 ebd., S. 106
5 ebd.
6 ebd., S. 105 f.
7 ebd., S. 14
8 ebd., S. 50
9 ebd., S. 64
10 ebd., S. 49
11 ebd., S. 14
12 ebd., S. 79
13 ebd., S. 82
14 ebd., S. 104
15 ebd., S. 17

16 ebd., S. 27f.
17 ebd., S. 13
18 ebd., S. 12
19 ebd., S. 14
20 ebd., S. 23
21 ebd., S. 49
22 ebd., S. 82
23 ebd., S. 125
24 ebd., S. 14

Der Blick der kleinen Bahnstationen

1 Fuchs, Jürgen: *Fassonschnitt*, Reinbek 1984, S. 19
2 *Fassonschnitt*, S. 19f.
3 Fuchs, Jürgen: *Das Ende einer Feigheit*, Reinbek 1988, S. 16
4 *Das Ende einer Feigheit*, S. 17
5 *Fassonschnitt*, S. 26
6 Fuchs, Jürgen: *Magdalena*, Berlin 1998, S. 40
7 Fuchs, Jürgen: *Vernehmungsprotokolle*, Reinbek 1978, 20.12.
8 *Vernehmungprotokolle*, 25.11.
9 *Magdalena*, S. 131
10 *Magdalena*, S. 133
11 *Magdalena*, S. 133
12 *Vernehmungsprotokolle*, 2.1.
13 *Fassonschnitt*, S. 36.
14 *Magdalena*, S. 287f.
15 ebd., S. 288.
16 *Magdalena*, S. 287
17 *Magdalena*, S. 410f.
18 *Das Ende einer Feigheit*, S. 12
19 *Magdalena*, S. 71

Die Angst kann nicht schlafen

1 Chvojka, Erwin/Kaiser, Konstantin (Hg.): *Vielleicht hab ich es leicht, weil schwer, gehabt. Theodor Kramer 1897–1958. Eine Lebenschronik*, Wien 1997, S. 40f..

2 ebd., S. 42f.

3 ebd., S. 47f.

4 ebd., S. 56

5 ebd., S. 56f.

6 ebd., S. 67

7 ebd., S. 80

8 ebd., S. 81

9 ebd., S. 87

10 ebd., S. 91

11 ebd., S. 93

12 ebd., S. 102

13 ebd., S. 102f.

14 Kramer, Theodor: *Gesammelte Gedichte*, hg. von Ervin Chvojka, Wien, München und Zürich, Bd. 1, S. 279.

15 ebd., S. 323.

Inhalt